MW01625035

L'INFIRMIÈRE

Valerie Keogh est l'autrice d'une dizaine de thrillers psychologiques qui se sont classés dans les meilleures ventes en Angleterre. Elle est originaire de Dublin et a été infirmière pendant de nombreuses années.

VALERIE KEOGH

L'Infirmière

TRADUIT DE L'ANGLAIS (ROYAUME-UNI)
PAR FANNY MONTAS

CITY

Titre original :

THE NURSE

Première publication en Grande-Bretagne par Bolwood Books Ltd.

ISBN : 978-2-253-25325-9 – 1re publication LGF

Pour Robert et Wendy,
avec tout mon amour.

PREMIÈRE PARTIE

1

J'avais dix ans quand j'ai décidé de tuer Jemma.

Sa famille – ses parents et sa sœur aînée – avait quitté Londres six mois plus tôt pour s'installer dans notre petite commune rurale. Le premier jour, Jemma fit son entrée dans la salle de classe avec une assurance remarquable, ignorant superbement les murmures à peine dissimulés et les yeux écarquillés braqués sur elle. On aurait dit que le soleil venait d'entrer dans une classe remplie de tournesols.

Notre maîtresse, Miss Dryden, une femme de grande taille, svelte, à la chevelure gris acier et aux yeux bleus larmoyants, posa délicatement sa main sur son épaule et nous la présenta : « Voici Jemma. Je compte sur vous pour lui réserver un chaleureux accueil et l'aider à se sentir bien parmi nous. »

C'était la première fois qu'une nouvelle élève arrivait dans notre école primaire et avec son allure de citadine sophistiquée, elle nous éblouit instantanément. Ses vêtements, sa coiffure, ses souliers, et même son cartable nous semblaient presque exotiques. Aux yeux des petites filles que nous étions alors, qui voulaient toutes grandir le plus vite possible, Jemma avait l'air d'avoir déjà atteint des sommets dont nous ne pouvions que rêver.

Elle ne tarda pas à devenir celle avec qui toutes les élèves voulaient se lier d'amitié et, à l'instar des autres gamines, je compris assez vite que le groupe de filles qui la courtisait était organisé selon une hiérarchie bien précise. Il y avait d'abord les meilleures copines, quatre au maximum ; venait ensuite le cercle plus élargi de celles que l'on autorisait, de loin en loin, à se mêler aux conversations ; puis un groupe plus nombreux encore d'élèves dont on tolérait la présence ; et enfin, un ultime groupe composé de celles à qui l'on avait vite fait comprendre qu'elles n'étaient même pas dignes de s'approcher de Jemma. Après tout, pour qu'une élève ou un clan puisse être en position dominante, il fallait bien qu'il y en ait un autre à dominer. Un autre sur qui exercer sa supériorité.

Moi, je faisais partie du dernier groupe. Pour quelle raison ? Aucune idée. Peut-être du fait de mon gabarit, chétif, que je tenais de ma mère. Ou bien qui sait, mon nez épais et ma bouche trop grande pour mon visage, hérités de mon père, n'étaient peut-être pas assez raffinés pour mes petites camarades. J'étais différente… il n'en fallait peut-être pas plus.

Malgré mon physique, je m'épanouissais à l'école avant l'arrivée de Jemma. J'étais parfaitement intégrée, je ne me posais aucune question existentielle. Quand cet équilibre commença à être remis en question, je perdis mes repères sans véritablement comprendre ce qui m'arrivait.

Moins d'une semaine après l'arrivée de Jemma, j'essuyai mes premières insultes. Au début, je n'avais pas compris que les filles du cercle rapproché de Jemma parlaient de moi quand je les entendais crier : « Faites gaffe, voilà Bouche pulpeuse », ou bien « Alors, Pinocchio, t'as encore menti, toi ». Et les filles de pouffer de rire chaque fois, comme si elles ne voyaient pas en quoi ce genre de sobriquet pouvait être méchant… dur à encaisser… perturbant.

Je n'étais pas l'unique victime de ces attaques. Quatre autres filles appartenant au groupe des parias étaient également prises pour cibles. On aurait dû, nous les cinq élèves ostracisées, se serrer les coudes, on aurait dû faire front pour mieux nous défendre, mais ce ne fut pas le cas. La confrontation nous faisait peut-être peur, ou bien se peut-il que le regard que nous portions les unes sur les autres fût aussi impitoyable que celui de Jemma et sa clique ? Quoi qu'il en soit, chacune resta dans son coin et se retrouva isolée.

Durant les mois qui suivirent, le harcèlement monta en puissance. Plus petite, plus fluette que mes bourreaux, j'étais la victime idéale, très facile à persécuter. Chaque jour, les gamines trouvaient de nouveaux moyens de « s'amuser » avec moi. Et comme elles voyaient que je ne réagissais pas, elles m'encerclaient, me houspillaient, me volaient mon cartable, tiraient sur les manches de mon manteau.

Un jour, on me poussa violemment à terre. Quand je me retournai pour défier la coupable, je compris, incapable de dire qui m'avait bousculée, que c'était peine perdue, qu'il ne me restait plus qu'à battre en retraite. Je me relevai et m'enfuis. En dépit des picotements dans les mains et aux genoux, des larmes qui montaient, j'étais bien décidée à ce que personne ne me voie pleurer. Mise au ban, désorientée, triste et écumant de rage à la fois, j'éclatai en sanglots après avoir tourné à l'angle de la rue. Je rentrai chez moi sans voir où je mettais les pieds.

J'avais les genoux éraflés et des égratignures sur les deux paumes. Ça saignait. L'élastique qui maintenait mes longs cheveux fins en queue-de-cheval s'était volatilisé. Des mèches me retombaient sur le visage, se collaient aux larmes et aux bulles de morve expulsées par mes narines frémissantes à chaque hoquet misérable.

J'entrai chez moi par l'arrière de la maison et je tombai sur ma mère, en tablier, devant sa gazinière. Concentrée sur sa cuisine, elle me salua sans s'arrêter de touiller, sans même se retourner. Mes sanglots sonores restèrent un moment couverts par le bouillonnement du liquide dans la casserole. Ce ne fut que lorsque le silence revint qu'elle pivota sur ses talons pour me regarder, un sourcil minutieusement épilé en l'air.

Elle eut un choc en me voyant dans cet état. La spatule qu'elle tenait lui tomba des mains, de la sauce éclaboussa le plan de travail. L'instant d'après, elle me prenait dans ses bras et me serrait fort contre sa poitrine aussi plate que la mienne.

— Lissa ! Mais qu'est-ce qui t'est arrivé ?

— Une des filles de l'école m'a fait tomber.

À travers mes larmes, je vis la mine horrifiée de ma mère, puis elle secoua la tête, incrédule.

— Mais non, ma chérie, non, non, c'était forcément un accident.

Elle nettoya mes écorchures tout en m'abreuvant de paroles réconfortantes. C'était elle qu'elle essayait de convaincre, pas moi, en m'expliquant que j'interprétais mal l'intention de mes camarades.

Elle avait l'air tellement chamboulée par toute cette histoire que je ne résistai pas bien longtemps et finis par aller dans son sens :

— Ah oui, c'est vrai… En fait, j'ai dû trébucher et tomber toute seule.

Ma mère me récompensa de cet aveu en me câlinant longuement, soulagée de ne pas avoir affaire à un acte de pure malveillance et d'une grande cruauté.

Malgré mon jeune âge, je savais ma mère fragile psychologiquement. Lorsque les choses ne se passaient pas comme elle le voulait, elle se refermait comme une huître et se retirait dans son petit monde jusqu'à ce que la cause de sa contrariété disparaisse des radars. Une fois la voie libre, elle revenait parmi nous, tout sourire, aimante, prête à redevenir la maman dont tout enfant solitaire et cafardeux ne peut que rêver.

Il valait donc mieux mentir. Éviter de laisser la méchanceté s'immiscer dans notre foyer.

J'avais beau être encore jeune, je tenais à protéger ma mère. Mais je n'allais pas pouvoir empêcher le monde de tourner…

2

Étant fille unique, je bénéficiai de toute l'attention de mes parents, et grâce à leur dévouement, ou peut-être était-ce ma nature profonde, j'étais une enfant très éveillée. J'excellais en tout, et avant l'arrivée de Jemma, j'étais largement, et de loin, la première de ma classe. Mes parents ne se privaient pas de me montrer à quel point ils étaient fiers de moi. « Il faut qu'on commence à mettre de l'argent de côté pour lui payer des études à l'université », répétait chaque mois ma mère à mon père le jour où tombait son salaire.

Alors mon père, un homme à la carrure imposante, partait dans un rire, prenait ma mère par la taille et l'embrassait. Si j'étais là, je tentais par tous les moyens de me faufiler entre eux deux pour me mêler à ces témoignages d'affection. Parfois, si j'insistais, mon père me prenait dans ses bras et j'essayais d'y rester le plus longtemps possible, ivre de bonheur. Que ce soit moi ou ma mère qu'il cajole ainsi, chaque fois, il s'arrangeait pour balayer d'un revers de main les inquiétudes de son épouse. « On verra ça en temps voulu. »

À dix ans, l'université me paraissait encore bien loin. Ce qui me préoccupait davantage, c'était surtout ce qui m'attendait le lendemain dans la cour de l'école. J'aurais sûrement dû faire part de mes ennuis à mon père, lui raconter les insultes et les bousculades dont j'étais de plus en plus fréquemment victime. Mais chez nous, on ne parlait que de choses gaies et rigolotes, mes parents rivalisaient de joie de vivre, ils débordaient d'amour l'un pour l'autre… et, parfois, pour moi.

Mon père était représentant de commerce pour une entreprise de produits pharmaceutiques. Son poste couvrait la région du sud-ouest de l'Angleterre, les villes de Bath et Bristol comprises. La nature de son travail l'obligeait, de temps à autre, à devoir rester dormir à l'hôtel mais depuis que sa société s'était agrandie, quatre ans auparavant, les choses avaient radicalement changé. À présent, il était absent trois ou quatre nuits par semaine et un week-end sur deux. Ma mère, fragile et fusionnelle, supportait mal ses absences. Je ne saurais dire s'il leur arrivait de se disputer à ce sujet, si elle le suppliait de changer de travail, d'en trouver un où il n'aurait pas à passer autant de temps loin de chez lui ; pendant toutes ces années, pas une seule fois je n'ai entendu l'un ou l'autre hausser la voix ou prononcer une parole blessante. Lorsqu'il était à la maison, mon père était charmant, drôle, aimant. L'époux parfait, compréhensif, attentionné, affectueux. Il emmenait souvent ma mère au restaurant, ils partaient en balade à la campagne, s'arrêtaient déjeuner dans les pubs du coin.

Moi aussi, je participais à leurs petites escapades, parfois.

Certains jours, il arrivait qu'en rentrant de l'école d'une humeur sinistre, je trouve la porte de leur chambre fermée à clef. Et je devais attendre, parfois plusieurs heures, qu'ils se décident à en sortir. Les jours où je me sentais particulièrement déprimée, je m'asseyais par terre et collais mon oreille à la porte pour écouter leurs petits bruits – des rires étouffés, des murmures, des gémissements et des grognements – et je me sentais moins seule, moins triste. Une fois, ou peut-être est-ce arrivé plusieurs fois, ils ne sont carrément pas sortis du tout. J'ai dû dîner d'un sandwich à la confiture et j'ai fini par regarder la télévision toute seule, en prenant soin de mettre le volume au plus bas pour ne pas les déranger.

Mon père n'aimait pas qu'on le dérange.

Quand son époux était à la maison, ma mère se parait de ses plus beaux bijoux et revêtait ses plus jolies tenues. Elle se lavait les cheveux tous les matins, se maquillait avec soin et retouchait son maquillage plusieurs fois par jour. Elle rayonnait : ses yeux pétillaient, son rire enjoué remplissait la maison, sa voix prenait une tonalité douce et elle dansait, elle dansait… dans la cuisine en préparant les repas, dans le jardin en étendant le linge, elle dansait avec mon père, avec moi, toute seule ! En la voyant, on ne pouvait que sourire et se sentir merveilleusement bien.

Et lorsqu'il repartait, elle s'effondrait pendant au moins vingt-quatre heures. Chaque fois. Elle errait dans la maison en traînant les pieds, refusait de s'alimenter ou de me préparer à manger, de sorte que j'étais obligée d'aller me servir dans le frigo et de choisir parmi les restes des nombreux plats amoureusement cuisinés pour son mari. Sinon, je tartinais de beurre et de confiture une vieille tranche de pain rassis. Et lorsqu'elle daignait m'adresser la parole, ça ne dépassait jamais le monosyllabe.

Le lendemain, elle se ressaisissait et passait les deux jours suivants dans l'anticipation du retour de mon père. Elle en profitait également pour se rattraper avec moi, cédait à tous mes caprices et m'étouffait de câlins qui lui faisaient de toute évidence plus de bien à elle qu'à moi. Là, elle me parlait, déversait sur moi un flot intarissable de paroles décrivant par le menu ses moindres émotions. D'ailleurs, elle commençait souvent par ces mots : « Tu es trop jeune pour comprendre mais… »

Lorsqu'elle était seule, elle n'aimait pas se coucher tard, sans pour autant avoir envie d'aller dormir trop tôt. Ces soirs-là, mon père n'étant pas à la maison, c'était moi qui veillais avec ma mère, histoire de lui tenir compagnie. Si je m'assoupissais, elle me pinçait pour me réveiller. Le lendemain, ou les jours suivants, si on me demandait d'où venaient ces bleus sur mes petits bras tout blancs, je disais que je m'étais cognée contre une poignée, ou le coin d'une étagère, ou un mur… Enfin, ça dépendait de la personne qui me posait la question. À l'école, les marques sur mes bras me valurent un nouveau surnom de la part de mes bourreaux… Pongo. J'aurais bien aimé les reprendre, leur dire que Perdita, *la mère* des 101 dalmatiens, aurait été plus approprié que Pongo, le père, mais, sans surprise, je ne ripostais jamais. C'est drôle mais j'étais contente que mes bourreaux aient choisi le nom d'un des deux parents héroïques du film d'animation, plutôt que celui de Cruella la mégère.

Malgré les hématomes et la fatigue qui, parfois,

m'empêchaient de garder les yeux ouverts en classe, je chérissais ces journées passées seule avec ma mère. Lorsque mon père rentrait, ma mère et lui reformaient aussitôt leur petite bulle où il n'y avait de place que pour eux deux, et moi, je restais à l'extérieur, à quémander quelques instants d'attention. Puis mon père repartait et pendant une journée entière, ma mère m'ignorait, avant, le lendemain, de s'intéresser de nouveau à moi.

Voilà, c'était un cycle sans fin de périodes où ma mère me négligeait, durant lesquelles j'étais déboussolée, abattue, accablée de solitude, suivies de périodes de faste affectif où j'arrivais presque à me convaincre que mes parents éprouvaient de l'amour pour moi.

Presque…

3

Le jour où je décidai de tuer Jemma, mon père était absent et j'étais en pleine phase de grand amour avec ma mère. Après le souper, nous nous sommes installées sur le canapé toutes les deux, main dans la main, ma tête posée sur son épaule.

Lors de ses phases de bienveillance, ma mère réussissait souvent à m'écouter et je pouvais lui confier mes petits soucis sans craindre qu'elle ne se moquât de moi. Enfin, certaines peurs seulement : le monstre sous le lit, le géant qui rôdait dans le jardin, le dragon caché dans le placard. Je ne parlais jamais de ce qui risquait de la perturber vraiment : le harcèlement incessant, la peur de ne plus jamais être aimée par quelqu'un d'autre qu'elle ou mon père.

J'attendis la fin de notre feuilleton télévisé avant de me tourner vers elle.

— Maman, tu trouves que je suis laide ?

Sans se presser, elle inclina la tête et me dévisagea longuement. Si je lui avais posé cette question, c'est que je me demandais si les commentaires de mes petites camarades étaient véritablement infondés. J'attendais que ma mère m'ôte ce doute affreux comme elle avait si souvent réussi, par le passé, à me débarrasser de mes peurs en quelques mots salvateurs.

Alors que son regard perçant s'attardait sur mon visage, je sentis mes maigres défenses voler en éclats et mon angoisse se transformer en effroi. Mes camarades avaient donc peut-être raison, je méritais vraiment qu'on me traite de laideron. Le monstre sous le lit, c'était peut-être moi, le dragon dans le placard aussi.

Au bout d'un moment, ses traits se radoucirent et elle me caressa la joue de ses longs doigts fins, avant de me tapoter le bout du nez.

— Tu ressembles à ton père. C'est un bel homme, tu seras belle quand tu seras grande.

Mais elle se trompait. Le nez empâté qui avait toute sa place sur un faciès carré comme celui de mon père n'a jamais convenu à mon petit visage triangulaire, et si avec le temps, je trouve que mes traits sont moins disproportionnés, j'ai toujours une bouche bien trop large. Je n'étais peut-être pas si laide que ça, mais ce qui est certain, c'est que j'étais tout sauf une beauté.

*

Toute allusion à ma grande bouche – Bouche pulpeuse, Lissa l'hippo, Lissa le croco – me faisait me mordiller la lèvre inférieure dans l'espoir, vain, évidemment, de réduire la taille de ma bouche. À force, ma lèvre finissait par rougir et gonfler, sa taille décuplait. Appliquer un baume réparateur n'y changeait strictement rien.

En harceleuses expérimentées, mes camarades faisaient très attention lorsqu'un enseignant ou une personne adulte était dans les parages. Elles n'essayaient pas de se faire passer pour des anges mais les adultes les considéraient malgré tout comme des gamines inoffensives. Prudentes, elles l'étaient donc, mais pas très malignes. Alors que moi… Si j'avais hérité mon petit gabarit de ma mère, je possédais déjà l'intelligence et la ruse de mon père.

Il me faudrait d'ailleurs bien des années avant de découvrir à quel point il était sacrément rusé.

À dix ans, on saisit mal le sens de l'expression « se méfier de l'eau qui dort », mais elle représente parfaitement le sentiment qui m'animait à l'époque, cette détermination à attendre le bon moment pour mettre en œuvre un plan longuement mûri. Lorsque je compris que ce serait moi qui remporterais la victoire finale, mes tourments me semblèrent subitement plus tolérables.

Mon plan d'action était simple : j'allais décapiter le monstre.

Six mois après l'arrivée de Jemma, personne n'avait osé remettre en question le nouvel ordre établi. Les cinq filles à la tête du gang infernal étaient convaincues d'être indétrônables. Elles ne s'attendaient pas à une quelconque riposte et à force de clamer haut et fort leur supériorité, elles n'entendaient pas la colère qui grondait parmi les rangs des réprouvées.

Lorsque j'estimai le moment venu, je pris un malin plaisir à adopter leurs sales petites tactiques pour parvenir à mes fins. En moins de deux semaines, j'avais réussi à semer la discorde entre Jemma et ses copines. Je procédai méthodiquement, l'air de rien, distillant quelque remarque assassine par-ci, quelque rumeur par-là. « Il paraît que Jemma t'a traitée de grosse vache, c'est pas très sympa », chuchotais-je à l'une. « Elle exagère vraiment, Jemma, à dire que t'es débile », disais-je à une autre.

Ou encore :

— C'est vrai que tu fais toujours pipi au lit ?

Ce jour-là, la fille en resta bouche bée puis jeta des regards furtifs autour de nous pour s'assurer que personne ne nous entendait.

— Qui est-ce qui t'a raconté ça ?

La pauvre, elle était trop stupide pour comprendre que le simple fait de me poser cette question confirmait mon accusation. Cela dit, je n'avais pas besoin qu'elle me confirme quoi que ce soit puisque j'avais surpris une conversation entre sa mère et la mienne, et aussitôt pris note de l'information pour m'en servir plus tard.

— C'est Jemma qui rigolait l'autre jour en parlant de ça à quelqu'un. Oh là là, ça doit être dur à encaisser…

Quant au quatrième membre du club d'élite, je lui réservai à elle aussi le genre d'insulte qui fait mouche avec les gamines de cet âge-là :

— J'ai entendu Jemma parler de toi. Elle a dit que tu étais grassouillette. Elle n'est vraiment pas sympa, hein ?

L'incrédulité se lisait dans son regard.

Ce que j'avais rapporté à ces filles suffisait amplement à les désarçonner mais ce qui devait les perturber encore davantage, c'était mon attitude de feinte empathie. Quand vos propres victimes se mettent à vous prendre en pitié, c'est que vous êtes tombé bien bas.

Naturellement, elles n'auraient pas dû m'écouter. Je faisais partie de la caste des intouchables, de celles qui doivent rester dans l'ombre. Mais une fois éloignées de Jemma, les filles redevenaient comme avant, des gamines ordinaires, avec des peurs ordinaires. Il ne m'en fallait pas plus pour me convaincre une bonne fois pour toutes que Jemma devait disparaître.

Sous l'effet de ma discrète campagne de dénigrement, les liens d'amitié qui unissaient ce groupe, aussi ténus fussent-ils, ne tardèrent pas à s'étioler. Voir Jemma sans sa petite cour, sous le choc de l'abandon soudain, constituait un bon début. Mais ça n'allait pas durer, je m'en doutais bien. D'une manière ou d'une autre, Jemma réussirait à en faire revenir une ou deux dans son giron, voire à recruter parmi le deuxième cercle. On sentait déjà chez elle la manipulatrice hors pair qu'elle deviendrait forcément à l'âge adulte. Franchement, le monde se porterait mieux sans quelqu'un comme ça, non ?

Non ?

Je rendrais un service à la terre entière en empêchant Jemma de continuer à s'en prendre à son entourage. Comme elle s'en était prise à *moi*. Voilà ce que je pensais. Et je commençais à comprendre que je n'avais pas le pardon facile.

Le fait d'être petite, fluette, le genre de personne que les gens ne voient même pas, présentait un réel avantage : personne n'attendait rien de moi, personne ne s'apercevait même de ma présence. À la bibliothèque du patelin, personne ne me remarquait, personne ne voyait que je passais des heures à lire. En quête d'inspiration, je me gavai de bouquins sur des tueurs en série. Ces lectures étaient certes passionnantes mais les méthodes des héros dépassaient largement mes compétences. Il faudrait donc un peu d'ingéniosité de ma part. Et une bonne dose de prudence, aussi. Si je mourais d'envie de me débarrasser de Jemma, il était en revanche hors de question de me faire coincer et de passer le restant de mes jours derrière les barreaux.

Après les *serial killers*, je me penchai sur des ouvrages d'anatomie et de physiologie. Lectures tout à fait fascinantes. Trois livres plus tard, j'avais découvert deux choses : comment me débarrasser de mon ennemie jurée et ce que j'allais faire de ma vie une fois mes études secondaires terminées.

Rien ne me semblait plus juste que de punir mon bourreau par là où il avait péché. Grâce à Jemma et ses copines, mes professeurs et ma mère étaient persuadés que j'étais tout bonnement une godiche. Je n'arrêtais pas de me casser la figure toute seule, j'avais constamment des croûtes sur les genoux, parfois aux coudes. Ainsi, personne ne serait étonné d'apprendre que je m'étais ramassé un énième gadin. La logique voulait que je me serve de ce que je savais faire le mieux pour mettre un terme au harcèlement, à mes tourments.

Et mettre un terme définitif à l'existence de l'ignoble Jemma.

4

Le sol en béton de la cour de l'école était idéal pour nos jeux, nous passions l'heure du déjeuner à jouer à la marelle ou à la corde à sauter. Quand je dis « nous », ce n'est pas tout à fait exact puisque les filles comme moi étaient systématiquement exclues de ces jeux. Et je n'étais pas la seule. Nous, les victimes du clan de Jemma la harceleuse, pauvres laissées pour compte condamnées à errer seules dans un coin de la cour, nous nous contentions de regarder les autres sans jamais participer à ces jeux.

Grâce au succès de ma campagne de calomnies, Jemma était descendue d'un cran dans l'estime de ses groupies, sans pour autant être tombée assez bas pour devoir rejoindre la caste la plus basse à laquelle j'appartenais.

Une fois que cette première étape fut franchie, il ne me restait plus qu'à passer à la deuxième et dernière phase de mon plan. Du haut de mes dix ans, j'étais certaine que tout se déroulerait exactement comme prévu.

Avec son bon mètre cinquante de hauteur, la clôture autour de la cour était certes efficace pour empêcher les élèves de sortir de l'école mais sa structure grillagée nous permettait de voir ce qui se passait de l'autre côté, et vice versa. Vers le fond de la cour, à l'extérieur, des buissons formaient un massif broussailleux le long de la clôture. Des détritus provenant de la rue, poussés par le vent, s'étaient amassés dans les taillis, devenus une vraie poubelle à canettes et bouteilles.

Des bouteilles en verre : objets faciles à trouver, bon marché, passe-partout. J'avais trouvé mon arme.

La veille – encore une de ces journées où ma mère, qui déprimait et ne savait que faire d'elle-même sans mon père, me remarquait à peine et ne se préoccupait pas de moi –, je m'étais rendue au supermarché du coin et avais filé droit vers les poubelles de recyclage de verre. Je cherchais une « jolie » bouteille… enfin, disons plutôt une bouteille susceptible de plaire à une enfant. En quête de l'objet idéal, je fourrageai parmi les bouteilles de vin et de bière, sans être dérangée par qui que ce soit. Je ne tardai pas à trouver mon bonheur : une belle bouteille de gin avec d'élégantes stries sur les côtés. Parfait. Je glissai la bouteille sous ma veste, parcourus le kilomètre et demi qui me séparait de l'école et la plantai dans le sol au beau milieu du taillis, avant de la recouvrir de quelques brindilles.

C'était maintenant ou jamais. Si mon plan échouait, Jemma aurait tôt fait de rallier les filles à sa cause et il faudrait tout recommencer de zéro. Mais l'échec n'était même pas envisageable à mes yeux.

*

À la pause de midi, tandis que les élèves envahissaient la cour, je me dirigeai vers la clôture et restai plantée là un moment à épier Jemma. Elle bavardait avec une autre élève, quelques mètres plus loin. J'aurais préféré qu'elle soit seule mais le temps m'était compté. Chaque jour qui passait risquait de voir les rangs de son gang se reformer.

Je pivotai légèrement vers la clôture, marquai un temps d'arrêt puis inclinai la tête d'un demi-millimètre pour admirer la bouteille. Quelques secondes après, je passai rapidement le bras à travers la clôture et récupérai mon arme.

Je l'exhibai alors, à bout de bras, bien en l'air, en plein soleil, d'un air faussement admiratif. Si quelqu'un me regardait à cet instant, il remarquerait forcément la bouteille. L'objectif était que l'on puisse me voir sur les caméras de surveillance qui couvraient cette zone de la cour. Les enregistrements vidéo ne manqueraient pas d'être scrutés à la loupe pour que l'on puisse comprendre comment la catastrophe qui s'annonçait avait bien pu avoir lieu.

Il était interdit de manipuler des objets en verre dans la cour et si les pionnes avaient fait leur travail correctement, elles auraient dû me la confisquer aussitôt. Mais non… Comme souvent, les deux femmes se tenaient à l'autre bout de la cour, côte à côte, et papotaient.

— Elle est belle, non ? commentai-je sans m'adresser à quelqu'un en particulier alors que je filai droit sur Jemma.

Elle m'avait entendue et se retourna.

Un grand sourire aux lèvres, mon arme à la main, je m'avançai vers elle.

— Regarde ! m'écriai-je en agitant la bouteille pour la lui montrer.

Puis, dans une chute parfaitement chorégraphiée, je fis semblant de trébucher et m'étalai de tout mon long. J'entendis le goulot se fracasser sur le sol en béton et la bouteille se brisa en mille morceaux. Le temps de quelques secondes, je restai immobile au sol, un peu sonnée par le choc pourtant intentionnel. Un tesson de bouteille avait atterri près de moi. Avant de me relever, je passai mon bras contre le verre tranchant, sans trop forcer mais suffisamment pour que des gouttes de sang se mettent à perler. Je tenais toujours le bas du corps de la lourde bouteille dans mon poing.

Du sang dégoulinait de mon bras meurtri. Si Jemma s'était précipitée pour me porter secours, si elle m'avait témoigné ne serait-ce qu'un tant soit peu de compassion, aurais-je changé d'avis ? me demanderais-je bien plus tard. Eh bien, je ne le saurai jamais car ce ne fut pas le cas. Non, elle pointa un index moqueur vers moi, renversa la tête en arrière et éclata de rire, d'un rire inextinguible, comme si elle n'avait jamais rien vu d'aussi hilarant de toute sa vie.

Sur le béton clair de la cour, le sang commençait à former une petite flaque sous mon bras. Une grimace me tordait les traits du visage. Comme l'entaille au bras me piquait, mes yeux s'emplirent de véritables larmes, mon gros nez se mit à couler et mon menton à trembler.

Le bras ensanglanté tendu sur le côté, je m'avançai vers Jemma en pleurnichant. Elle s'arrêta net de ricaner mais ne bougea pas, ne recula pas, comme je le redoutais. Son visage ne traduisait aucune pitié et lorsque l'autre fille fit un pas vers moi pour venir à mon secours, Jemma lui jeta un regard tellement assassin que la fille pila net. Heureusement pour moi, sinon mon plan aurait été fichu en l'air.

La suite fut plus facile. Je fis un faux pas et trébuchai une nouvelle fois. Tendre le bras devant soi quand on se casse la figure relève du réflexe – et dans mon cas, ce fut naturellement le bras au bout duquel je brandissais la bouteille cassée. Jemma se tenait alors tout près de moi, et fut bien trop lente à réagir. Je m'affalai sur elle en l'emportant dans ma dégringolade, le verre tranchant s'abattit sur son cou. Le poids de mon corps en pleine chute suffit à faire une entaille assez profonde dans sa gorge pour lui infliger une blessure fatale.

Nos deux corps s'affaissèrent dans un enchevêtrement de membres, de cheveux et de sang. Tout en rugissant, j'appuyai sur le fond lisse de la bouteille, forçant les bords tranchants à s'incruster dans la gorge de Jemma. L'autre fille fit un bond en arrière et poussa un hurlement tellement strident et puissant que toute la cour se figea dans l'instant. Les surveillantes cessèrent aussitôt leur bavardage et, tels deux suricates en alerte, balayèrent la cour d'un regard inquiet pour savoir d'où provenait ce cri. Les secondes passaient et pendant ce temps-là, le sang giclait de la veine jugulaire de Jemma. Ce qui est drôle, c'est qu'elle ne cria pas. À bien y repenser, même quand je me suis écartée de son corps à l'agonie, aucun son ne sortit de sa bouche. Pas le moindre gémissement. En revanche, elle me regardait droit dans les yeux, et moi, je n'arrivais pas à détacher mon regard d'elle, même une fois debout. Lorsque les pionnes se décidèrent enfin à venir voir ce qui se passait, nous nous regardions toujours.

La surveillante la plus âgée des deux arriva sur place en premier, l'air passablement agacée d'avoir été dérangée en pleine causette.

— Qu'est-ce qui se…

Je n'avais jamais vu quelqu'un pâlir aussi rapidement. Une main plaquée sur la bouche, elle fit volte-face et s'adressa à sa collègue, qui venait vers nous tranquillement, comme si rien ne pressait.

— Appelle une ambulance, vite !

Sans quitter Jemma des yeux, je vis la surveillante s'agenouiller dans la mare de sang qui entourait la tête de Jemma. Elle devait se demander s'il fallait retirer les morceaux de verre du cou de la victime mais moi, j'aurais pu lui dire qu'il était déjà trop tard. J'avais observé le jet puissant de sang se transformer en goutte-à-goutte à mesure que le cœur de la victime renonçait à pomper le peu de sang qui circulait encore dans le corps de Jemma.

Ce ne fut qu'au retour de la deuxième surveillante, accompagnée d'une cohorte d'enseignants alertés par ses cris, que l'on m'emmena. Et enfin, je cessai de dévisager Jemma. L'effroi s'abattit sur moi.

— Elle va s'en sortir ? demandai-je à une enseignante d'un filet de voix.

Le trémolo dans ma voix n'avait rien de forcé. Je savais pertinemment qu'elle ne s'en sortirait pas. J'avais fait du bon boulot. À dix ans, j'avais atteint l'âge de responsabilité pénale mais je compris alors qu'à cet âge-là, on ne se rend pas toujours compte que nos désirs ne doivent en aucun cas être pris pour des réalités.

Et j'étais assez grande pour savoir que le regard de Jemma me hanterait pour le restant de mes jours.

5

On me conduisit dans le bureau de la directrice où une infirmière répondant au nom de Miss Jeffries me nettoya le bras et le pansa. Elle désinfecta la coupure superficielle avec quelque chose de glacé et mouillé tout en monologuant d'une voix réconfortante aux inflexions graves. Elle eut beau m'assurer que ça ne ferait pas mal du tout, je ne desserrai pas les mâchoires.

— Ce n'est qu'une égratignure. Ça va vite cicatriser.

Après avoir tamponné mon bras avec de la gaze, elle sortit un grand pansement d'un sachet, le posa sur la plaie puis pressa délicatement sa paume contre mon bras.

— Je pense que tu ne souffriras pas trop. Ta maman pourra peut-être te donner quelque chose si jamais tu as mal en rentrant chez toi.

Miss Jeffries resta avec moi et me fit la conversation durant un moment. Puis soudain, la porte du bureau s'ouvrit à la volée et ma mère déboula dans la pièce, l'air affolée, les lèvres tremblantes.

— Lissa ! s'écria-t-elle en accourant vers moi, les bras tendus.

Elle me serra beaucoup trop fort mais je ne protestai pas. Elle avait besoin d'être rassurée.

— Ça va, maman, lui glissai-je à l'oreille.

Lorsqu'elle consentit à s'écarter de moi, elle recula d'un pas mais garda ses deux mains sur mes épaules. D'un coup d'œil, elle passa mon corps en revue et vit le pansement.

— Oh ! Tu t'es fait mal !

Ma réponse toute faite était prête depuis bien longtemps mais je pris soin de m'exprimer en bafouillant et en ayant l'air de chercher mes mots.

— J'ai… j'ai trouvé une b-b-bouteille. Je l'avais à la… la… la main quand j'ai t-t-trébuché et je suis t-t-tombée.

À ce stade, j'exhibai mon bras mutilé.

— Elle s'est c-c-cassée et ça m'a coupée. Quand je me suis relevée… j'avais la tête qui… qui t-t-tournait. Après… je ne sais pas, je… J'étais sur Jemma, par terre.

Les grands yeux bleus de ma mère continuaient à chercher des réponses dans les miens.

— Elle aussi, elle a été c-c-coupée, enchaînai-je en regardant l'infirmière. J'espère que c'est pas grave.

Miss Jeffries, les lèvres pincées, fit claquer sa langue.

— Ne t'inquiète pas pour elle.

À mon grand étonnement, ma mère hocha la tête.

— Non, non, rien de grave, j'en suis sûre.

Dès que ma mère comprit que rien de grave ne m'était arrivé *à moi*, elle parut tout à fait rassurée. C'était le genre de femme incapable de dissimuler ses émotions : si elle avait su, pour Jemma, elle n'aurait pas été en mesure de masquer son épouvante. Alors que moi, je pouvais facilement lui cacher ce que je ressentais.

Ainsi, personne ne lui avait rien dit sur l'état de Jemma. D'ailleurs, peut-être était-on en train d'essayer de ramener la pauvre gamine à la vie à l'heure qu'il était. Mais moi, j'avais épluché assez de bouquins sur le sujet pour savoir que ça ne servirait à rien.

Je comptais bien être autorisée à rentrer chez moi car après tout, j'avais été blessée, moi aussi. Une enfant, blessée. *Ma mère devrait insister pour qu'on nous laisse partir*, songeai-je. Mettre mon plan à exécution m'avait épuisée. Et j'étais un peu contrariée parce que je revoyais constamment les yeux de Jemma braqués sur moi.

La porte s'ouvrit à nouveau et la directrice, Mrs Mangan, fit son entrée, flanquée d'un inconnu. Ma mère voyait bien que j'étais au plus mal mais elle devait s'imaginer que c'était à cause de mon bobo au bras. Elle m'attira contre elle. J'aurais bien aimé qu'elle me lâche, je n'étais plus un bébé, mais en même temps, elle m'offrait une certaine protection.

Mrs Mangan, à l'allure d'ordinaire impeccable, parcourut le bureau d'un œil cerclé de mascara détrempé.

— Mrs McColl, je vous présente l'inspecteur Hynes. Il aimerait parler à Lissa de ce qui s'est passé.

Blottie contre ma mère, je relevai le bout du nez et observai l'homme en question. Il ne ressemblait en rien aux inspecteurs de police que j'avais vus à la télévision. Ma mère et moi passions parfois l'après-midi devant le petit écran, elle aimait bien les vieux feuilletons, surtout *Columbo* et *Kojak*. Le policier qui me dévisageait n'avait rien d'un flic débraillé et pas de sucette à la bouche non plus.

— Asseyons-nous, si vous le voulez bien, suggéra Mrs Mangan en contournant son bureau d'un pas pressé, comme si elle craignait que l'inspecteur ne lui volât sa place.

Ma mère me poussa délicatement vers l'un des fauteuils en face du bureau et s'installa dans l'autre, tout près, sans me lâcher pour autant. La position était pour le moins inconfortable mais cela me permit de garder la tête partiellement cachée dans le creux de son épaule, ce qui pourrait se révéler fort utile en cas de question difficile. Cela dit, je ne m'attendais pas à rencontrer la moindre difficulté, oh non. Personne ne me soupçonnerait d'avoir assassiné ma camarade de classe. D'ailleurs, j'avais encore du mal à y croire moi-même.

C'est uniquement en me forçant à repenser à… la délivrance, la fin de l'influence toxique de Jemma sur les autres élèves, la fin du harcèlement, que je parvins à prendre la pleine mesure de cet acte… entièrement justifié.

Dans les bras de ma mère, du coin de l'œil, j'observai l'inspecteur se diriger vers des chaises empilées dans un coin de la pièce. Il essaya d'en dégager une, secoua la montagne de chaises dans un vacarme assourdissant de pieds de métal s'entrechoquant, et finit par tirer violemment sur celle du dessus. Je n'aurais pas été surprise qu'il la fasse tournoyer, puis retomber devant lui, grimpe dessus à califourchon et pose ses bras sur le dossier devant lui. C'est ce que Kojak aurait fait. Columbo, lui, serait resté debout, à faire les cent pas, une main sur le front, l'air de ne rien piger. Mais ça, c'était à la télévision, pas dans la vraie vie… où *personne* ne pigeait rien, sauf moi.

Hynes vint installer sa chaise près de la mienne. Tout près. Il se pencha en avant, cala les coudes sur ses cuisses et me fixa longuement – enfin, il scrutait la partie encore visible de mon visage.

— Bonjour Lissa. Je m'appelle Aaron, je travaille pour la police.

La réponse de ma mère fusa. Comme toujours quand elle ne comprenait pas quelque chose, son visage trahissait une profonde angoisse. Elle se tourna vivement vers la directrice. Ses bras se contractèrent encore davantage autour de moi.

— Qu'est-ce que la police vient faire là-dedans ? On peut m'expliquer ce qui se passe ?

Mrs Mangan ouvrit la bouche un instant, puis la referma et d'un regard s'en remit à l'inspecteur. D'un mouvement de tête presque imperceptible, il lui donna son feu vert.

— Eh bien, reprit la directrice en englobant d'un regard ce merveilleux tableau d'une mère et sa fille enlacées, Jemma a été grièvement blessée et… elle n'a pas tenu le choc.

Je n'étais pas entièrement convaincue de réussir à arborer l'expression qui s'imposait chez une petite fille de mon âge qui apprend ce genre de nouvelle. Le soulagement ainsi qu'une certaine satisfaction du travail bien fait allaient-ils se lire sur mon visage ? Pour ne prendre aucun risque, je tournai la tête et l'enfonçai dans le giron de ma mère. Lorsqu'elle répondit, je sentis les ondes de sa voix parcourir tout son être.

— Elle n'a pas… tenu le coup ? bredouilla-t-elle,

incrédule. Êtes-vous en train de me dire que Jemma est… morte ?

— Oui madame, je le crains.

Le moment était venu pour moi d'intervenir. Je relevai la tête, regardai d'abord Mrs Mangan, puis le policier, qui me fixait toujours de ses yeux perçants.

— Mais non, elle est tombée, c'est tout, et elle s'est coupée, comme moi, plaidai-je en montrant mon pansement. Elle ne peut pas être morte.

J'avais parlé d'une traite, sans bégayer, sans buter sur les mots, et aussitôt, j'eus l'impression d'avoir commis une erreur, d'avoir eu l'air bien trop sereine. Pour me rattraper, je me frottai vivement les yeux du poing et me mis à geindre et à renifler.

Hynes se redressa lentement, s'appuya contre le dossier de sa chaise et croisa les bras.

— Ton amie Marie nous a raconté ce qui est arrivé.

J'eus envie de le contredire, parce que Marie n'était *pas* mon amie. Pas plus qu'elle n'était l'amie de Jemma, d'ailleurs… Enfin, elle ne faisait pas partie du premier cercle, ou alors c'était très récent. Qu'avait bien pu dire Marie ? Elle avait hurlé… ça, je m'en souvenais.

Le policier continua d'une voix doucereuse.

— Lissa, on voudrait que tu nous racontes, avec tes mots à toi, ce qui s'est passé. D'accord ?

— Est-ce vraiment bien nécessaire, inspecteur ? intercéda ma mère. Lissa n'est qu'une enfant. Qui vient d'être blessée. Elle devrait être à la maison, pas en train de subir un interrogatoire.

Hynes posa les deux mains à plat sur ses cuisses.

— Si Lissa se sent capable de nous raconter sa version des faits, il vaut mieux qu'elle le fasse dès maintenant, tant qu'elle se souvient clairement du déroulement des événements. Et ça lui fera du bien d'en parler.

Ma version des faits. Voudrait-il dire par là qu'il y avait d'autres versions ou le stress me faisait-il mal interpréter ses propos ?

— Ça, c'est à Lissa d'en décider, déclara ma mère.

Hynes opina du chef.

— Tout à fait. Lissa, qu'en dis-tu ? Veux-tu me raconter ce qui s'est passé ?

Ce qui s'est passé… Parfait. Le grand moment était arrivé. Je connaissais mon texte par cœur pour l'avoir répété maintes fois dans ma tête. Tout se passait exactement comme prévu, hormis le fait que… je ne m'attendais pas à devoir *réellement* faire tout ça.

Je me lançai dans mon récit d'une toute petite voix chevrotante. Hynes se pencha vers moi pour mieux m'entendre.

— J'étais dans la… la… la c-c-cour… Il y avait du soleil, j'ai vu un… un truc qui brillait dans les buissons, de l'autre côté de la clô-clô-clôture. J'ai réussi à l'attraper… c'était une belle b-b-bouteille.

Je ménageai une pause, laissai ma lèvre inférieure pendouiller lamentablement et reniflai un grand coup avant de reprendre :

— On n'a pas le droit d'avoir d-d-du… du verre dans la cour mais la b-b-bouteille était rose avec des… des formes sur le côté. Je me suis dit que je pourrais l'apporter à la maison pour ma mère… et qu'on mettrait des fleurs dedans.

— Oh, ma pupuce, s'émut ma mère, la voix brisée par l'émotion.

Je savais qu'elle avait les yeux gonflés de larmes à cet instant.

— Et ensuite ? m'invita gentiment à poursuivre le policier.

Ah ! Il changerait de ton s'il savait la vérité, pensai-je.

— Après… je suis allée voir Marie et Jemma, pour leur montrer la bouteille.

— Ce sont tes copines, Marie et Jemma ?

J'aurais pu mentir à l'inspecteur et lui dire que nous étions les meilleures amies du monde, mais Mrs Mangan aurait tout de suite compris que quelque chose clochait.

— Non, mais elles étaient là et… je voulais montrer ma trouvaille à quelqu'un…

— Ah, d'accord. Et après ?

— Après…

Hésitation. Lèvre qui frémit. Reniflement.

— Après, je suis tombée. La… la b-b-bouteille s'est cassée, le verre m'a coupée. Quand je me suis relevée, j'avais du sang sur le bras. J'ai dû me sentir mal et… après, j'étais sur Jemma mais je me suis tout de suite relevée.

Pause. Froncement de sourcils. Mine accablée à l'évocation de la scène.

— Jemma, elle… elle s'est pas relevée, elle a dû se cogner la tête en tombant. Marie, elle criait, et puis les surveillantes sont arrivées. Les professeurs, aussi… et là, on m'a emmenée.

Je ne mentionnai pas les yeux de Jemma. Je ne voulais pas y penser. L'inspecteur avait pris un air grave. Lisait-il dans mes pensées ? Voyait-il à quel point mon âme était corrompue ?

— Quand tu t'es relevée, la première fois, pourquoi as-tu gardé la bouteille cassée à la main ?

J'avais anticipé cette question.

— Je… je l'ai gardée ? chevrotai-je. Je m'en suis pas rendu compte… Pourquoi je l'aurais gardée à la main ?

— Tu ne te souviens pas d'être tombée sur ta copine avec une bouteille à la main ?

Ce n'est pas ma copine. Les mots me brûlaient les lèvres. L'envie de hurler fut si forte à cet instant qu'une fois encore, je dissimulai mon visage dans la poitrine de ma mère.

Ma mère, elle, peinait à se contenir. Je ne relevai pas les yeux pour voir sa tête mais je savais qu'elle commençait à comprendre.

— Êtes-vous en train d'insinuer que Lissa a brandi cette bouteille pour…

Elle fut incapable de terminer sa phrase. Ses lèvres tremblaient trop – c'était en l'imitant que j'avais réussi à mettre au point mon petit numéro, soit dit en passant.

— C'était un accident tragique, Mrs McColl. La bouteille cassée est tombée sur le cou de Jemma. Ils n'ont pas pu la sauver.

Un accident tragique. À ces mots, une bouffée de soulagement m'envahit et je m'abandonnai à l'étreinte protectrice de ma mère. Après nous être entendu dire qu'il y aurait une déposition à signer, à laquelle je ne prêtai guère attention, ma mère et moi fûmes autorisées à rentrer chez nous.

À la maison, ma mère me fit tout de suite monter dans ma chambre et, pour la première fois depuis des années, elle m'aida à me déshabiller et me fit enfiler le pyjama aux motifs enfantins que j'avais fourré sous mon oreiller le matin même. Le matin de ma vie d'avant. Ma vie d'enfant. Désormais… je ne savais plus trop si j'en étais encore une.

Mon père devait revenir quelques jours plus tard mais maman dut lui téléphoner et l'implorer de rentrer au plus vite car ce jour-là, en fin d'après-midi, à ma grande joie, j'entendis sa voix dans l'entrée. J'eus envie de dévaler l'escalier et lui raconter ce qui s'était passé, lui expliquer que non, je n'avais pas voulu… enfin, non, je ne pensais pas *vraiment* que mon plan allait marcher. Il m'aurait prise sur ses genoux, je lui aurais parlé du regard de Jemma, de ses yeux que je revoyais chaque fois que mes paupières se fermaient, je lui aurais demandé si cette image allait s'effacer avec le temps ou si elle me hanterait toute ma vie. Bien entendu, je n'en fis rien. Recroquevillée sous ma couette, je tendis l'oreille mais ne saisis que quelques fragments diffus d'une conversation entre mes parents, tout en chuchotements.

Quelques minutes plus tard, ils montèrent tous les deux dans ma chambre mais les yeux clos, le souffle lourd et régulier, je demeurai immobile, même lorsque l'un après l'autre, ils se penchèrent pour déposer un baiser sur mon front. Ils laissèrent la porte entrouverte en ressortant pour pouvoir passer une tête plus tard. Je rouvris les yeux. Ouf!

La nuit, s'il y avait des nuages, l'obscurité était totale. Ce soir-là, le ciel était dégagé et des millions d'étoiles scintillaient sous la voûte céleste. Je repoussai la couette et m'avançai vers la fenêtre pour regarder dehors.

L'énorme lune d'automne lumineuse qui se détachait dans le ciel m'observait. En temps normal, ce spectacle m'aurait émerveillée.

Mais en temps normal, la lune n'avait pas les yeux de Jemma.

Des yeux qui me toisaient et criaient vengeance.

6

D'un commun accord, mes parents et la direction de l'école décidèrent que je serais dispensée d'aller en cours pendant quelque temps. Convaincus que mon rôle dans la mort de Jemma m'avait traumatisée, mon père et ma mère m'envoyèrent en consultation chez un psychologue. Tout cela fut décidé sans me demander mon avis. On me considérait comme une enfant bien trop jeune pour prendre la mesure des conséquences de ses actes. J'avais tout intérêt à jouer le jeu, à endosser le rôle de la petite fille innocente qu'ils voyaient tous en moi. Je me rendis donc à ces séances quand on me le demanda.

Elles avaient lieu dans une salle du centre médical de notre localité, un vaste complexe moderne aussi glacial qu'un hôpital, aux murs blancs comme neige, aux chaises en plastique. Par chance, mon père estimait que la situation justifiait qu'il restât à la maison avec nous, de sorte que mes parents m'accompagnèrent tous les deux au premier entretien, chacun me tenant par une main. Cela faisait quatre jours que Jemma avait succombé et depuis, ma mère ne me laissait pas un instant sans surveillance et passait son temps à m'assurer que tout s'arrangerait. Elle me rendait dingue. Pour cette femme ô combien fragile, il n'était pas simple d'accepter que sa fille unique ne lui ressemblait finalement en rien.

On me fit entrer dans une salle que quelqu'un avait essayé de rendre un peu chaleureuse : fauteuils recouverts d'un abominable tissu à fleurs, rideaux assortis à l'une des fenêtres aux vitres opaques et, dans un coin, une grossière plante en plastique. La lumière qui filtrait par la fenêtre tombait de biais sur la plante et braquait ses rayons sur la couche de poussière qui recouvrait les feuilles.

Derrière son bureau, la psychologue, Mrs Barker, se leva pour nous accueillir. C'était une femme de petite taille, rondouillarde, avec un regard vif et une bouille fort sympathique, dont je me méfiai tout de suite. Une fois les présentations faites, elle regarda longuement mes parents puis s'adressa à moi :

— Lissa, c'est à toi de décider si tu préfères que l'on discute seulement toutes les deux ou si tu aimerais mieux que tes parents restent avec nous.

J'appréciai son offre. Lâchant les mains de mes parents, je fis un pas vers Mrs Barker.

— Je crois que préférerais vous parler juste à vous.

Derrière moi, je perçus la réaction de ma mère, blessée.

— Je t'assure, maman, la tranquillisai-je. Je pense que ce sera plus facile comme ça.

— Bien sûr, bien sûr, approuva mon père. On va aller au café juste en face et on viendra te chercher dans une heure.

Il me caressa la joue puis releva la tête vers Mrs Barker.

— Vous ne la laissez pas partir avant qu'on soit revenus, hein ?

— Naturellement.

Avant de s'en aller, ma mère ne put se retenir de me serrer fougueusement dans ses bras, comme si elle me faisait ses adieux pour toujours. Au bout d'un moment, elle consentit enfin à sortir.

— Allons nous asseoir, proposa Mrs Barker en m'indiquant le coin de la salle réservé aux tête-à-tête, soit une table basse sur laquelle trônaient une carafe d'eau et deux verres, flanquée de deux fauteuils disposés face à face.

Ce semblant de confort avait probablement pour but de rendre les entretiens moins formels mais moi, il m'intimida plus qu'autre chose. Était-il trop tard pour changer d'avis et demander à mes parents de revenir ?

Une réaction visiblement normale qui n'échappa pas à Mrs Barker.

— Ne t'inquiète pas, me rassura-t-elle en m'invitant à prendre place, je ne mords pas, je t'assure.

Inutile de lui répondre que ce n'était pas elle qui m'inquiétait. Quelque chose dans son regard me disait qu'elle n'était pas du genre à gober n'importe quoi. Je m'assis sur le rebord du fauteuil qu'elle m'indiquait. Elle s'installa dans l'autre, les deux pieds ancrés au sol, les mains sereinement croisées sur les genoux.

— Sais-tu pourquoi tu es ici ?

Je m'étais renseignée, je savais bien qu'on attendait de moi que je parle, que je livre ce que j'avais sur le cœur. Mais pas au fond de mon âme, heureusement. Ce qui tombait bien parce que j'avais planqué l'inavouable dans une boîte au fond de mon être, et fermé le tout à double tour.

— À cause de ce qui est arrivé à Jemma.

— Tu veux bien me raconter ce qui s'est passé ?

Question facile, prévisible, d'un ennui mortel. Je lui servis le même couplet que celui présenté à tous ceux qui m'avaient posé la question ces derniers jours… au médecin que mes parents avaient tenu à faire venir à la maison, à l'assistante sociale dépêchée par les services de la ville, à la voisine qui avait débarqué chez nous, avide de détails. Comme avec eux, j'adoptai alors une voix plus grave que d'ordinaire, une voix qui, trouvais-je, traduisait une sorte d'accablement, et gardai les yeux baissés sur mes mains jointes. À la fin, je relevai la tête, regrettant de ne pas savoir pleurer sur commande.

— J'y pense tout le temps.

Cette phrase fut certainement la seule chose se rapprochant de la vérité que je dis à Mrs Barker lors de cette séance – et de toutes celles qui allaient suivre, d'ailleurs. Ce que je ne pouvais pas lui confier, bien entendu, c'était que je n'arrêtais pas de penser à… aux yeux de Jemma au moment de mourir. À leur expression d'une tristesse incommensurable, une expression que j'étais totalement incapable de saisir. Ce regard me hantait.

*

Une fois ma déposition signée, la police ne m'embêta plus. L'enquête sur la mort tragique de Jemma conclut à un accident et rien ne fut reproché à la pauvre enfant simplement attirée par une jolie bouteille. L'école dut faire des aménagements dans la cour pour limiter les risques et lorsque je repris les cours, près de trois semaines après, on avait fixé des plaques de tôle vert foncé sur la clôture grillagée.

Et ce n'était pas le seul changement. Avant, on me harcelait, on m'ignorait ou on m'excluait, j'étais invisible. J'étais tombée tellement bas que, parfois, j'en arrivais à me réjouir d'être harcelée : c'était dur mais dans ces moments-là, au moins, j'avais le sentiment d'exister aux yeux de quelqu'un.

Après trois semaines d'absence, je perçus un léger changement d'attitude chez mes petites camarades. Je n'étais plus une cible facile, une invisible. On me trouvait plus intéressante, je jouissais même d'une certaine aura… Pensez donc, j'avais tué quelqu'un ! À leurs yeux, peu importait qu'il s'agît d'un accident, ça les intriguait. *Je* les intriguais.

Ashling, une ancienne « meilleure copine » de Jemma, me fit des grands signes lorsque j'entrai dans la salle de classe.

— Viens donc t'asseoir à côté de moi.

— Non, viens plutôt ici, m'invita Marie en se déplaçant sur son banc pour me faire une place.

J'acceptai de m'installer près de Marie simplement parce que c'était la place la plus proche. En m'asseyant, je remarquai son sourire satisfait et l'air triomphant avec lequel elle repoussa ses cheveux en arrière. J'étais devenue une star, celle dont les filles allaient désormais rechercher la compagnie. Il me sembla alors entendre le ricanement moqueur de Jemma.

L'enjeu, pour moi, n'était pas de me constituer une petite cour d'admiratrices. Ça, je m'en contrefichais.

Mais voir les choses de l'intérieur valait toujours mieux que de rester sur la touche. Ce fut pourtant Jemma qui eut le dernier mot puisque ma récente popularité ne se traduisit jamais par des invitations chez mes petites copines. Si je fascinais mes nouvelles amies, leurs parents, eux, restaient méfiants à mon égard. Et on les comprend. J'étais assez maligne pour comprendre qu'il me fallait rester très prudente. À quoi bon prendre le moindre risque ? Désormais, ma vie était bien plus agréable, personne ne me harcelait plus, personne ne me snobait, et je n'avais que faire des goûters minables ou des soirées pyjama débiles que les filles de ma classe organisaient chez elles. J'adoptai le masque de l'indifférence assumée et personne, non, pas une seule personne ne vit à quel point cette nouvelle forme d'exclusion… me fit souffrir.

La fin de la culture du harcèlement marqua le véritable changement. Sans Jemma pour entraîner les troupes, les gamines les plus malveillantes perdirent leurs repères. Pendant un certain temps, elles crurent voir en moi une remplaçante. Elles se trompaient. Je n'avais aucune intention non plus de rallier à ma cause les filles historiquement mises à l'écart : elles n'avaient qu'à se débrouiller toutes seules et se battre, comme les autres, pour se faire une place dans ce bas monde. En revanche, lorsque je vis Ashling et ses copines pliées de rire parce que Ashling venait de faire un croche-patte « involontaire » à une des réprouvées, qui tituba, faillit tomber, puis piqua un fard, je décidai d'intervenir.

Je comprenais tellement bien ce qu'elle ressentait. Peu de temps auparavant, c'était moi qui aurais été à sa place, moi qui serais tombée, moi qui aurais souffert en silence, terrassée par le chagrin. J'étais même à deux doigts de voler à son secours. Mais je me contentai de foncer droit sur Ashling et de la toiser.

— Pff, t'es vraiment qu'une gamine.

Sans rien ajouter, je tournai les talons et m'éloignai en secouant la tête pour montrer à quel point elle me décevait.

— Ouais, elle a raison, décréta Marie avant de m'emboîter le pas.

Je me retournai quelques mètres plus loin et constatai qu'Ashling était désormais seule.

Le reste de ma scolarité en primaire se déroula sans le moindre incident.

7

Les années passaient et les yeux de Jemma continuaient de me hanter. Je n'arrivais pas à comprendre ce qu'elle avait essayé de dire durant ses ultimes instants de vie. Peut-être implorait-elle mon pardon… Cette version me plaisait mais était loin de me convaincre, et c'était d'ailleurs sûrement pour cela que je n'arrivais pas à oublier son regard. Ou alors c'était sa façon à elle, de l'au-delà, de se venger.

Cela aurait dû me suffire à ne plus jamais tuer personne mais… Nécessité fait loi, non ?

Très vite, je ne pensai presque plus à ce qui s'était passé dans cette cour d'école. La vie reprit son cours normal : mon père s'absentait trois ou quatre jours par semaine et travaillait un week-end sur deux, ma mère se morfondait en cycles réguliers, alternant période de négligence et période de faste affectif.

Si les choses étaient gravées dans le marbre, la vie aurait donc continué ainsi *ad vitam æternam*. Mais rien n'est jamais gravé dans le marbre.

*

J'étais à mon bureau, dans ma chambre, en train de travailler sur une composition d'anglais lorsque la sonnette de la porte me fit relever la tête en ronchonnant. Ma mère était partie faire des courses au supermarché. *Oh et puis zut*, me dis-je, *la personne en bas finirait bien par s'en aller*. Seulement, étant donné que personne ne venait jamais chez nous, c'est piquée par la curiosité que je décidai d'aller voir qui pouvait bien sonner. Je m'approchai de la fenêtre en catimini, écartai légèrement le rideau et jetai un œil en bas.

Un véhicule de police était garé devant la maison. Intriguée, mais nullement inquiète à ce stade, je me déplaçai discrètement de l'autre côté de la fenêtre pour jouir d'une meilleure vue sur la porte d'entrée. Deux agents en uniforme se tenaient sur le perron.

Ce genre de chose était déjà arrivé. Ma mère avait été filmée par les caméras de surveillance du quartier en excès de vitesse. La police n'avait pas le droit de mettre des amendes mais des agents étaient déjà venus sonner chez nous pour lui « conseiller» de ralentir sur la route.

C'était forcément ça, encore. Et ma mère allait être dans tous ses états. Encore.

Si je descendais leur ouvrir, les policiers me diraient peut-être simplement de lui transmettre leurs recommandations, et comme ils avaient sûrement autre chose à faire, l'affaire en resterait là.

Persuadée de connaître la raison de cette visite impromptue, je descendis donc et ouvris la porte à la volée, un large sourire aux lèvres.

— Bonjour !

Les deux agents de police affichaient une mine grave.

Malgré mes seize ans, je savais bien que je faisais nettement plus jeune que mon âge avec ma petite taille, ma silhouette fluette. Visiblement, les deux hommes pensaient avoir affaire à une petite fille et hésitèrent un instant avant de parler.

— Bonjour, me dit l'un des deux, tout bas. Ta maman est là ?

— Non, elle est au supermarché, répondis-je, sans me départir de mon sourire.

— On peut l'attendre à l'intérieur ?

Désarçonnée, j'eus un gloussement nerveux.

— Euh… En fait, elle ne va peut-être par rentrer tout de suite, et j'ai des devoirs à faire, moi.

— Je peux te demander quel âge tu as ?

Je fus tentée de rétorquer, non sans sarcasme, qu'ils pouvaient toujours me le demander mais que rien ne m'obligeait à leur répondre, mais quelque chose dans l'expression figée de leurs visages m'incita à me raviser.

— Seize ans.

Les agents échangèrent un regard, le plus âgé acquiesça puis réitéra sa demande.

— On peut entrer ? On attendra à l'intérieur.

Grâce à ma mère, j'avais vu quantité de feuilletons télévisés sur des enquêtes de détective.

— Il lui est arrivé quelque chose ?

Ma mère était un vrai danger public au volant, elle se laissait facilement distraire sur la route. Des visions de voiture cabossée, de corps mutilé me traversèrent l'esprit en un flash.

— Maman…

Au même instant, la voiture de ma mère s'engagea dans l'allée du jardin. Ouf ! Je m'adossai au mur du couloir, soulagée. Ma mère attrapa un sac de courses sur le siège passager, sortit de sa voiture, amorça un demi-tour et soudain, se figea. Le sac au bout du bras, elle resta plantée là, à regarder le véhicule de police. Puis elle se tourna vers la porte d'entrée, là où l'attendaient les deux agents de police, déterminés et embarrassés à la fois.

L'insupportable vérité s'abattit sur nous au même instant.

Ma mère lâcha son sac de courses et se rua sur les policiers.

— Mark ! s'écria-t-elle.

— … Papa ? balbutiai-je, sidérée.

Ma mère se jeta sur le premier agent, s'agrippa à lui tout en tirant sur son uniforme. Il lui attrapa les deux mains et la maîtrisa aussitôt. Quant à moi, la bouche ouverte, je reculai lentement dans le couloir.

Sous le choc, je restai muette, mais ma mère, elle, s'était mise à hurler… des cris de lamentation à vous faire vriller les tympans, de plus en plus stridents. L'un des policiers tenta de la convaincre de rentrer dans la maison mais, voyant qu'elle ne l'écoutait pas, il la prit dans ses bras et la porta, littéralement, à l'intérieur, avant de l'asseoir sur le canapé. Refusant de rester assise, ma mère se releva aussitôt sans cesser de gémir, les yeux exorbités, se tordant les mains.

Et soudain, elle se tut. Le silence qui s'abattit alors dans le salon fut encore plus assourdissant que ses pleurs déchirants. Elle se laissa tomber sur le divan et regarda droit dans les yeux l'officier de police qui l'avait portée.

— Je vous écoute.

— Je suis navré, madame. On a trouvé votre mari, ce matin. Dans sa voiture. Une passante avait remarqué qu'il n'avait pas bougé depuis plusieurs heures. Cette personne a frappé à la vitre de la portière mais votre mari n'a pas réagi. Alors elle a appelé une ambulance. Le médecin a constaté en arrivant que le corps de Mr McColl était déjà froid. Sans vie. L'heure du décès remonte à hier soir, dans la nuit. Une autopsie va avoir lieu mais d'après le corps médical, il s'agit *a priori* d'un arrêt cardiaque foudroyant ou d'un infarctus.

Je vis mon père, cet homme imposant, toujours souriant, dans sa voiture, seul, en train de mourir. Si apprendre sa mort m'épouvanta, me dire qu'il était mort seul, loin de ceux qui l'aimaient, me terrassa. Un des policiers s'était éclipsé à la cuisine. Était-il en train de faire du thé ? Je l'entendais ouvrir et refermer les placards, ce qui me parut étrange, mais après tout... Une bonne tasse de thé nous ferait le plus grand bien, le monde redeviendrait normal et la mort de mon père serait peut-être plus tolérable.

L'autre agent de police, celui qui avait annoncé la mauvaise nouvelle à ma mère, s'assit dans un fauteuil en face d'elle. Je croyais qu'il m'avait oubliée mais il leva alors les yeux vers moi et j'y vis une petite lueur de panique, qui me mit en alerte. J'approchai et m'installai à côté de ma mère, sur le divan. Elle ne se tourna pas vers moi pour me consoler ou partager sa douleur avec moi.

Le policier se remit sur pied puis vint s'agenouiller près d'elle. Il la secoua très légèrement par les épaules. J'aurais pu lui dire, moi, à ce policier, que ça ne servait à rien. J'aurais pu lui parler des cycles de négligence et de faste, j'aurais pu lui raconter les absences de mon père qu'elle ne supportait pas, ces journées interminables durant lesquelles elle se repliait sur elle-même, se coupant du monde entier, de moi. J'aurais pu lui expliquer que la seule chose qui lui faisait reprendre goût à la vie était la perspective du retour de son mari.

Je posai une main sur celles de ma mère, inertes, glaciales. Elle était partie et cette fois, elle n'avait plus aucune raison de revenir. Mon père avait disparu pour de bon. Une furieuse envie de hurler me prit aux tripes, l'envie de faire remarquer à ma mère que j'étais toujours là, moi ! Je tentai de glisser mes doigts entre les siens, puis tirai sur ses mains, mais dans sa rigidité, ce fut tout le corps de ma mère qui vacilla. Son regard était figé droit devant elle.

— Tu connais le nom d'un docteur que l'on pourrait appeler ?

— Oui.

Je lâchai les mains de ma mère et l'instant d'après, constatai avec stupéfaction que les doigts de ses deux mains s'étaient à nouveau fermement entrelacés. Retenant mes larmes, je me levai et filai dans le vestibule. Ma mère rangeait son carnet d'adresses dans le tiroir d'un petit meuble. Elle y consignait, de sa belle écriture serrée, les coordonnées de tous les gens que nous connaissions. J'ouvris le carnet à la bonne page et le remis au policier sans prononcer un mot.

Tandis qu'il passait un appel, son collègue revint au salon avec un plateau dans les bras. Il avait sorti le service à thé en porcelaine que ma mère n'utilisait que pour les invités. Elle aurait été horrifiée de voir comment il avait empilé les tasses les unes sur les autres. Je faillis intervenir et les disposer les unes *à côté* des autres, pour faire plaisir à ma mère, mais me rendis compte que c'était idiot. Mon père venait de mourir ; rien ne ferait plus jamais plaisir à ma mère.

L'officier de police qui avait passé l'appel avait dû expliquer au cabinet médical qu'il s'agissait d'une urgence car le médecin arriva moins d'une demi-heure après, l'air très inquiet.

Il posa son sac par terre et alla s'asseoir à la place que j'occupais encore quelques minutes avant son arrivée.

— Mrs McColl. Vous venez d'avoir une terrible nouvelle. Toutes mes condoléances.

Il posa délicatement la main sur le poignet de ma mère. Pour prendre son pouls. Sentait-il lui aussi que son cœur venait de se briser ?

— Elle n'a pas bougé depuis que je lui ai annoncé la nouvelle, expliqua le policier dans un murmure. C'est à peine si elle cligne des yeux.

Le médecin hocha la tête et marmonna quelques mots incompréhensibles avant de relever la tête vers l'officier de police.

— Elle a toujours été… fragile, disons. Mr McColl était son pilier. Elle va avoir du mal à accepter sa disparition.

Les deux représentants de l'ordre et le médecin formaient un demi-cercle autour de ma mère et la dévisageaient d'un air affligé. *Et moi, alors ?* avais-je envie de beugler. Je n'avais que seize ans. Mon père venait de mourir. Ma mère avait déserté. Le cycle infernal de négligence et de faste qui rythmait ma vie depuis toujours venait de se rompre. Et malheureusement, le temps s'était figé à jamais en phase de négligence.

8

Une fois que le docteur, après maintes tentatives, eut renoncé à essayer de faire parler, bouger ou réagir ma mère, il passa plusieurs coups de téléphone puis m'entraîna dans le vestibule.

— Je sais que c'est difficile pour toi aussi, Lissa, mais ta mère m'inquiète beaucoup. Le mieux, me semble-t-il, serait de l'hospitaliser pour que des spécialistes puissent s'occuper d'elle.

Le poids de tout ce qui venait d'arriver – la mort de mon père, l'effondrement de ma mère – commençait à peser sérieusement lourd sur mes frêles épaules et je me sentais perdre pied à mon tour.

— … des… spécialistes ? Comment ça ?

— Une clinique psychiatrique, privée, précisa-t-il en jetant un œil à ma mère par la porte du salon. Ils sont d'accord pour la prendre. Je pense qu'elle sera très bien là-bas. Le seul souci, c'est le coût, évidemment…

— Non, ce n'est pas un souci. D'accord, qu'elle aille là-bas. On a plein d'argent, affirmai-je avec un aplomb qui parut soulager le médecin.

Inutile de lui en dire plus. La vérité, c'était que je n'avais pas la moindre idée de l'état de nos finances, et ma mère probablement encore moins que moi. Nous avions toujours eu suffisamment d'argent pour vivre, et aujourd'hui, pour se maintenir en vie, ma mère avait besoin d'être prise en charge.

— Très bien, alors autant procéder sans tarder, ce sera mieux pour elle.

Je le laissai passer encore plusieurs appels et retournai auprès de ma mère. Je posai à nouveau une main sur les siennes. Les policiers auraient pu expliquer au médecin, si celui-ci avait posé la question, qu'à seize ans, j'étais trop jeune pour décider de faire interner ma mère dans une clinique privée. À mon âge, on n'avait pas le droit de signer de papiers officiels, mais apparemment, ça ne posait de problème à personne.

Je comprimai la main de ma mère et lui expliquai ce qui allait se passer.

— Tu vas aller dans une maison de repos pendant quelque temps. En attendant que ça aille mieux. Et ne t'en fais pas pour moi, je vais me débrouiller.

J'attendais une réaction de sa part, un petit signe pour me faire comprendre qu'elle s'en voulait de me laisser seule face au deuil de mon père, mais non, rien.

— Tu as quelqu'un à appeler, jeune fille ? Quelqu'un qui pourrait venir passer quelques jours avec toi ?

Je me tournai vivement et constatai que les deux policiers étaient toujours là. Je les avais presque oubliés. Cette question m'avait été posée avec gentillesse, on voyait bien qu'ils s'inquiétaient pour moi, mais elle me fit l'effet d'un coup de poing dans la figure. Parce que non, je n'avais personne à appeler. Mes parents étaient tous les deux des enfants uniques. Les parents de mon père étaient décédés bien avant ma naissance et ceux de ma mère deux ans après.

J'aurais aimé pouvoir leur répondre que je n'avais besoin de personne, mais c'était un pur mensonge. Sur les deux personnes dont j'avais besoin, la première était morte, et l'autre m'avait abandonnée. Au chagrin provoqué par la disparition de mon père se mêlaient toutes sortes d'émotions contradictoires. Une colère irrationnelle contre lui – comment avait-il osé mourir et nous laisser seules ? – ; un puits sans fond de tristesse devant la détresse de ma mère, qui l'adorait ; et une rage indicible envers elle, elle qui se retirait de la scène et me laissait seule.

— Je pourrais toujours appeler les voisins si j'ai besoin d'aide, improvisai-je.

C'était vrai, je pouvais le faire. Mais je n'en avais aucune intention.

— J'ai seize ans, vous savez, ajoutai-je. Je peux me débrouiller toute seule.

Je voyais bien que l'officier voulait dire quelque chose, ses lèvres avaient commencé à former un son, mais au même instant, on entendit une ambulance se garer devant la maison. Je bondis du canapé.

— Je vais préparer quelques affaires pour ma mère.

Dix minutes plus tard, elle était dans l'ambulance. À ses pieds, un sac rempli à la va-vite de quelques vêtements.

— Je viendrai te voir dès qu'on m'y autorisera, lui dis-je en me penchant pour déposer un baiser sur sa joue. Tu vas vite guérir, tu rentreras bientôt.

Je ne savais pas si elle m'entendait mais ce mensonge s'adressait bien à elle. Car non, je ne pensais pas qu'elle allait « bientôt » rentrer à la maison. En fait, j'étais même persuadée qu'elle ne rentrerait jamais.

Le médecin grimpa dans l'ambulance.

— Je donnerai ton numéro à la clinique et leur demanderai de t'appeler une fois que ta mère sera installée.

— Merci.

Et l'ambulance démarra sur-le-champ.

Dans le salon, je retrouvai les deux policiers. Ils avaient refait du thé. Je voulais qu'ils partent, à présent, ils n'avaient plus rien à faire ici. Et je voulais me retrouver seule pour pouvoir hurler ma douleur. Mais le supplice devait se prolonger encore quelque temps.

L'officier reposa sa tasse dans la soucoupe.

— On a trouvé ton numéro dans le téléphone portable de ton père. Et... Olivia Burton, c'est un nom qui te dit quelque chose ?

La liste des gens que nous fréquentions n'était pas bien longue. Et Olivia Burton ne figurait pas sur cette liste.

— Non. Qui est-ce ?

Les deux hommes se regardèrent et gigotèrent un peu, visiblement mal à l'aise. Ils semblaient avoir le même grade mais c'était toujours le même qui s'exprimait.

— Si je pouvais éviter d'avoir à te dire ça, crois-moi, je m'en passerais bien. Mais malheureusement, je n'ai pas le choix.

— Je ne suis pas en sucre, vous savez, monsieur l'agent.

Évidemment, mon petit format me donnait l'air d'une

enfant encore fragile, mais il ne faut pas se fier aux apparences… j'étais déjà une meurtrière, moi. Ce que je m'abstins de mentionner, naturellement.

— Allez-y, je suis prête à tout entendre.

— Olivia Burton, c'est le nom de… de… de la seconde femme de ton père.

9

J'éclatai d'un rire tellement hystérique que les deux policiers eurent un mouvement de recul et me considérèrent d'un air effaré. *Il va falloir appeler une autre ambulance*, devaient-ils se dire. Ils auraient pu se rassurer : si j'avais explosé de rire, c'était en partie parce que je refusais d'y croire, mais d'un autre côté, je compris immédiatement que ma mère et moi avions été dupées, moi depuis seize ans, et elle probablement depuis son mariage vingt ans plus tôt.

Ah, mon père ! Cet homme élégant, drôle, généreux, affectueux… et bigame.

Ma mère ne s'était-elle doutée de rien ? Moi, non, mais j'étais encore jeune, certes plus coriace que mon physique ne le laissait penser, mais je ne connaissais pas grand-chose au monde des adultes, je n'avais aucune idée de ce dont ils étaient capables. Tous ces mensonges dont mon père avait dû nous abreuver… Sa double vie… Quelle somme de fatigue cela devait représenter pour lui. Pas étonnant qu'il soit mort si jeune, avec tout ce stress.

— Tout… va bien, mademoiselle ?

Combien de fois dans les semaines à venir allait-on

encore me poser cette question idiote ? Inutile, cependant, de m'en prendre à celui qui me la posait. Je compris enfin pourquoi les deux flics s'étaient attardés après le départ de l'ambulance.

À question idiote, réponse idiote :

— Très bien, merci. Est-ce que cette femme, cette Olivia Barton…

— Burton, me corrigea-t-il.

— Elle était au courant, elle ?

Il passa une main dans ses cheveux coupés court avant de répondre.

— Non, elle ne savait rien. Ils étaient mariés depuis quatre ans. Elle avait gardé son nom de jeune fille.

Quatre ans.

— Mon père était souvent absent pour son travail, plusieurs jours par semaine et un week-end sur deux. Et c'était comme ça depuis que je suis née, pas seulement depuis quatre ans.

Pas de réponse. Que pouvaient-ils dire ? Me faire remarquer qu'il y avait peut-être eu quelqu'un d'autre avant Olivia ? Je me levai subitement.

— Merci, messieurs.

Mais je les congédiai un peu trop vite. Je me rassis aussitôt. J'étais seule, à présent, avec des responsabilités. J'avais un enterrement à organiser pour mon père, ce sale menteur.

— Où est le corps de mon père ?

Comme si je risquais d'oublier après tout ce qui m'était tombé sur la tête depuis ce matin, l'officier sortit un calepin et un stylo de sa veste, et nota l'information.

— Tu n'auras qu'à appeler une entreprise de pompes funèbres. Ils se chargeront d'aller chercher la dépouille de ton père et appliqueront à la lettre toutes tes instructions.

Mes instructions… De toute évidence, j'avais réussi à convaincre les officiers que je maîtrisais parfaitement la situation. Je n'avais guère le choix, de toute manière, puisque ma mère s'était défaussée de ses responsabilités. Ma seule consolation, c'était de me dire que dans son état, elle ne saurait jamais qu'elle avait été trompée sur toute la ligne.

— Merci, c'est bien aimable à vous.

Ils n'avaient pas l'air d'avoir envie de partir mais finirent par me suivre dans le vestibule.

— Ça va aller, je gère, résumai-je la situation en leur ouvrant la porte.

Un beau mensonge que je me répéterais en boucle, comme un mantra, pendant encore plusieurs jours.

Je gérais.

Je n'avais pas le choix.

*

Grâce au carnet d'adresses de ma mère et aux annotations qu'elle avait pris soin d'ajouter à côté de certains noms, je n'eus aucun mal à identifier les gens dignes d'intérêt. À côté du nom d'un notaire : « Testament ». Je composai le numéro et pris un rendez-vous pour la semaine suivante.

Comme ma mère s'était occupée des obsèques de ses parents à leur mort, elle avait également noté le nom d'une entreprise de pompes funèbres. Je contactai celle-ci, expliquai la situation et répondis aux questions qu'on me posa.

— Je veux une crémation. Je vous laisse choisir l'urne. La moins chère, s'il vous plaît. Et pas de musique non plus pendant la cérémonie au crématorium.

Mon père n'avait que ce qu'il méritait. Ce serait le minimum syndical pour son ultime adieu. Tiraillée, j'oscillai constamment entre chagrin et colère. Il avait trompé ma mère, il m'avait trahie, trahi notre famille. Toutes nos sorties merveilleuses ensemble, ces dîners au restaurant avec elle, ce faste… Il avait agi par culpabilité, pas par amour. Le traître ! S'il avait été encore en vie, je crois que j'aurais eu envie de le tuer.

De ma vie, je n'avais jamais passé une seule nuit séparée de ma mère. Je tirai les rideaux pour empêcher l'obscurité de s'immiscer dans la maison. Un sentiment de solitude absolue et de désespoir me fit monter dans ma chambre. Je me glissai sous la couette et tentai de retrouver le goût de ma vie d'avant.

Je me demandais ce que ma mère faisait à cet instant. Était-elle au lit, elle aussi ? Essayait-elle, elle aussi, de replonger dans cette vie, sa vie, celle qui était partie en fumée le matin même ? Et une fumée toxique, qui plus est. Mais ça, elle n'en savait rien. Il était plus probable qu'elle était plongée dans un sommeil profond, assommée par les médicaments. Lorsqu'elle se réveillerait, peut-être se rappellerait-elle qu'elle avait une fille.

Incapable de trouver le sommeil, je restai étendue sans bouger, en proie aux questionnements. Je me demandais si je serais capable de *gérer*, si j'avais menti ou pas sur mes propres ressorts. La faim me força à me lever une heure plus tard. Au moins, une partie de moi fonctionnait encore normalement.

J'avais acquis quelques bases en cuisine ces dernières années puisqu'il avait bien fallu, les jours où ma mère refusait de s'occuper de moi, que je me fasse à manger toute seule. L'apprentissage n'avait pas toujours été couronné de succès – je m'étais brûlé les doigts plus d'une fois, préparé des plats beaucoup trop cuits et avais tenté des mélanges parfois désastreux. Je jetai un œil au contenu du réfrigérateur et bientôt, je mastiquai un bout de pain de mie avec du fromage. Pour tout vomir quelques minutes après, dans l'évier de la cuisine. L'appétit et le chagrin ne faisaient visiblement pas bon ménage.

La nuit allait être longue. Et après, il y aurait demain, suivi d'un autre jour… Qu'allais-je faire, maintenant ? Me consacrer à quelque chose qui me plaisait ? Ne rien faire du tout ? Je voulais devenir infirmière, et ce depuis le jour où j'avais découvert les ouvrages d'anatomie et de physiologie. Dans un petit coin de ma tête, j'avais l'impression que je le devais à Jemma.

Rien ne m'empêchait de continuer à vivre ici, seule, même si cette perspective me faisait froid dans le dos. J'aimais bien être seule parfois, certes, mais *vivre* seule, c'était autre chose. Ma mère ne rentrerait pas à la maison, j'en étais sûre. Elle ne sortirait jamais de la bulle dans laquelle elle avait choisi de s'enfermer. En dépit de mon jeune âge, de mon manque d'expérience, je pressentais que c'était probablement mieux comme ça. La mort de mon père l'avait laminée, sa trahison serait une torture insupportable pour elle.

Le lendemain matin, il faudrait que je passe les

quelques coups de fil qui s'imposaient. Appeler d'abord l'école, leur expliquer la situation dans laquelle je me retrouvais subitement, leur dire que j'avais besoin de plusieurs semaines de repos pour me remettre de la disparition de mon père. À la suite de quoi, il faudrait contacter l'employeur de mon père et lui expliquer pourquoi il ne viendrait plus travailler. La voiture dans laquelle il avait été retrouvé appartenant à sa société, la police avait peut-être déjà informé l'employeur. Qui sait, quelqu'un à son travail savait peut-être déjà qu'il menait une double vie.

Je devais également essayer de me renseigner sur notre situation financière. Mon père avait installé son bureau dans la chambre d'amis, une pièce dont l'accès nous était interdit, à ma mère et moi. Mon père se justifiait souvent en plaisantant : « C'est que je cache mes petits secrets, là-dedans, alors si vous mettiez la main dessus, je serais obligé de vous tuer toutes les deux ! »

Ça ne me faisait plus rire du tout.

10

Le lendemain matin, après une nuit blanche, les yeux gonflés par le manque de sommeil, je m'installai près du téléphone pour passer mes appels. Avant même que je n'aie pu décrocher le combiné, on sonna à la porte. C'était la voisine, Mrs Higgins, une femme bien en chair au visage rougeaud, très fière des tenues qu'elle se confectionnait elle-même, convaincue que ses vêtements valaient largement ceux qu'elle aurait pu dégoter dans les boutiques de Bath. Ce qui était loin d'être vrai, mais elle n'avait pas la langue dans sa poche et personne n'osait lui faire la moindre remarque sur la façon dont elle s'attifait. Ce jour-là, elle portait une robe qui bâillait tellement au niveau du décolleté qu'on lui voyait la moitié de la poitrine, sans que cela n'ait l'air de la déranger le moins du monde. Ou peut-être en était-elle parfaitement consciente. Ou alors elle s'en fichait, tout simplement.

— Bonjour.

Je n'en dis pas plus et attendis sa réponse.

— J'ai vu l'ambulance, hier, me lança-t-elle.

Malgré ses goûts douteux en matière de mode et sa langue bien pendue, Mrs Higgins avait le cœur sur la main et, dans ses yeux, je décelai de la compassion, l'envie sincère d'aider si elle le pouvait. De la simple curiosité mal placée m'aurait rendue verte de rage, mais son visage n'était que bonté à l'état pur. J'éclatai en sanglots. Sans la moindre hésitation, elle me prit dans ses bras et après m'avoir étreinte un bon moment, elle me conduisit à l'intérieur, sans me lâcher.

— Raconte-moi tout, dit-elle en me faisant asseoir à la table de la cuisine, sans me lâcher la main. C'est ta maman, c'est ça ?

Je confirmai d'un mouvement de tête, puis infirmai en la secouant.

— Oui. Enfin non. C'est mon père, il est mort. Quand la police l'a annoncé à ma mère, elle s'est effondrée. Le docteur Brennan a dit qu'il valait mieux qu'elle aille dans une clinique.

Je n'eus pas besoin d'en dire davantage. Mrs Higgins habitait à côté de chez nous depuis assez longtemps pour avoir été témoin des hauts et des bas de ma mère.

— Ma pauvre petite cocotte… Quel choc pour toi… Il fallait venir chez moi tout de suite. Vraiment, la police n'aurait jamais dû te laisser seule. Tu es encore une enfant, voyons !… Bon, ça ne peut pas continuer comme ça, tu viens t'installer chez moi et tu y resteras tant que ta mère ne sera pas rentrée, d'accord ?

Je voulus refuser, lui dire qu'à seize ans, j'étais tout à fait capable de me débrouiller seule. Lui faire comprendre que j'étais bien plus solide que j'en avais l'air. Mais je n'y arrivai pas. Je me frottai les yeux et bredouillai :

— Merci, Mrs Higgins, vous… vous êtes vraiment gentille, je veux bien.

Mrs Higgins ne se contentait pas d'une garde-robe douteuse, d'une langue bien pendue et d'un cœur en or, c'était aussi une femme dotée d'un bon sens paysan.

— Prends tout ce qui risque de se perdre, m'ordonna-t-elle en m'indiquant le réfrigérateur. Ce serait bête de gâcher de la nourriture. Va faire ta valise et viens chez moi quand tu auras fini. Pour les Robinson, ajouta-t-elle en agitant le pouce vers la maison qui jouxtait la nôtre, j'en fais mon affaire, je vais leur parler. Comme ça, ils ne t'embêteront pas.

— Merci, oui, je veux bien, merci.

Sur ces entrefaites, elle repartit.

Mon appel à l'école ne dura que quelques secondes, je ne m'étendis pas sur le sujet. Ce fut la secrétaire qui décrocha et elle ne s'était jamais montrée particulièrement sympathique, de sorte que je ne me sentis pas obligée d'entrer dans les détails. « Mon père est décédé subitement. Dites à la directrice que je ne vais pas venir à l'école pendant plusieurs semaines parce que je dois aider ma mère, pour les obsèques, tout ça. Merci. » Et je raccrochai sans attendre sa réponse.

Je parvins à avaler un bol de céréales et à boire un verre de jus de fruits sans vomir. Premier signe que, petit à petit, le quotidien reprendrait inexorablement le dessus.

Je voulais voir le bureau de mon père. La porte était fermée à clef. « Par sécurité. J'y conserve des documents sur lesquels mes concurrents ne seraient pas mécontents de mettre la main, crois-moi », affirmait-il, comme s'il se prenait pour un espion, alors qu'il était simplement commercial pour une boîte de produits pharmaceutiques.

La porte était verrouillée, certes, mais je savais où se trouvait la clef.

Sous le pot de la plante nichée dans une petite alcôve, entre la chambre d'amis et celle de mes parents. Toujours au même endroit. Mon père avait tellement de secrets, tellement de contingences à gérer en même temps qu'il devait bien se reposer sur certaines choses immuables. De toute manière, il savait pertinemment que ni moi ni ma mère n'oserions pénétrer dans son antre. Nous le respections trop. *Quelles crétines !*

Je récupérai la clef, ouvris la porte, entrai et englobai la pièce du regard. Je sentis les larmes me monter instantanément aux yeux. Au fond de mon être, colère et chagrin rivalisaient encore d'intensité mais dans ce bureau où mon père avait passé de longues heures, dans cette pièce masculine en tel contraste avec les motifs floraux du reste de la décoration de la maison, le chagrin prit vite le dessus. La douleur d'avoir perdu cet homme que j'aimais me terrassa. Son odeur flottait encore dans l'air, je reconnus les notes citronnées de son parfum, l'odeur des vestes en tweed qu'il aimait tant.

Je m'assis sur la chaise de bureau et continuai à observer la pièce en me balançant légèrement. C'était lui qui se chargeait de faire le ménage dans son bureau. Pas souvent, visiblement, si l'on en jugeait par la fine couche grisâtre qui recouvrait le mobilier. Par terre, dans les coins et le long des plinthes, la poussière, plus épaisse, témoignait des compétences limitées de mon père en matière de corvées domestiques. Il négligeait même les coins les moins accessibles de sa table de bureau.

Il avait tellement de choses à cacher qu'il ne voulait en aucun cas courir le risque de voir ma mère entrer dans son bureau et tomber sur quelque chose de compromettant. Pour la première fois, je ressentis une sorte de pitié pour lui. Garder un secret pour soi pendant tellement longtemps… Je songeai alors à Jemma. Encore un secret… En fin de compte, mon père et moi avions peut-être plus de points en commun que nous ne le pensions.

Mais je n'avais aucune envie de penser à cela pour le moment. Je rapprochai ma chaise du bureau et appuyai sur le bouton de démarrage de l'ordinateur. Après un premier essai de mot de passe, erroné, je laissai tomber. Le champ des mots possibles était bien trop vaste. Dans l'espoir de mettre la main dessus, dans un carnet, ou griffonné sur un Post-it, je commençai à passer en revue une pile de documents laissés en désordre. Rien. Ou plutôt, si, des papiers liés à son activité professionnelle, sans intérêt pour moi. Je m'intéressai alors aux quatre tiroirs sous le plateau du bureau.

Le premier était fermé à clef, tous comme les trois autres. Mon père verrouillait l'accès à cette pièce et en plus, fermait ses tiroirs à clef. En voilà un dispositif de sécurité drastique. Il devait avoir sacrément la trouille. Ne s'était-il donc jamais dit que le jour où il mourrait, il serait forcément démasqué ? Ou se croyait-il immortel ? Ce qui est certain, c'est qu'il ne devait pas s'attendre à casser sa pipe à l'âge de quarante-six ans.

Frustrée, je filai un méchant coup de pied dans le tiroir du bas. En pure perte. Le bureau était solide. Mon regard se posa sur une grosse tasse remplie de stylos. Je retournai la tasse. Non, mon père n'avait pas caché la clef au fond, bien entendu. Le long du mur, il y avait un caisson de rangement. Doté de six compartiments. Et pour seul autre mobilier, sous la fenêtre, une petite bibliothèque basse. Les biographies de l'histoire militaire qu'il affectionnait tant. Des beaux livres pour la plupart, offerts par ma mère. Un de moi, aussi. Je l'ouvris et lus l'inscription sur la page de garde :

Pour mon papa chéri, bon anniversaire !
Bisous. Lissa.

Soudain submergée par la rancœur, le désespoir et la peine, j'arrachai la page et la déchirai en petits morceaux. Sous le coup de la colère, je filai dans la buanderie et me mis en quête de la boîte à outils. Comme personne ne s'en servait jamais, les outils étaient encore bien rangés, soigneusement posés les uns à côté des autres dans une boîte à chaussures. Je m'emparai de la boîte. Armée d'un marteau et d'un tournevis, je m'attaquai au tiroir du haut, cognant de toutes mes forces pendant un bon moment, jurant comme un charretier. Les trois autres tiroirs cédèrent plus facilement et bientôt les quatre tiroirs du bureau furent ouverts. Je jetai les outils à terre. Le caisson attendrait.

Après avoir fait de la place sur le plateau du bureau, j'y déversai le contenu du premier tiroir et commençai à examiner les papiers. Je n'aurais pas dû être surprise de tomber sur le certificat de mariage d'Olivia Burton et de mon père, mais le choc fut bel et bien là. Notamment à cause de l'âge de son épouse : mon père n'avait pas choisi une version plus jeune de ma mère.

Ainsi, il était peut-être moins conventionnel que je ne le pensais. Olivia avait quarante-cinq ans, soit six ans de plus que ma mère.

Il y avait une photo d'elle. Pas franchement une beauté. Plus replète, plus robuste que ma mère. Était-ce justement cela qui avait plu à mon père ? S'était-il lassé de la petite bonne femme chétive aux nerfs fragiles qu'il avait épousée ? Celle qu'il avait épousée *en premier* ?

Je découvris un tas d'autres photos. Toutes de femmes, avec leurs noms et des dates qui remontaient à… la plus ancienne, deux ans après le mariage de mes parents. Des amies, des amantes, des maîtresses régulières ? De toute évidence, mon père avait commencé à tromper sa femme très peu de temps après leurs noces.

Je balançai le tout par terre et me penchai alors sur le contenu du deuxième tiroir. Deux dossiers bien organisés, deux foyers bien séparés, unis par les liens… des impôts. Les dossiers contenaient les papiers de notre maison et ceux de la maison qu'il partageait à mi-temps avec Olivia. Mon père était propriétaire des deux biens immobiliers… enfin, c'était à sa banque qu'elles appartenaient, en réalité. Il me fallut une bonne demi-heure pour étudier chaque dossier et comprendre la situation financière dans laquelle il se trouvait à sa mort : quatre ans plus tôt, il avait hypothéqué notre maison pour pouvoir financer son deuxième logement. Je trouvai également deux courriers de rappel de la banque attestant d'un retard de paiement de deux mois sur les mensualités de son emprunt. Les relevés de ses multiples cartes de crédit montraient tous des comptes à découvert. Je n'étais pas spécialement douée en maths, mais le calcul ne fut pas bien compliqué à faire. Financièrement, mon père avait de gros ennuis… non, *nous* avions désormais de gros ennuis financiers, devais-je dire.

Je m'enfonçai dans son fauteuil de bureau et recommençai à me balancer. Il devait bien y avoir de l'argent quelque part. Nous avions des retards de paiement sur un emprunt et tous les comptes étaient dans le rouge. Il faudrait bientôt régler les frais à la clinique pour les soins de ma mère. Et il fallait bien que je mange ! Mon dernier espoir résidait dans une assurance-vie, peut-être. Mon père avait quand même bien dû prévoir quelque chose comme ça, non ? En outre, son employeur allait certainement nous verser quelque chose. Mon père avait toujours travaillé pour la même entreprise, d'après ce que je savais.

La meilleure chose à faire était de les appeler pour savoir ce qu'il en était. La police les avait forcément contactés, à cause de sa voiture de fonction. L'entreprise devait bien savoir que mon père était mort, je ne leur apprendrais rien.

Je fouillai à nouveau dans une pile de papiers d'abord écartée et trouvai le numéro de la société qui l'employait depuis des années.

— Bonjour, dis-je lorsque quelqu'un décrocha. Lissa McColl à l'appareil, la fille de Mark McColl. Je vous appelle pour savoir si les services de police vous ont informés de son décès.

La ligne resta silencieuse quelques instants, ce qui n'avait rien de surprenant, après tout. La suite, en revanche, me prit au dépourvu.

— Toutes nos condoléances, Miss McColl. Non, la police ne nous a rien dit.

— Mais… Il travaillait pour votre entreprise, il conduisait une voiture de fonction de chez vous. Pardon, je pensais que la police vous avait prévenus.

Cette fois, mon interlocutrice soupira avant de répondre.

— Je suis désolée, je ne sais pas trop comment vous annoncer ça, mais… Voilà déjà plusieurs mois que votre père n'était plus employé chez nous.

11

Quelques minutes plus tard, je raccrochai, après avoir découvert un nouveau pan de l'existence secrète menée par mon cher père. Un an plus tôt, la société avait rencontré des difficultés. Pour essayer de limiter les coûts, ils avaient décidé de fusionner certains départements et de proposer à plusieurs employés de partir, contre une indemnité de licenciement. On ne leur avait peut-être pas laissé le choix, d'ailleurs. Mais nous, nous ne le savions pas car mon père ne nous en avait jamais parlé. Il avait accepté de se faire licencier et la voiture de fonction lui avait été offerte en guise de prime exceptionnelle, pour le remercier de ses années de bons et loyaux services.

L'assistante à qui je parlai me confirma que l'indemnité de licenciement lui avait été versée en janvier dernier. Je coupai court à ses élans de commisération, raccrochai et attrapai le dossier de mon père contenant ses relevés de banque. Du doigt, je parcourus la colonne de chiffres et ne tardai pas à repérer une somme plus conséquente que les autres. Plus conséquente que les autres, certes, mais pas astronomique non plus. Il y avait forcément une erreur… un peu plus de treize mille livres, ce n'était pas grand-chose.

Après une rapide recherche sur Internet, j'appris la différence entre une indemnité de licenciement, celle qu'il avait acceptée, et une prime de licenciement. L'indemnité légale était une misère. Elle avait fondu comme neige au soleil pour régler les factures impayées.

En examinant les relevés de banque, je compris tout de suite que mon père n'avait pas réussi à se faire embaucher ailleurs. L'argent n'entrait plus mais sortait à un rythme régulier pour régler des notes de restaurant, des sorties, pour continuer à nous assurer un train de vie qu'il n'avait pourtant plus les moyens de nous offrir. Il vivait dans le déni. Et nous, dans l'ignorance.

Comme j'aurais voulu m'arrêter là, fourrer toute cette paperasse dans les tiroirs déglingués et ne plus en entendre parler ! Je voulais revenir en arrière, à l'innocence de ma vie d'avant. Retrouver le père que j'adorais et oublier ce sale menteur, ce minable coureur de jupons. Ma mère me manquait, celle qui me négligeait et celle qui me cajolait, les deux, peu importe, je voulais qu'elle rentre, qu'elle ne me laisse plus seule.

Je perdais mon temps à nourrir ce genre de pensées. Cette vie, c'était du passé. Alors je continuai à éplucher chaque mouvement de fonds, un par un, sur des années, espérant tomber sur quelque chose susceptible de… non pas d'améliorer les choses, mais de les rendre un peu plus tolérables. Quelque chose qui indiquerait que mon père avait ouvert un contrat d'assurance-vie. Parce qu'il avait obligatoirement une assurance-vie, non ? C'était un homme adulte, responsable, père d'une petite fille, de sorte qu'il avait forcément prévu de quoi subvenir aux besoins de sa famille en cas de malheur… et le malheur était arrivé.

Enfin, je trouvai ce que je cherchais et une bouffée de soulagement m'envahit. Menteur et bigame, il l'était, mais ça ne faisait pas de lui un imbécile pour autant ! Seulement, en étudiant de plus près les relevés des mois précédents, je changeai vite d'avis. Il ne payait plus ses primes d'assurance. Fébrile, je passai en revue les documents du dernier tiroir et mis la main sur le contrat d'assurance. Comme je le pressentais, en cas de non-paiement des primes, l'assurance était invalidée.

Donc, pas d'assurance-vie.

Pas d'argent pour payer les frais médicaux de ma mère. Elle rentrerait peut-être bientôt à la maison… Le docteur Brennan avait promis que la clinique m'appellerait pour me tenir au courant de l'évolution de son état. Le fait que personne ne m'ait encore contactée ne m'inquiétait pas spécialement, il leur faudrait un certain temps pour poser un diagnostic et décider d'un protocole. Au lieu d'appeler la clinique et de parler à des gens que je ne connaissais pas, je décidai de téléphoner au docteur Brennan. Il était en consultation et on me mit en attente. L'air d'*Evergreen* passa plusieurs fois en boucle. Je finis par m'assoupir et me redressai brusquement lorsque la musique s'arrêta pour laisser place à la voix grave du médecin.

— Lissa, excuse-moi, j'allais t'appeler ce soir. Comment vas-tu ?

— Mrs Higgins, notre voisine, a été très gentille avec moi, je vais m'installer chez elle pendant quelques jours, le temps d'y voir plus clair.

— Bien, très bien. Tu ne devrais pas rester toute seule. Alors… J'ai parlé au psychiatre qui s'occupe de ta mère. J'ai bien peur que les nouvelles ne soient pas très bonnes. Ta mère, vois-tu, était fragile psychologiquement. Le docteur Ramirez a conclu à un syndrome catatonique. En d'autres mots, ta mère ne répond plus aux stimulations extérieures. Elle ne parle plus, refuse de s'alimenter par elle-même ou de bouger. Elle doit être surveillée vingt-quatre heures sur vingt-quatre.

— Mais ils vont lui donner lui quelque chose pour qu'elle se rétablisse, non ?

— Ils ont commencé à lui donner des benzodiazépines qui marchent assez bien, oui. Le docteur Ramirez pense également qu'il lui faudrait un traitement par électrochocs.

Des électrochocs… J'avais vu ça dans le film *Vol au-dessus d'un nid de coucou*. Oh, ma pauvre maman…

— C'est très efficace, tu sais, poursuivit le médecin, qui devait bien se douter de ma réaction. La technique a beaucoup été décriée dans les médias, mais je connais des patients à qui cela a fait beaucoup de bien. Il va falloir que tu fasses confiance au docteur Ramirez, qui sait mieux que quiconque ce dont ta mère a besoin.

Je n'avais pas vraiment le choix.

— Quand est-ce que je pourrai aller la voir ?

— Le docteur Ramirez préférerait que tu attendes encore quelques jours avant de rendre visite à ta mère. Il est au courant de ta situation, il sait que tu as perdu ton père et il se fait du souci pour toi aussi.

Il aurait surtout de bonnes raisons de se faire du souci s'il apprenait qu'il ne nous reste plus un sou pour payer les factures, pensai-je. Vu les circonstances, il valait peut-être mieux attendre quelque temps, en effet. Et puis, je ne savais pas si je supporterais de voir ma mère dans cet état.

— Mais je peux appeler la clinique pour prendre de ses nouvelles, n'est-ce pas ?

— Oui, naturellement. Tiens, je te donne le numéro de la réception de la clinique et la ligne directe du cabinet du docteur Ramirez. Tu as de quoi noter ?

Je pris les deux numéros, remerciai le docteur Brennan et raccrochai.

Syndrome catatonique. Rien de ce que je découvris sur Internet ne parvint à me rassurer.

Ce qui m'inquiétait surtout, c'était la surveillance, les soins nécessaires vingt-quatre heures sur vingt-quatre. De toute évidence, elle ne rentrerait pas de sitôt à la maison.

Il me fallait absolument trouver un moyen de couvrir les frais astronomiques de son séjour en clinique. Je me replongeai dans les dossiers des deux maisons. Ma mère habitait dans l'une de ces maisons. L'autre… occupée par la seconde femme de mon père… devrait être vendue.

La voilà, la solution.

La fin, comme souvent, justifierait… *tous* les moyens.

12

Mrs Higgins, dans sa grande bonté, se montra aux petits soins pour moi, sans pour autant m'étouffer.

— Tiens, dit-elle en ouvrant la porte de sa chambre d'amis, tu auras ta propre télé ici, tu pourras regarder tout ce que tu voudras, à l'heure que tu voudras.

La chambre était spacieuse. Mrs Higgins avait mis une carafe d'eau et un verre sur la table de chevet, ainsi que de beaux draps d'un blanc immaculé.

— Elle est agréable, cette chambre, merci. J'espère que je ne vous dérange pas trop.

— Penses-tu ! Fais comme chez toi.

Mais j'étais *chez elle* avant tout. Mrs Higgins était gentille mais pas idiote. Le téléviseur avait été acheté récemment et sa présence me confirmait que j'étais la bienvenue, certes, mais que mon périmètre se limitait à cette chambre. Ce qui me convenait parfaitement. Mrs Higgins et son mari avaient deux enfants, adultes, installés tous deux à l'étranger. Mr et Mrs Higgins passaient une bonne partie de l'année chez l'un ou l'autre, en Australie et au Canada. Et si je ne me trompais pas, ils n'allaient pas tarder à partir en voyage. Me laisseraient-ils habiter chez eux ou Mrs Higgins me ferait-elle comprendre, le moment venu, qu'il était temps que je parte ?

Et partir pour aller où ? Je n'en avais pas la moindre idée.

Ce que je savais, c'était que j'étais prête à tout pour que ma mère soit correctement prise en charge.

*

Le lendemain, j'avais rendez-vous à l'étude de maître Jason Brooks, le notaire de mon père.

Un homme de petite taille, très beau, qui se leva, bras tendu, lorsqu'on me fit entrer dans son bureau. Il me serra la main un long moment en me dévisageant, puis acquiesça, visiblement content de cette rencontre.

— Asseyez-vous, je vous en prie, me dit-il en m'invitant à m'asseoir dans un fauteuil en cuir, face à son bureau. Voulez-vous un thé, ou un café, peut-être ? Ou bien nous avons de l'eau minérale, si vous préférez.

Cet accueil chaleureux et les bonnes manières du notaire me rassurèrent, je me détendis un peu.

— Non, ça ira, je vous remercie.

— Permettez-moi tout d'abord de vous adresser mes sincères condoléances, déclara-t-il en allant s'installer derrière son bureau. Votre mère… n'assistera pas à cet entretien ?

Il n'était pas au courant, évidemment. Avec tout ce qui s'était passé depuis quelques jours, le tsunami d'émotions qui avait déferlé dans ma vie, je ne savais plus où donner de la tête.

J'avais passé des heures à fixer le plafond, à me demander ce que j'allais bien pouvoir raconter autour de moi quand on me demanderait des nouvelles de ma mère. Il faudrait expliquer à chacun que le chagrin lui avait fait perdre la tête… qu'elle avait renoncé à une certaine forme de vie depuis la disparition de son mari… qu'elle m'avait abandonnée.

Le chagrin m'assaillit à nouveau, des larmes d'apitoiement s'accumulèrent dans mes yeux. Car il s'agissait bien d'abandon, et ce mot faisait mal, très mal. Je sortis un mouchoir en papier et me tamponnai les yeux.

— Quand elle a appris la mort subite de mon père, ma mère a été très affectée. Elle est actuellement dans une clinique.

— Ah, je vois.

Que voyait-il, au juste ?

— Une clinique privée. Maître, il va falloir, de toute urgence, débloquer des fonds pour financer son séjour dans cet établissement.

Je remarquai alors sur son bureau un épais dossier.

— C'est son testament ?

Maître Brooks posa sa main à plat sur le dossier.

— Oui. Et la dernière version de son testament date d'un peu moins de quatre ans.

— Après que mon père a pris Olivia Burton pour seconde épouse, tout en restant marié à ma mère. Mon père était bigame, vous savez.

Les yeux démesurément agrandis du notaire et sa bouche figée en forme de « o » faillirent m'arracher un sourire amusé. Il décrocha son téléphone.

— Jenny, euh… Apportez-nous du café, pour deux, oui, merci, dit-il avant de reposer le combiné et de me regarder. Le café, ça aide à… à remettre les idées en place.

Le café fut promptement servi et l'homme de loi en descendit une tasse d'un trait, se resservit aussitôt, puis s'enfonça dans son fauteuil.

— Je savais qu'Olivia Burton faisait partie de la vie de votre père mais je n'étais pas au courant de la nature de leur relation. Il ne m'avait donné aucune information à ce sujet et il ne m'appartient pas de poser des questions d'ordre personnel.

Je n'avais pas encore touché à mon café mais me décidai finalement à en boire une gorgée. Comme je n'avais pas pensé à demander de sucre, je le trouvai amer, infect. À l'image des pensées qui défilaient dans ma tête : j'imaginais mon père assis dans le fauteuil que j'occupais, en train de bavarder gaiement avec Olivia Burton. Et elle, je la voyais dans la maison qu'il lui avait achetée, un sourire radieux aux lèvres. Je repris la parole d'une voix qui peinait à contenir ma rage :

— Il a hypothéqué la maison dans laquelle nous vivons pour financer l'achat de celle qu'elle occupe. Et ce n'est pas tout, il y a pire encore : j'ai passé ses relevés bancaires au peigne fin hier soir et il n'a pas payé ses primes d'assurance depuis plusieurs mois.

Brooks reposa sa tasse brusquement.

— Ah.

— La situation était intenable pour lui. Il ne disposait que de l'indemnité de licenciement reçue de son employeur quand il a quitté son poste.

Brooks se passa la main dans les cheveux. Loin d'être bête, il savait que cette indemnité ne représentait qu'une somme tout à fait négligeable. Surtout pour un homme avec deux emprunts sur le dos.

— Bon, eh bien..., dit-il en ouvrant le dossier.

Regardons ce testament. Il est assez simple. Votre maison revient à votre mère, mais… dorénavant, il va falloir qu'elle prenne elle-même en charge les mensualités des crédits, ou bien qu'elle les rembourse par anticipation, dans leur totalité. Et ça, vous ne pouvez pas le faire en votre nom, mademoiselle.

— De l'inconvénient d'avoir seize ans, commentai-je avec ironie.

Brooks n'eut pas l'air amusé. Quant à moi, je commençais à m'habituer à l'inconscience dont mon père avait fait preuve.

— Je peux toujours contacter la société d'assurance pour voir s'ils accepteraient un remboursement des arriérés, proposa-t-il, mais je mentirais si je vous disais qu'il y a la moindre chance que la demande aboutisse.

Le notaire gardait les yeux rivés sur le document, comme s'il préférait ne pas me regarder dans les yeux.

— Et l'autre maison ? demandai-je.

— Votre père a pris ses dispositions, par le biais d'un trust lié à son assurance-vie, pour que Mrs Burton puisse jouir de ce logement jusqu'à la fin de ses jours. En revanche, si elle vient à décéder, ou si elle se remarie, elle en perdra l'usufruit.

— Ça veut dire qu'on ne peut pas vendre sa maison ?

Il saisit sa tasse d'une main fébrile et termina son fond de café.

— Exact. Et le pire est à encore à venir, je le crains. En cas de non-paiement des mensualités du crédit contracté pour acquérir votre maison, ou si vous ne pouvez pas payer les mensualités du crédit de *l'autre* maison, c'est *votre* maison qu'il faudra mettre en vente pour rembourser l'emprunt du logement de Mrs Burton. En tout cas, ce sera à votre mère de trouver les fonds nécessaires.

Abasourdie, je lâchai un petit rire incrédule.

— C'est une blague, j'espère ?

Mais bien entendu, je savais qu'il ne plaisantait pas, que si le tableau me semblait déjà bien sombre, il y avait manifestement encore de la marge pour que la situation devienne franchement intenable.

— Si je comprends bien, ma mère et moi sommes condamnées à finir à la rue alors que cette Mrs Burton, elle, peut continuer à vivre dans le confort, c'est bien ça ?

Ma main s'abattit lourdement sur le document que le notaire avait posé devant lui. À voir sa tête, il devait s'imaginer que j'allais me saisir du testament et le déchirer en mille morceaux. Ce que je ne me serais pas privée de faire si cela avait pu changer quelque chose.

— Mais on doit bien pouvoir révoquer ce trust, non ? Le contester, au moins.

Les joues du notaire s'empourprèrent. Pas de colère, non, mais parce qu'il était visiblement très mal à l'aise.

— Votre père voulait que le trust soit inattaquable. Et je m'en suis assuré personnellement.

— O.K. Donc on ne peut rien faire ?

— J'imagine que Mrs Burton est au courant de la mort de votre père.

— Oui, la police l'a prévenue.

— Ç'a dû être un sacré choc pour elle.

Un choc ? Forcément, ils étaient mariés depuis seulement quatre ans ! Avait-elle, elle aussi, été dévastée en apprenant la tromperie à grande échelle de son mari ? Elle venait de perdre son époux et, au passage, le droit de le considérer comme tel. Un choc, oui, un véritable tremblement de terre, une désintégration totale – dont je me foutais éperdument.

Je fermai les yeux. Pas par peur d'affronter le regard du notaire ou pour dissimuler mes larmes, non… Je les fermai pour cacher la résolution qui devait se lire dans mes prunelles. Il n'y avait plus qu'une solution.

La fin, là encore… allait justifier les moyens. Si les privilèges dont jouissait Olivia Burton devaient prendre fin uniquement à sa mort, eh bien, qu'il en soit ainsi. Et le plus tôt serait le mieux. Je n'avais pas une minute à perdre.

Après tout, j'avais déjà tué quelqu'un. Ce serait forcément plus facile la deuxième fois.

13

Je sortis de l'étude du notaire avec un mal de crâne carabiné. En voyant ma mine dépitée, Mrs Higgins me conduisit à la cuisine, me fit asseoir sur une chaise et prépara un thé avec des gestes fébriles. Une bonne tasse de thé guérit de tous les maux, c'est bien connu. Inutile de laisser paraître mon irritabilité. Cette femme avait le cœur sur la main. Le matin même, elle avait proposé de m'accompagner chez le notaire.

— Je savais bien que j'aurais dû y aller avec toi, dit-elle.

Mais moi, je n'avais pas voulu, pour deux raisons. D'une part, elle ne tenait pas spécialement à y aller, ça se voyait, et d'autre part, il était hors de question qu'elle fourre son nez dans la succession de mon père. Il ne fallait en aucun cas qu'elle soit au courant de notre situation financière. Avec ce que j'avais en tête, c'était même devenu capital.

Je bus le thé qu'elle me prépara, répondis poliment et aussi brièvement que possible aux questions qu'elle me posa, puis me retirai dans ma chambre.

Les policiers qui étaient venus m'annoncer la mort de mon père avaient laissé un numéro de téléphone que je pouvais appeler si j'avais des questions. Et j'en avais quelques-unes. Mrs Higgins m'ayant autorisée à utiliser le téléphone quand je le souhaitais, je m'installai devant la sellette de l'entrée. Le problème, c'était que tout le monde m'entendait dans cette alcôve ouverte sur le vestibule. Je décidai d'aller passer les appels chez moi.

— Je vais à côté récupérer quelques affaires, informai-je Mrs Higgins. J'en ai pour une heure environ.

— D'accord, ma cocotte. Passe par l'arrière en revenant, frappe à la fenêtre et je t'ouvrirai.

Elle ne m'avait pas proposé de me donner la clef de la porte d'entrée et je ne le lui avais pas demandé non plus. Dans quelques jours, je la remercierais de son accueil et pourrais retourner habiter chez nous. D'ici là, j'aurais échafaudé un plan imparable pour nous assurer, à ma mère et moi, un avenir radieux. Je n'avais pas le choix.

*

Retourner dans la maison, ouvrir la porte et entrer, dans un silence de mort, me fit un drôle d'effet. Le silence ne dura pas… L'écho du rire de mon père se mit à résonner entre les murs, j'entendis le chant légèrement faux de ma mère qui fredonnait sur un air diffusé à la radio. Leurs voix flottaient dans l'atmosphère, se mêlaient puis redevenaient distinctes. Debout dans le vestibule, je tendais l'oreille pour me raccrocher à ces sons, qui se transformèrent bientôt en murmures, avant de disparaître dans le néant. Lorsque le silence régna à nouveau dans la maison, je ne pus retenir mes larmes. De gros sanglots jaillirent de ma gorge : je pleurais ce père chéri que j'avais follement aimé, pas le menteur pathologique que je n'avais jamais connu et qui ne serait jamais en mesure de m'expliquer les raisons de son comportement. Je pleurai ma mère et pleurai sur mon propre sort, aussi, en me demandant ce que j'allais devenir. Adossée au mur, je me laissai glisser au sol. Des flots de larmes roulaient sur mes joues. Lorsque le flux se tarit enfin, je me jurai de ne plus jamais verser une seule larme.

Chez nous, le téléphone était dans la cuisine. Je tirai sur le fil, posai l'appareil sur la table et composai le numéro de la clinique pour prendre des nouvelles de ma mère.

— Bartholomew Clinic bonjour, je vous écoute.

— Bonjour. Je m'appelle Lissa McColl, j'aurais voulu savoir comment va ma mère, Cathy McColl.

— Veuillez patienter, je vous prie, je vous passe l'infirmière en charge.

J'aurais pu appeler directement le psychiatre qui s'occupait de ma mère mais je voulais aussi savoir si elle avait réussi à dormir, si elle avait dit quelque chose… si elle avait parlé de moi.

— Miss McColl, bonjour. Je suis l'infirmière en chef responsable du service où se trouve votre maman.

— Comment va-t-elle ?

Je priai le ciel pour que l'infirmière me dise autre chose qu'une phrase comme : « Hum, ça suit son cours. »

— Elle a très bien dormi hier soir. Et ce matin, on l'a aidée à prendre une douche et depuis, elle se repose au salon de la résidence.

Je sentis mes épaules se relâcher. De bonnes nouvelles, en somme. Elle redevenait à peu près… normale.

— Bon, tant mieux si elle récupère vite, c'est bien, dis-je. Elle pourra bientôt rentrer à la maison ?

La ligne devint silencieuse.

— Excusez-moi, reprit l'infirmière, mais je pensais qu'on vous avait expliqué l'état de votre mère…

— Son état de catatonie, oui. Mais visiblement, elle en est sortie, non ?

— Pardon, je me suis peut-être mal exprimée. Votre mère ne peut rien faire sans l'aide de quelqu'un. Il a fallu recourir à un lève-malade pour lui faire prendre une douche, et utiliser une chaise roulante pour l'emmener au salon. Nous essayons constamment de la stimuler mais elle ne réagit à rien, à personne. Elle mange sans protester mais seulement si quelqu'un la nourrit. Elle ne parle pas et a toujours le regard fixe, droit devant elle, dans le vide.

L'infirmière ne pouvait être plus claire.

— Ah, je vois. Merci. Pouvez-vous lui dire que je pense bien à elle et que je passerai la voir dans quelques jours ? J'ai une tonne de choses à faire ces jours-ci.

Je voulais aller voir ma mère, la forcer à me regarder dans les yeux et lui faire comprendre que je m'occuperais d'elle, moi, quoi qu'il arrive. Mais avant, il fallait que je m'occupe d'Olivia Burton.

— Bien sûr, je n'y manquerai pas. N'hésitez pas à rappeler quand vous voulez.

Je reposai le combiné sur son socle, croisai les bras et m'affalai sur la table. Plusieurs minutes s'écoulèrent avant que je ne puisse me redresser. Pour mon deuxième appel, je composai le numéro de téléphone que la police m'avait donné.

— Bonjour. Je m'appelle Lissa McColl. Mon père a été retrouvé mort dans sa voiture le 5 avril. Les agents de police qui sont passés chez nous nous ont laissé ce numéro, ils nous ont dit qu'on pouvait appeler si on avait des questions.

— Certainement, Miss McColl, patientez un instant, je vais vous passer quelqu'un qui pourra vous aider.

Les services de police avaient des goûts curieux en matière de musique, ou peut-être quelqu'un avait-il estimé que la musique de *La Liste de Schindler* inciterait la personne en attente au bout du fil à rester calme et optimiste… ou à se confier en pleurant à chaudes larmes. La musique s'arrêta subitement et une voix plaisante me répondit.

— Miss McColl, toutes mes condoléances. Que puis-je faire pour vous ?

Je m'éclaircis la gorge, encore serrée, et me lançai.

— J'avais deux choses à vous demander. D'abord, je voulais savoir si vous aviez reçu le rapport d'autopsie.

Je ne sais pas pourquoi mais il me parut soudain urgent de savoir de quoi était mort mon père, s'il avait souffert, s'il était resté longtemps immobilisé dans sa voiture, à attendre que quelqu'un lui porte secours.

— J'ai cru comprendre, ajoutai-je, que les secours ont conclu à un arrêt cardiaque ou un infarctus…

— Alors, j'ai le dossier sous les yeux et apparemment, ce n'était ni l'un ni l'autre. Votre père est mort d'une rupture d'anévrisme. C'est ce qui arrive quand un vaisseau sanguin du cerveau gonfle et finit par éclater. D'après le rapport que j'ai sous les yeux, la mort a été instantanée.

— Ah, je vois.

Je reçus la nouvelle comme un soulagement. Le père que j'avais aimé n'avait pas souffert et je m'en réjouis. L'autre, le menteur, l'imposteur, le bigame, j'aurais voulu qu'il connût une mort lente, très lente.

— Donc je vais pouvoir récupérer le corps ?

— Tout à fait. L'enquête ne sera qu'une formalité. Je vois que vous avez déjà fait part de vos souhaits aux pompes funèbres. Parfait. On peut se charger de prendre contact avec eux, si ça peut vous arranger.

Ça m'arrangeait, en effet. Un souci de moins, c'était toujours bon à prendre.

— Oui, je veux bien, merci.

L'homme que j'avais en ligne me donna également une information très utile concernant la voiture de mon père, qui était toujours stationnée sur le parking du commissariat de police. Le véhicule pouvait rester là jusqu'à ce que je trouve un acheteur, et comme il s'agissait d'un modèle pas trop ancien, l'homme estimait que je pouvais en tirer plusieurs milliers de livres. De quoi garder la tête hors de l'eau pendant quelque temps.

Je raccrochai, assez fière de moi. À présent, l'heure était venue de me pencher sur la véritable urgence.

Comment me débarrasser d'Olivia Burton.

14

C'est souvent lorsqu'on ne pense à rien de particulier que germent les meilleures idées. J'errai dans la maison jusqu'à la tombée de la nuit.

Je disposais d'un atout majeur : l'effet de surprise. Si Olivia se faisait agresser, il ne serait pas bien compliqué de s'arranger pour faire croire que la pauvre femme avait simplement eu le malheur de se trouver au mauvais endroit au mauvais moment.

J'avais conservé la photo d'elle dans la poche arrière de mon jean. Je sortis le cliché et examinai longuement le visage de cette femme qui allait bientôt mourir. Elle avait l'air bien charpentée… était-elle grande, également ? Moi, je dépassais à peine le mètre cinquante, et j'étais grosse comme une crevette. Mais rapide comme l'éclair, et maligne. Des avantages non négligeables dans certaines circonstances.

*

Le lendemain, bien décidée à repérer l'endroit où vivait Olivia Burton, je mis le cap sur la ville de Thornbury, dans le comté de Gloucester, à une petite vingtaine de kilomètres au nord de Bristol. Le trajet n'était pas des plus simples : il fallait prendre un bus jusqu'à Bath, puis un autre pour rejoindre Bristol, et un autre encore jusqu'à Thornbury. Ce bus me déposa à une petite dizaine de minutes, à pied, de la maison d'Olivia Burton. Il s'agissait pour moi de repérer les lieux, de voir ce que l'endroit m'offrait comme possibilités…

L'idéal aurait été que je puisse mettre la main sur un poison fulgurant. De la ricine ou du sarin, par exemple. Cela m'aurait facilité la tâche. Mais comme je ne pouvais pas compter sur ça, il fallait me rabattre sur quelque chose de moins radical, et bien plus complexe à mettre en œuvre. Une variation sur le thème de Jemma, peut-être.

Un grand couteau. Je savais précisément où asséner le coup. Et disposai en outre d'une arme cruciale, celle dont tout assassin qui se respecte doit disposer : l'effet de surprise.

C'était probablement le meilleur scénario. Il me restait simplement à trouver comment le mettre en œuvre. Le doute n'était plus d'actualité, plus question de tergiverser. Même si, il fallait bien l'avouer, le souvenir des derniers instants de Jemma, six ans plus tôt, était encore frais dans ma mémoire – notamment la sensation étrange de ses yeux plongés dans les miens…

Je n'avais pas le choix.

Nécessité fait loi.

Cette fois, lors de la mise à mort, je ferais bien attention à ne pas croiser le regard d'Olivia Burton. Je ne tenais pas à être hantée par les yeux de ma deuxième victime. De toute façon, je ne connaissais pas cette femme, sa mort ne provoquerait aucun sentiment d'absence, de manque dans ma vie. Cette fois, ce serait différent aussi, parce que… la mort n'avait plus rien d'abstrait pour moi. Et puis, l'enjeu était de taille, je n'agissais pas uniquement dans mon intérêt, non, je pensais avant tout à la femme qui végétait, le regard fixe, dans la chambre d'une clinique privée. J'étais déterminée à ce qu'elle puisse continuer à bénéficier d'une bonne prise en charge, et dans le pire des cas, si elle ne se rétablissait pas, je tenais à ce que sa vie soit aussi agréable que possible.

Elle le méritait amplement. Je n'eus aucun mal à balayer d'un revers de main la façon dont elle avait, de façon cyclique, négligé sa fille, aucun mal à me focaliser uniquement sur l'amour qu'elle avait parfois su témoigner à sa fille chérie. J'étais bien obligée de me raccrocher à quelque chose. Et s'il fallait en arriver à réinventer mon propre passé, eh bien, qu'il en soit ainsi.

J'arpentais la rue où habitait Olivia Burton depuis deux bonnes heures lorsque je la vis sortir de chez elle et s'engouffrer dans la Volvo garée dans l'allée. La photo d'elle que j'avais en ma possession ne lui faisait pas justice. Certes, elle était plus robuste que ma mère, maigrichonne, elle, mais elle n'avait rien d'une armoire à glace et faisait, tout au plus, huit ou dix centimètres de plus que moi. J'en ferais facilement mon affaire.

Pas un instant, le doute ne s'immisça en moi. Pour régler mon problème, il fallait tout bonnement qu'Olivia Burton meure.

*

De retour chez moi, je ne tardai pas à trouver exactement ce qu'il me fallait... un couteau bien aiguisé et suffisamment long pour être d'une efficacité redoutable. Le manche, solide, pesait lourd dans ma main. Brandissant l'arme, je fis un bond en avant pour m'exercer, puis répétai encore plusieurs fois le mouvement précis qu'il me faudrait exécuter pour enfoncer la lame entre les côtes d'Olivia Burton et l'atteindre en plein cœur.

Ma mère disposait de quantité de cabas et le premier sur lequel je mis la main, avec des chouettes imprimées sur le tissu, faisait parfaitement l'affaire avec son fond plat pile-poil à la taille du couteau. Pas de sac à motif de la Grande Faucheuse parmi la collection de cabas de ma mère, mais la chouette était un animal qui fondait en un éclair sur sa proie, et ma proie à moi répondait au nom d'Olivia Burton.

Le lendemain, cabas à bout de bras, avec l'air de quelqu'un qui va tranquillement faire une course, je refis le voyage jusqu'à Thornbury. J'avais calculé minutieusement l'heure à laquelle j'arriverais dans le quartier, soit juste avant l'heure de pointe de fin d'après-midi, mais un peu après les sorties des écoles du coin. Tout serait calme à cette heure-là. La veille, pendant mes repérages, j'avais arpenté les rues en quête d'éventuelles caméras de surveillance et n'en avais vu aucune. Aucun carrefour avec feux de signalisation à traverser, aucune boutique sur mon chemin, aucun bureau. Je m'étais posé la question de l'utilité d'un déguisement mais avais fini par me dire qu'avec mon petit gabarit, je passerais facilement inaperçue.

La maison, mitoyenne, était séparée de son pendant par une barrière recouverte de lierre tandis que de l'autre côté du bâtiment, un mur délimitait le terrain. Derrière un petit portail en bois dans un sale état, ouvert, la mousse avait envahi l'allée bétonnée qui longeait le mur. Si le jardin de devant n'était pas bien entretenu, la maison, en revanche, jouissait d'un certain cachet avec son bow-window au rez-de-chaussée, qui se prolongeait à l'étage. Porte d'entrée noir brillant ornée de deux panneaux en vitrail, fente de la boîte aux lettres assortie à la poignée en laiton, sonnette sur le côté, incrustée dans le mur.

Ces détails avaient leur importance. Ils m'aidaient à me concentrer à un moment où toutes sortes de pensées m'encombraient l'esprit. Mais qu'est-ce que je fichais là ? M'apprêtais-je vraiment à assassiner une parfaite inconnue simplement parce que mon père, cet abruti, ce menteur patenté, nous avait laissées dans la misère ? La pauvre femme n'avait rien fait de mal. *Sauf si... elle était au courant. C'était peut-être même elle qui avait eu l'idée du trust ! Mais oui, forcément ! Voilà, c'était pour ça qu'elle méritait de mourir.*

Je pensais être invisible lorsque, soudain, un nuage se glissa devant le soleil et j'aperçus mon reflet dans une vitre de la maison. Mon reflet… les yeux de Jemma… et je le jure, je jure devant Dieu qu'elle me coula… un clin d'œil.

Un frisson d'anticipation, d'effroi, de désespoir, je ne saurais dire de quoi exactement, me parcourut l'échine. Je n'arrivais pas encore à croire que j'allais véritablement mettre mon plan à exécution, que j'allais, une fois encore, commettre un meurtre. Je pensais que ce serait plus facile, la deuxième fois, mais je me trompais.

Je jetai un œil au fond du sac pour vérifier que le couteau était toujours bien là, facilement accessible. Comme avec Jemma, je n'avais pas eu l'occasion de répéter mon acte *in situ*, et si je décidais d'aller jusqu'au bout, il faudrait que ça marche du premier coup. Ce fut seulement à ce moment-là que je pensai soudain à un détail : mon père avait forcément la clef de cette maison, elle devait se trouver avec celles de sa voiture. Si j'avais eu assez de jugeote pour y penser avant et les réclamer, j'aurais pu entrer dans la maison et réserver un sort bien différent à Olivia.

Ou bien étais-je condamnée à procéder toujours de la même manière ? Avec un objet tranchant ? Oui, il valait sûrement mieux se cantonner à un seul type d'arme. Devenir experte en la matière. Au cas où je me verrais contrainte, à l'avenir, de tuer quelqu'un d'autre.

Le grand moment était arrivé. Je m'engageai dans l'allée et appuyai sur le bouton de la sonnette. Un lugubre ding-dong annonciateur de mort résonna à l'intérieur. *Aussi n'envoie jamais demander pour qui sonne le glas : il sonne pour toi*[1]. Et pour Olivia Burton.

Fort heureusement pour moi, la femme qui m'ouvrit la porte ignorait que sa dernière heure était arrivée.

— Bonjour, dit-elle simplement avec une pointe de curiosité dans la voix.

J'eus tout juste le temps de remarquer sa mine pâle, ses yeux rougis, sa chemise et son pantalon noirs. *Alors*

1. Citation célèbre, en anglais, du poète John Donne (1572-1631).

comme ça, on porte le deuil de son mari, hein ? Ou bien était-ce la vérité dont elle n'arrivait pas encore – pas plus que moi, d'ailleurs – à faire son deuil ? Il était hors de question de le lui demander, naturellement. Mieux valait procéder comme prévu. Je prononçai alors les mots que j'avais répétés mille fois dans ma tête, en chemin.

— Ah, bonjour, je… je cherchais Mrs Downs, expliquai-je en arborant l'expression de quelqu'un vaguement déstabilisé. Je croyais qu'elle habitait ici…

Son sourire s'effaça, son front se plissa.

— Non, absolument pas.

— Ah, bon… mais c'est drôle, c'est pourtant bien l'adresse que l'on m'a donnée.

Je relevai le cabas et plongeai la main au fond, comme pour y récupérer quelque chose justifiant mes propos. Je saisis le couteau d'une main assurée puis, sans laisser le temps à Olivia Burton de réagir ou de se soustraire aux griffes de la Grande Faucheuse, le poing refermé sur le manche, dans un geste souple et rapide, je dégainai mon arme et lui assénai un coup en pleine poitrine.

Dans un réflexe, elle fit plusieurs pas en arrière, dans le couloir. Exactement comme je m'y attendais. Je la suivis sans relâcher la pression sur le couteau, que j'enfonçai alors plus profondément, de biais, vers le haut, tout en esquivant ses tentatives piteuses de me stopper dans mon élan.

Un fois à l'intérieur, je refermai violemment la porte d'entrée d'un habile coup de pied, sans quitter un instant des yeux l'endroit précis où le sang s'était mis à couler, là où la lame était désormais enfoncée jusqu'à la garde. Si j'avais bien calculé mon coup, une hémorragie interne était en cours.

« Je… Je… Je… » furent les seuls mots qu'elle parvint à articuler sous le coup de la surprise, de l'incompréhension et de la terreur, sentant sa dernière heure arrivée.

Sans être certaine que cela ne changeât grand-chose, je me gardai bien de croiser son regard. Sa mort continuerait peut-être à me hanter, malgré tout, pendant longtemps, mais autant éviter d'aggraver mon cas.

Au moment où elle s'affaissa au sol, je maintenais encore le couteau bien en place. Sans regarder sa tête, je perçus alors nettement les changements successifs de sa respiration entravée, qui ralentit bientôt, prit la forme d'un râle étouffé quelques instants, puis continua à ralentir, à s'affaiblir, de plus en plus…

Ce n'est qu'à ce moment-là que je lâchai le manche et m'écartai d'elle. Dans un spasme, elle agita fébrilement les mains dans l'espoir de retirer le couteau mais je savais, moi, que ça ne changerait rien. Trop tard.

Du sang s'écoulait de la plaie et une flaque écarlate grossissait à vue d'œil sur la moquette beige. Ses bras inertes reposaient désormais au sol, je voyais sa cage thoracique monter et descendre presque imperceptiblement au rythme de son souffle, de plus en plus lent. La mort n'allait pas tarder à l'emporter.

Je n'avais aucune intention de rester plantée là à assister à son agonie. Pas cette fois. Étrangement, alors que je savais qu'elle était incapable du moindre mouvement, je rechignai à partir. Je passai à la cuisine pour me laver les mains, les poignets, vérifiant bien, au passage, qu'aucune éclaboussure de sang n'avait souillé mes bras ou mes vêtements. Rien. Le sang avait surtout giclé *à l'intérieur* du corps d'Olivia.

Je trouvais l'idée de faire passer le meurtre d'Olivia pour un cambriolage qui aurait mal tourné assez convaincante. De retour dans le couloir, prenant toujours soin de ne pas poser le regard sur le visage de ma victime, j'enjambai le corps et entrai dans la pièce qui donnait sur la rue. Un salon. Un salon fort douillet, d'ailleurs, avec un joli canapé deux places assorti de deux fauteuils, une table basse, une commode et une bibliothèque, qui m'aimanta aussitôt. Entre deux rangées de livres trônait une série de portraits encadrés.

Des photos, toutes d'Olivia et de mon père. Tout sourire, transis d'amour, enlacés, main dans la main. Je m'approchai et scrutai le visage de mon père, à la recherche d'un signe de la comédie qu'il devait forcément jouer avec cette femme – car non, il n'était pas concevable qu'il ait pu être aussi heureux avec elle qu'il l'avait été avec ma mère. Mais sur chaque cliché, il rayonnait de bonheur, et ce bonheur flagrant me mit dans une telle colère que je fis valser tous les cadres et les piétinai rageusement.

À l'étage, elle avait laissé son sac à main traîner sur le lit. Je le vidai en le retournant et trouvai son portefeuille. Il y avait là une somme conséquente en liquide, ce qui ne pouvait pas mieux tomber. Sans perdre un instant, je fourrai les billets dans la poche arrière de mon jean. Pour renforcer le scénario du cambriolage, j'ouvris tous les tiroirs et dispersai leur contenu dans la chambre. Au prix d'un effort surhumain, je me retins de déchirer sa lingerie fine étonnamment sexy et dus également me contrôler pour ne pas aller balancer les caleçons de mon père sur le cadavre ensanglanté de son épouse.

Si je parvins à me maîtriser, ce fut uniquement parce que la police eut tôt fait d'en conclure qu'il s'agissait là d'une affaire personnelle, et non d'une simple effraction. Et une affaire personnelle signifiait obligatoirement une enquête plus poussée sur sa vie… et donc sur la mienne. Qui plus est, cela aurait mis la puce à l'oreille au notaire, qui était loin d'être idiot. Eh oui, comme par hasard, avec la mort de cette femme, mes problèmes liés aux clauses de l'assurance-vie de mon père disparaissaient subitement !

Conclusion : il fallait s'en tenir au scénario d'un cambriolage qui aurait dérapé. Je fourrai les bijoux dans le vieux cabas à chouettes, ainsi qu'un réveil de chevet et des médicaments trouvés dans la salle de bains.

Il était grand temps de quitter les lieux. Les voisins allaient commencer à rentrer chez eux, le quartier ne tarderait pas à s'animer.

Je marquai un arrêt dans l'escalier et regardai l'endroit où gisait le corps d'Olivia Burton. La moquette avait absorbé le sang, qui scintillait presque sous les rayons de soleil filtrés par les vitraux de la porte d'entrée. Cette tache ne s'en irait jamais. Il faudrait changer la moquette avant de vendre la maison. Considérer les aspects pratiques de la situation m'aida à supporter la vue du… cadavre ? Je ne détectai aucun signe de vie, aucun souffle, aussi ténu soit-il.

Je descendis les dernières marches au ralenti et m'avançai vers le corps en prenant soin de ne pas poser les pieds dans le rond de fluides corporels dont il était entouré. Au sang s'ajoutait désormais une tache jaune pâle sous ses hanches. Le corps expulsait ses liquides, l'odeur fétide qu'il dégageait me fit plisser le nez.

À mon grand soulagement, elle était enfin morte. Je pouvais à présent observer son visage sans craindre d'être témoin des derniers instants de son existence. Elle avait les yeux ouverts. La bouche, également. Avait-elle voulu appeler à l'aide ?

Avait-elle, dans son dernier souffle, tenté de prononcer le prénom de mon père ?

Et mon père ? Était-il mort en prononçant son prénom ? Ou celui de ma mère, peut-être ? Ou le mien ?

L'heure n'était plus au remords mais un instant, je m'en voulus de ne pas avoir demandé à Olivia Burton si elle l'avait aimé, si elle savait qu'il lui avait menti, si elle avait la moindre idée de la double vie que mon père avait menée, pas si loin d'ici, avec son autre femme. Et puis, surtout, je regrettai amèrement de ne pas avoir eu l'occasion de lui demander si mon père lui avait dit qu'il avait une fille.

J'observai encore quelques instants cette femme puis passai le sac désormais pesant par-dessus mon épaule et ouvris la porte d'entrée. Après avoir vérifié que la voie était libre, je sortis de la maison, refermai doucement la porte d'entrée derrière moi et marchai tranquillement vers le portillon. Un regard furtif à droite, puis à gauche, et me voilà en route. Terminé.

Je n'avais plus l'esprit brouillé par toutes sortes de pensées incohérentes. Enfin, un peu brouillé. Disons qu'un engourdissement général empêchait pour l'instant ces pensées de remonter à la surface.

Quand j'avais tué Jemma, je pensais être trop jeune

pour comprendre qu'il ne faut pas toujours prendre ses désirs pour des réalités. Mais j'avais grandi, à présent, et à cet instant, je sus que j'avais réussi à faire coïncider désir et réalité.

Certes, mon objectif était avant tout de réussir à trouver de quoi financer les soins de ma mère, mais à mesure que la brume se dissipait dans mon esprit, je commençai à admettre qu'il y avait peut-être une autre motivation derrière tout ça : mon père s'était arrangé pour qu'Olivia ait tout ce qu'il fallait s'il venait à décéder… Eh bien, qu'ils brûlent en enfer, maintenant, tous les deux.

15

Les Higgins recevaient le journal tous les matins. Trois jours après ma visite chez Olivia Burton, au petit déjeuner, Mrs Higgins me fourra le journal sous le nez.

UNE VEUVE ENCORE
EN DEUIL ASSASSINÉE CHEZ ELLE

— Mon Dieu, on se demande où va le monde, se lamenta-t-elle. Pauvre femme, elle venait juste de perdre son mari. C'est affreux. Regarde.

Elle me tendit le feuillet pour que je lise l'article mais je déclinai d'un mouvement de tête.

— C'est trop horrible et j'ai déjà eu ma dose de malheur, merci.

Je n'avais pas dit un mot à Mrs Higgins de la double vie que menait mon père. Apparemment, la presse n'avait rien découvert de ce côté-là non plus, ouf! Je croisais les doigts pour que les choses restent ainsi. Je comptais bien continuer à garder jalousement mes petits secrets. Et ceux de mon père.

Mrs Higgins replia le journal et le posa sur la table.

— C'est vrai, tu as eu ta dose ces derniers temps, ma pauvre cocotte.

— Je crois que je vais retourner à l'école, la semaine prochaine. Pour essayer de reprendre une vie normale.

Son visage s'assombrit et je compris tout de suite ce qu'elle en pensait *réellement*. Mais elle avait été tellement serviable que je tenais à lui faciliter la tâche.

— C'était vraiment gentil de votre part, tout ce que vous avez fait pour moi, et je vous remercie du fond du cœur, mais je crois que je vais rentrer chez moi aujourd'hui.

Tout son visage exprimait le soulagement mal dissimulé, c'en était presque comique.

— Tu es sûre que ce n'est pas un peu tôt ? Non ? Vraiment ? Bon, si tu insistes, c'est peut-être une bonne idée, en fait, parce que nous partons au Canada la semaine prochaine. J'en ai touché deux mots à Rachel et elle m'a dit que tu seras la bienvenue chez elle, si tu en as envie.

Chez les Robinson, il y avait trois golden retrievers et cinq chats qui avaient absolument tous les droits dans la maison. À choisir, je préférais encore me faire interner avec ma mère.

— C'est très aimable de sa part mais j'ai besoin de reprendre le cours normal, si je puis dire, de ma vie. Et puis, maman va peut-être bientôt revenir.

— J'espère, ma cocotte. Ce serait quand même mieux pour toi, conclut Mrs Higgins en se levant de table. Tiens, je vais te donner quelques petites choses pour que tu aies de quoi te nourrir, au moins.

Je n'avais pas prévu de partir séance tenante mais visiblement, Mrs Higgins voyait les choses autrement. Une heure plus tard, un cabas emprunté dans une main, dans lequel j'avais fourré mes maigres affaires, et un sac en plastique orange dans l'autre, contenant suffisamment de denrées alimentaires pour deux ou trois jours, je rentrai chez moi.

*

La veille, j'avais réussi à vendre la voiture. Je n'en avais pas obtenu le prix espéré mais avec quatre mille livres désormais en poche, plus les cent livres fauchées dans le portefeuille d'Olivia Burton, j'avais de quoi voir venir. Certainement pas assez pour rembourser les arriérés sur les mensualités du crédit, bien entendu, mais je versai néanmoins un millier de livres à la banque pour qu'elle me fiche la paix quelque temps.

Ce qui comptait, c'était que je disposais à présent d'assez d'argent pour régler les frais de clinique de ma mère… pour un petit moment, en tout cas. Si je ne lui avais pas encore rendu visite, c'était parce que je craignais que l'on me réclamât de l'argent. Alors j'appelais, quotidiennement, et chaque jour, on me disait la même chose. Son état ne s'améliorait pas. Cet après-midi-là, je me décidai enfin à aller la voir pour en avoir le cœur net.

Je rangeai mes affaires et les produits que Mrs Higgins m'avait donnés puis allai m'asseoir devant la fenêtre. Pour ce qui était de la maison de Thornbury, je ne savais vraiment pas par quel bout prendre les choses. Plus vite elle serait vendue, mieux ce serait, évidemment. Cela me permettrait d'avoir une vue d'ensemble de notre situation financière. Mais je n'avais jamais eu à me préoccuper de savoir d'où venait l'argent jusque-là, ni comment on en gagnait. J'en demandais à mes parents quand j'en avais besoin, et la plupart du temps, ils m'en donnaient. C'est tout.

Dorénavant, il faudrait que j'apprenne sur le tas, et en accéléré.

Je ne pouvais tout de même pas appeler le notaire et lui dire que la question de l'assurance-vie et du trust dont nous avions discuté était désormais réglée. Il faudrait attendre qu'un ayant droit d'Olivia Burton se manifeste auprès de son étude. Et comme je n'avais pas la moindre idée de l'identité de cette personne, ou du temps que cela allait prendre, il ne me restait plus qu'à attendre patiemment.

*

La Bartholomew Clinic avait été érigée au milieu d'un parc boisé à un peu plus d'un kilomètre du village de Monkton Combe, situé à six kilomètres de Bathford. Pour s'y rendre, il fallait prendre deux bus puis faire le reste du chemin à pied, soit vingt-cinq minutes de marche, ce qui me laissait largement le temps d'angoisser à l'idée de ce qui m'attendait là-bas.

L'imposant portail à l'entrée du parc s'ouvrait sur une longue allée sinueuse qu'il me fallut encore cinq bonnes minutes pour remonter. Au bout, un bâtiment, moderne contre toute attente, abritait la clinique.

L'administratrice de l'établissement fut enchantée de faire ma connaissance. Et plus ravie encore lorsque je lui annonçai que j'étais venue régler les frais de séjour de ma mère.

— Le docteur Brennan nous a expliqué la situation dans laquelle vous vous trouvez, m'avoua-t-elle. Comme vous n'êtes pas encore majeure, nous avons dû envoyer un courrier au notaire de votre mère. Apparemment, la succession de votre père va prendre un certain temps.

— En effet, oui, mais je dispose d'un peu d'argent et j'aimerais mieux ne pas accumuler trop de dettes.

J'avais beau être encore jeune, j'avais parfaitement compris que l'argent est un langage universel. Je tenais à ce que cette clinique sache que, quoi qu'il arrive, les notes de ma mère seraient réglées. Quant à ce que j'avais fait pour obtenir cet argent, ça ne regardait personne.

Je sortis une liasse de billets de ma poche sous les yeux ébahis de l'administratrice, comptai la somme de neuf cents livres, soit le prix faramineux d'une semaine d'internement, et la lui remis.

Je ne sais pas si mes billets la mirent de bonne humeur ou si elle était de nature guillerette, mais quoi qu'il en soit, elle me conduisit personnellement dans un vaste salon avec vue sur la propriété. Ma mère était là.

— Je vais prévenir l'infirmière que vous êtes arrivée, murmura l'administratrice avant de s'éclipser.

Ma mère… En une semaine, elle s'était recroquevillée sur elle-même, épaules ramenées en avant, menton collé à la poitrine. Ses cheveux fins retombaient sur son visage cireux comme deux rideaux fermés.

Je m'accroupis près d'elle.

— Maman ?

Aucune réaction. Elle avait les yeux ouverts, le regard fixe, droit devant elle, sur ses genoux, comme si toute sa vie résidait dans le motif de sa robe… sa vie d'avant, et celle qui l'attendait désormais.

Je me relevai, allai chercher un fauteuil et m'installai à côté d'elle. Une infirmière entra dans la salle au même moment et vint vers moi en souriant. Arrivée à notre hauteur, elle marmonna quelques mots en voyant ma mère et s'empressa de lui redresser un peu le buste avant d'ajuster la position de son fauteuil, inclinant légèrement le dossier en arrière. La tête de ma mère retrouva sa position normale.

Mais sa position fut bien la seule chose qui changea. Elle ne fixait plus ses genoux, son regard se perdait au-delà de la grande baie vitrée.

Je déplaçai mon fauteuil pour me poster pile devant elle. Son expression demeura figée, ses yeux mornes, sa bouche pincée en une ligne recourbée vers le bas. Je lui pris la main. Elle était chaude, sans vie, et quand je la serrai, ma mère n'eut pas la moindre réaction.

— Parlez-lui, me conseilla l'infirmière, racontez-lui ce que vous faites de vos journées, par exemple.

Je crois que mon rire la décontenança un peu. Ah ! Elle aurait été sacrément plus choquée si je lui avais raconté comment j'avais occupé mes journées ces derniers temps. Après avoir tripatouillé encore quelques instants la chaise de ma mère, l'infirmière nous laissa seules.

Sans lâcher la main de ma mère, je me lançai alors dans le récit de mon quotidien sans elle, me limitant aux bonnes nouvelles. Je lui parlai de Mrs Higgins, de sa générosité envers moi. De mon rendez-vous chez le notaire ; tout allait bien, on disposait d'assez d'argent, l'assurance-vie couvrait les mensualités du crédit immobilier. J'espérais que ces mensonges suffiraient à la rassurer, si tant est qu'elle s'inquiétât pour nous, pour moi. Impossible de savoir si mes paroles eurent un quelconque effet sur elle : son regard resta absent, sa bouche pincée, son visage figé dans une expression terne, lointaine.

J'aurais peut-être dû lui raconter ce que j'avais réellement fait. Le choc de la mort de mon père l'avait plongée dans cet état, un autre choc l'en sortirait peut-être… Lui raconter la scène dans ses détails les plus glauques, le sang chaud d'Olivia Burton dégoulinant sur mes mains, sa tentative vaine de m'échapper, sa bouche grande ouverte qui cherchait désespérément l'air tandis que je la regardais s'éteindre à petit feu. Lui parler des photos encadrées, aussi, les photos du joli petit couple, son mari qu'elle aimait plus que tout au monde dans les bras de sa seconde femme. J'aurais pu lui dire que je les avais piétinées, ces photos.

Mais non, je ne pouvais pas lui parler de ça, je ne pouvais rien lui raconter du tout.

Je déposai un baiser sur sa joue avec le fol espoir qu'elle me prendrait dans ses bras, qu'elle me regarderait avec une petite lueur d'amour au fond des yeux, ou n'importe quelle émotion, mais quelque chose au moins… En me redressant, j'eus l'impression d'être à mon tour vidée de toute énergie vitale. Je quittai la salle sans me retourner.

16

Je n'eus pas bien longtemps à attendre avant de savoir ce qu'il allait advenir de la maison de Thornbury. Une semaine après la disparition subite d'Olivia Burton, j'étais attablée devant mon petit déjeuner lorsque la sonnette de la porte d'entrée retentit. Je sursautai, oubliant un instant l'humeur maussade qui était mon lot quotidien depuis ma visite à la clinique. J'étais constamment de mauvais poil, j'avais du mal à trouver le sommeil et ce matin-là encore, je m'étais réveillée aux aurores.

Ça ne pouvait pas être un voisin. Mrs Higgins s'était envolée pour le Canada et j'avais fait comprendre à Rachel Robinson que je ne souhaitais pas la voir, ni elle ni ses animaux, qui me feraient pourtant le plus grand bien, d'après elle.

— Je peux te laisser Billy, si tu veux, m'avait-elle proposé deux jours plus tôt.

J'avais été assez bête pour répondre à la sonnette et aller ouvrir. De l'endroit où je me tenais, j'avais immédiatement perçu l'odeur immonde du clébard grassouillet, la langue sortie, qui se trouvait à ses pieds.

— Je vous remercie mais ça ira, avais-je répondu aussi poliment que possible. Ça va, je me débrouille, vous savez. Et puis… je suis allergique aux chiens. Et aux chats, avais-je ajouté dans un moment d'inspiration.

Rachel avait eu un mouvement de recul, comme si elle venait de recevoir une gifle. Au ton sur lequel elle me répondit, je compris qu'elle ne me croyait pas.

— Ah oui ? Bon, eh bien… dans ce cas, je m'en vais.

Depuis, je ne l'avais pas revue. Donc ce n'était pas elle qui venait de sonner.

Je vidai mon verre de jus de fruits et me levai. C'était peut-être quelqu'un d'intéressant, quelqu'un qui m'aiderait à m'extirper de ma torpeur mélancolique.

La personne qui patientait sur le perron n'avait pas une allure très engageante. Visage buriné, crâne dégarni, rougi par le soleil, strié de quelques mèches blanches parallèles. Deux jambes comme des poteaux sous un short froissé en coton, surmonté d'un ventre énorme, proéminent.

— Je peux vous aider ? demandai-je à l'inconnu, regrettant déjà d'avoir ouvert la porte.

— Lissa McColl ?

S'il avait été mieux habillé, ou s'il avait, au moins, porté autre chose que ce short dévoilant deux genoux noueux et des mollets couverts de varices, j'aurais pu croire qu'il s'agissait d'un assistant de service social venu s'assurer que la fille d'un homme décédé récemment et d'une mère internée était encore en vie. Je ne connaissais pas ce type, mais lui, il connaissait mon nom, et ça ne me disait rien qui vaille.

— On peut savoir qui vous êtes ?

Pas très poli de ma part, mais tant pis. L'homme leva une main, comme pour s'excuser.

— Oh pardon, j'aurais dû commencer par me présenter. Je m'appelle Alan… Alan Burton.

Je luttai férocement pour garder une expression neutre. J'avais imaginé un tas de scénarios, mais ça, jamais. Il s'agissait donc du frère, voire du mari de la femme que j'avais tuée. Car elle aussi aurait très bien pu être bigame. Ç'aurait été drôle, non ?

Mais je n'étais pas du tout d'humeur à rire. Je m'écartai et l'invitai à entrer, tentant bon gré mal gré de rassembler mes idées : je ne savais pas qui était cet homme mais il fallait que je fasse très attention à ce que j'allais dire.

— Entrez, dis-je en refermant la porte, avant de passer devant lui. Suivez-moi, je vous en prie.

Une fois dans la cuisine, je lui proposai un thé, ou un café, s'il préférait.

— Un thé, merci.

Au lieu de s'asseoir, il fit quelques pas dans la cuisine, toucha plusieurs objets de décoration et des souvenirs que ma mère aimait collectionner : des coquillages ramassés sur la plage, un galet au fond d'un ruisseau, une statuette d'éléphant que mon père lui avait offerte à Arundel. Ce type se permettait de mettre ses sales pattes sur chaque objet et les considérait d'un air soupçonneux.

Je posai la tasse de thé sur la table et rapprochai la bouteille de lait pour qu'il puisse se servir lui-même. J'attendis qu'il ait ajouté le lait dans son thé pour lancer la discussion.

— Alan Burton. J'imagine que vous faites partie de la famille d'Olivia Burton.

Il but une toute petite gorgée de thé brûlant puis hocha la tête.

— Oui, c'est… J'ai encore du mal à accepter de parler d'elle au passé, voyez-vous, mais oui, c'était ma sœur.

O.K. À moi de jouer.

— Pardon ? Attendez, je ne comprends pas bien…

L'homme soupira.

— Ah, euh, pardon, vous n'êtes pas encore au courant, bien entendu. J'ai eu son notaire au téléphone, hier. J'imagine qu'il ne va pas tarder à vous contacter, d'ailleurs. Je suis tellement bouleversé, vous comprenez…

Son visage déjà marqué par les rides se plissa encore davantage. On aurait dit qu'il allait éclater en sanglots.

— Olivia Burton est morte ?

— Oui.

— Oh… Toutes mes condoléances. Je ne l'ai jamais vue, bien sûr, n'ayant découvert son existence que récemment, mais… vous savez que son mariage avec mon père n'avait rien de légal ?

— Oui. Livvy m'a appelé quand elle a appris cette histoire. Elle était déjà anéantie par son décès, alors quand elle a découvert sa double vie… Je l'avais rencontré, votre père, vous savez, à plusieurs reprises. Un homme charmant, plein de vie, drôle, d'une grande gentillesse. Livvy l'adorait. J'ai encore du mal à admettre la vérité, vous savez.

— Pour nous aussi, le choc a été terrible. Ma mère, surtout, a été très affectée.

Il ne me demanda pas où elle se trouvait actuellement, mais peut-être le notaire le lui avait-il expliqué.

— Pour Olivia aussi, visiblement, ajoutai-je.

Il avala une lampée de thé et s'essuya la bouche du revers de la main.

— Ah non, non, vous faites fausse route ! Elle ne s'est pas suicidée, elle a été tuée. Un cambriolage qui a mal tourné. C'était dans tous les journaux, vous avez bien dû voir ça.

Je plaquai une main sur ma bouche et arrondis les yeux.

— Non ? C'est pas vrai ! C'était donc elle ? Oui, une voisine m'a bien raconté qu'une femme avait été assassinée, il y a quelque temps, lors d'un cambriolage. Je n'ai pas lu l'article, je ne savais pas de qui il s'agissait.

Pour une fois, je pouvais me permettre de dire la vérité.

— Ç'a été un véritable choc. Je suis la seule famille qu'il lui restait, c'est pour ça que je suis allé voir le notaire hier.

Pour savoir ce dont il allait hériter. Et c'est là qu'il avait dû avoir un choc, un vrai. Il devait s'imaginer que la maison lui reviendrait puisque son beau-frère était mort, lui aussi. Nul doute que découvrir qu'il ne toucherait rien avait été dur à avaler. Je n'avais aucun commentaire à faire et restai silencieuse.

— Maître Brooks m'a dit qu'avec la mort de ma sœur, qui jouissait de l'usufruit sur la maison, celle-ci revenait désormais à votre mère. Et à vous, naturellement, précisa-t-il avec un sourire carnassier.

Inutile de répondre, je me bornai à acquiescer. Alan Burton prit un air peiné.

— J'ai cru comprendre, d'après ce que m'a dit le notaire, que votre maman risque de rester un moment dans l'établissement de santé où elle se trouve. Ça doit être très dur pour vous. Seize ans à peine et déjà seule au monde…

Je fulminais intérieurement contre le notaire, qui s'était permis de divulguer ce genre d'information. De toute évidence, Alan Burton s'était renseigné sur moi. J'en ignorais la raison pour le moment mais je ne tardai pas à comprendre où il voulait en venir.

Il reposa sa tasse vide sur la table.

— C'est drôle mais j'ai l'impression qu'on fait presque partie de la même famille, vous et moi.

— Tiens donc…

Mais qu'est-ce qu'il me voulait, ce type ? Que cherchait-il, à la fin ?

— Oui, c'est un peu comme si vous étiez ma nièce, dit-il en affichant un sourire certainement censé me communiquer toute sa bienveillance.

Je fis le choix de le brosser dans le sens du poil, histoire de voir où il voulait en venir.

— Je n'ai plus de famille… Ce serait chouette d'avoir un oncle.

Il me prit alors la main et je dus me retenir de ne pas la retirer d'un coup sec. Ce type me dégoûtait.

— On pourrait s'épauler, vous et moi, se soutenir, parce qu'on traverse une période difficile, tous les deux. Et puis, je pourrais vous aider à gérer vos finances. Les honoraires de Brooks vont forcément représenter des montants astronomiques.

Il attendait que je réagisse. Peut-être même que je lui saute dans les bras pour le remercier de voler à mon secours.

— Je vais refaire du thé.

Je me levai, pris les deux tasses et jetai le marc de thé dans l'évier. Pendant que l'eau chauffait dans la bouilloire, mon regard s'arrêta sur le socle de couteaux posé sur le plan de travail. Il manquait le plus grand. Qui devait, à l'heure actuelle, se trouver quelque part dans un commissariat de police, au fond d'un tiroir réservé aux pièces à conviction, dans une poche en plastique. Mais il en restait au moins deux tout aussi biens acérés dans le bloc, et presque aussi longs que le premier. Je pourrais facilement en saisir un, le garder par-devers moi, et au moment de servir le thé, l'utiliser pour réduire au silence ce type à la face de crapaud.

Deux choses me retinrent. En premier lieu, j'avais déjà tué deux personnes et pour le moment, personne ne me soupçonnait. Je n'aurais peut-être pas toujours autant de chance et je n'avais pas l'intention de moisir en prison. Deuxièmement, et c'était probablement là la véritable raison qui me retenait d'agir, ces deux meurtres avaient été commis dans un but bien précis : tuer Jemma visait à mettre fin au harcèlement dont j'étais victime ; tuer Olivia à assurer l'avenir de ma mère. Alan Burton était peut-être un sale petit manipulateur mais si je commençais à tuer sans raison valable tous ceux qui m'énervaient, je finirais par devenir un vrai monstre.

Ou peut-être ne me rendais-je pas compte qu'en réalité, j'en étais déjà un. Dans un frisson, je fermai les yeux pour ne plus être tentée de contempler les couteaux.

Une minute après, je m'approchai de la table et posai la tasse devant Alan. J'attendis qu'il boive une première gorgée de thé bouillant et m'exprimai alors posément, d'une petite voix :

— Quand vous aurez bu votre thé, je vous demanderai de partir et de ne plus jamais remettre les pieds dans cette maison, d'accord ?

Il avala de travers, toussa et cracha un jet de thé qui éclaboussa la table.

— … Pardon ?

Le message n'était manifestement pas assez clair pour lui.

— Vous m'avez bien entendue, espèce de sale parasite. Buvez votre thé et foutez le camp.

Il ne se fit pas prier, sauta sur ses pieds et sortit de la cuisine à reculons, sidéré, la bouche grande ouverte. À voir sa tête, on aurait cru que la gamine de seize ans qu'il s'imaginait impressionnable s'était subitement métamorphosée en chienne enragée.

Il s'enfuit, donc. Encore vivant. Mais cette visite m'avait appris une chose : je n'étais peut-être pas un monstre, mais il y avait bel et bien quelque chose de monstrueux en moi.

Alan Burton avait eu de la chance.

17

Notre notaire, maître Brooks, m'appela un peu plus tard dans la journée pour m'annoncer la terrible nouvelle concernant Olivia Burton. Je ne mentionnai pas la visite de son frère. Celui-ci devait avoir compris à quoi s'en tenir avec moi, de sorte qu'il ne risquait pas d'en parler au notaire.

— Le malheur des uns fait parfois le bonheur des autres, m'expliqua Brooks en guise de conclusion, et c'est un peu ce qui se passe aujourd'hui puisque, avec le décès de Mrs Burton, l'ensemble du patrimoine de votre père vous revient.

— Ah, d'accord.

Je ne détectai pas la moindre suspicion dans son intonation lorsqu'il m'annonça cette excellente nouvelle pour ma mère et moi. Mais je devais rester prudente, faire semblant, peut-être, d'être plus bête que je n'en avais l'air.

— Mais… ça veut dire quoi, concrètement, pour nous ?

— Simplement que la maison dans laquelle vivait Mrs Burton appartient désormais à votre mère. Elle peut la vendre, et dans ce cas, je m'occuperai de la procédure et veillerai à agir dans son intérêt. Les fruits de la vente pourront servir à payer les arriérés sur le crédit, les frais de séjour de la clinique, et permettront à votre maman de continuer à bénéficier des soins dont elle aura besoin à l'avenir.

Je raccrochai. J'avais réussi. Nous étions désormais à l'abri du besoin.

*

Ma mère ne fut pas en capacité de se rendre à l'enterrement de son époux adoré. J'avais demandé aux services des pompes funèbres d'organiser quelque chose de très simple, qui nous coûterait… le strict minimum. Je ne sentis aucun reproche, les employés se montrèrent respectueux et attentionnés du début à la fin.

Haycombe Crematorium se trouve en périphérie de Bath, à Englishcombe. Le jour des funérailles, je fouillai dans l'armoire de ma mère en quête d'une tenue correcte à me mettre. Nous faisions la même taille, elle et moi, avec le même genre de silhouette, mais j'avais perdu du poids ces derniers temps et flottai dans le chemisier et le pantalon noirs que je finis par choisir. Une ceinture ferait l'affaire. Je ne comptais pas fournir d'effort supplémentaire pour mon père, cet imposteur.

Jason Brooks avait proposé de passer me chercher mais je préférais faire le trajet toute seule. Il s'imaginait peut-être que j'avais réservé une limousine auprès des pompes funèbres. On me l'avait proposé, soit dit en passant, mais à un tarif exorbitant. Le bus me convenait parfaitement.

L'officiant s'était creusé les méninges pour trouver quelque chose de positif à dire sur le défunt. Rien de ce qu'il dit ne venait de moi. Quand il m'avait interrogée sur mon père, je lui avais parlé de sa bigamie, de sa double vie, des mensonges, des tromperies. Le type avait eu un vif mouvement de recul, comme s'il venait d'être mordu par une bestiole. Je faisais de plus en plus souvent cet effet aux gens. Quand on est incapable de supporter la vérité, on devrait s'abstenir de poser des questions. Finalement, l'employé des pompes funèbres avait dû se renseigner auprès de quelqu'un de plus conciliant. Le docteur Brennan, ou maître Brooks, peut-être. En tout cas, l'éloge funèbre qu'il prononça me rappela le père que j'aimais et j'en eus la gorge nouée tout un moment.

Personne ne fit de commentaire sur le fait qu'il y avait si peu de monde à la cérémonie. Aucun voisin n'avait fait le déplacement pour la simple et bonne raison que je ne les avais pas prévenus. J'en aurais sûrement parlé aux Higgins s'ils avaient été là mais ils étaient partis au Canada.

Pendant la courte cérémonie, je rêvassai. Par la fenêtre, on apercevait la vallée en contrebas, au-dessus de laquelle tournoyait une buse au gré des courants d'air qui l'emportaient de plus en plus haut sans qu'elle n'ait à battre des ailes. J'avais lu quelque part qu'elles sont capables de repérer un rongeur en mouvement à plus d'un kilomètre de hauteur, et qu'elles prennent leur proie par surprise en fondant sur elle à la vitesse de l'éclair.

On avait pas mal de choses en commun, au fond... Ni Jemma ni Olivia n'avaient eu le temps de comprendre ce qui leur arrivait. En évitant de croiser le regard d'Olivia dans ses derniers instants, je pensais réussir à éviter qu'elle me hante, comme les yeux de Jemma me hantaient encore, mais ça n'avait pas marché. À présent, les deux femmes m'apparaissaient à n'importe quelle heure du jour et de la nuit. Parfois même dans mon sommeil, mais plus souvent quand j'étais éveillée, comme à cet instant. Je fermai les yeux pour ne plus les voir et me forçai à écouter l'officiant.

Voilà, c'était terminé. Le rideau se referma derrière le cercueil de mon père. Pas d'accompagnement musical, rien, juste le froufrou du tissu et le ronronnement de la machine qui emportait le cercueil.

J'aurais voulu entendre le crépitement des flammes, le bois bon marché qui se fend sous l'effet de la chaleur, le corps qui se met à grésiller en prenant feu. Oui, j'aurais même bien aimé craquer l'allumette moi-même.

*

Trop fragile pour sortir de sa torpeur, ma mère ne se rétablit pas. Heureusement, la clinique disposait d'un service réservé aux séjours longs et ma mère fut transférée dans une chambre individuelle, avec vue sur le parc. S'était-elle seulement aperçue du changement ? Peut-être, et ce peut-être me suffisait.

Comme Thornbury était un quartier plus huppé que le nôtre, la vente de la maison rapporta assez d'argent pour pouvoir payer tous les arriérés et rembourser par anticipation l'ensemble du prêt immobilier. Ce qu'il restait de la somme servirait à financer la maison de repos de ma mère pendant quelques années.

— Votre situation actuelle ne durera pas indéfiniment, me dit Brooks lors d'un entretien auquel il m'avait conviée pour discuter de ma situation. Votre statut de membre du foyer vous autorise à rester habiter dans la maison familiale jusqu'à vos dix-huit ans, mais dès que vous serez majeure, la maison devra être mise en vente.

Je m'étais déjà renseignée sur la question, donc Brooks ne m'apprenait rien. Ce qui, à mes yeux, ne rendait pas pour autant les choses plus concrètes.

— Ah, je vois.

— Quant à l'argent de la vente de la maison de Thornbury, il ne durera pas éternellement non plus. Quand il n'y en aura plus, l'État prendra le relais, certes, mais seulement pendant un certain temps. Et les frais facturés par la maison de repos ne seront que partiellement pris en charge. L'autre solution envisageable serait alors de transférer votre maman dans une autre maison de repos où, là, la prise en charge de l'État serait complète.

La transférer dans un endroit certes moins coûteux, mais où les soins ne seraient pas aussi bons, la chambre plus petite et privée de vue, qu'elle devrait peut-être partager avec quelqu'un d'autre ? Je secouai la tête énergiquement.

— Pas question. Ma mère mérite ce qu'il y a de mieux. Je veux qu'elle reste là où elle est.

Il s'attendait manifestement à cette réponse et hocha la tête.

— Eh bien, quand l'argent de la vente de la maison

aura été dépensé, ce sera à vous de régler la différence entre ce que remboursera l'État et ce que la clinique facturera. On appelle ça un reste à charge, et là, on parle au bas mot de trois à quatre cents livres par mois.

Trois ou quatre cents livres ? Bon. Je haussai les épaules, trop jeune encore pour m'inquiéter de ce que me réserverait l'avenir.

Et puis, il s'agissait de ma mère, tout de même. J'aurais fait n'importe quoi pour elle.

Je l'avais déjà prouvé, d'ailleurs.

Et s'il le fallait, je serais prête à recommencer.

DEUXIÈME PARTIE

18

Avant la mort de Jemma, j'avais donc lu quantité de livres d'anatomie et de physiologie. Je m'étais aussitôt prise de passion pour le fonctionnement du corps humain. On ne choisit pas de devenir infirmière uniquement parce que l'on a fait quelques recherches sur les différentes façons de tuer quelqu'un, bien entendu, mais je reste persuadée qu'une petite graine avait été plantée à ce moment-là. Et c'est en observant l'équipe médicale qui s'occupait de ma mère avec tellement de gentillesse et de patience que je sentis la graine germer.

Ou alors j'avais décidé de devenir infirmière pour me prouver que je n'étais pas simplement une meurtrière.

Hélas ! Il ne me fallut pas bien longtemps pour comprendre que je m'étais trompée, que je n'étais pas faite pour ça. Ma fascination pour le corps humain résidait peut-être dans ma capacité à donner la mort, plutôt qu'à prolonger la vie.

L'argent de ma mère fondait comme neige au soleil et il fallait que je trouve un moyen d'en gagner. Malgré mes réticences, je décidai donc de persister dans la voie médicale, obtins mon diplôme d'infirmière et acceptai dans la foulée un poste à l'hôpital de Bath. C'était un job comme un autre, qui permettait de payer les factures, mais on ne peut pas dire que je m'y épanouissais.

Cependant, certains aspects de mon métier me plaisaient parce que le fonctionnement du corps humain continuait de me fasciner. Je ne prenais aucun risque ; il n'était pas question de tuer quelqu'un dont je n'aurais eu aucune bonne raison de vouloir me débarrasser – si l'on ne compte pas certains patients particulièrement odieux –, mais il m'arrivait, de loin en loin, de faire des petites *expériences*.

« Voilà, ça devrait vous soulager », disais-je à un patient dont j'avais la charge après lui avoir fait une piqûre d'antidouleur. La plupart du temps, il s'agissait effectivement d'un véritable sérum antidouleur. Mais parfois, je leur injectais de l'eau stérile. Et je ne laissais pas de constater que souvent, l'eau semblait tout aussi efficace. Attention, je ne faisais preuve d'aucune cruauté : je gardais un œil attentif sur l'évolution du patient et m'assurais que les soins *ad hoc* lui étaient prodigués. Sauf, naturellement, s'il s'agissait d'un de ces patients particulièrement odieux – ceux-là, je les laissais souffrir.

Je ne suis pas en train de dire que je détestais mon métier, non, mais il me passionnait tellement peu que jamais je ne cherchai à monter en grade, de sorte que huit ans plus tard, j'étais toujours simple infirmière en soins généraux hospitaliers et recevais mes ordres d'infirmières en chef plus jeunes que moi.

Complètement démotivée, je me mis de plus en plus souvent en arrêt maladie, ou alors je me plaignais d'avoir mal au dos, ce qui obligeait mes responsables à limiter mon travail à certaines tâches, de la paperasse à remplir, surtout. La longueur de mes pauses-café et de mes pauses méridiennes devenait de moins en moins acceptable – pour ma supérieure, pas pour moi.

Pippa Jones était plus jeune que moi de plusieurs années et était devenue infirmière en chef à l'occasion du départ de son prédécesseur, passé, lui, à l'échelon supérieur.

Je l'avais tout de suite prise en grippe.

Convaincue qu'elle allait réinventé la roue, Pippa convoqua tout son staff en réunion d'équipe dès la fin de sa première semaine de service. Elle nous détailla par le menu les changements qu'elle avait prévu de mettre en place dans les quinze jours à venir. À chacune de ses suggestions, je levai la main et lui fis remarquer que nous avions déjà essayé et que ça ne marchait pas.

Son bureau était éclairé par deux néons fixés au plafond, juste au-dessus d'elle. À mesure que la réunion avançait, et que moi, je continuais à contester chacune de ses propositions avec aplomb, je voyais des gouttes de sueur perler sur son front.

Elle balaya systématiquement mes remarques d'un revers de main et insista pour que nous changions nos méthodes de travail. Et comme je l'avais prédit, ce fut une catastrophe. Après plusieurs jours de chaos dans le service, chacun reprit, mine de rien, sa façon de travailler.

Le problème, c'était que je l'avais mise en difficulté devant tout le monde, et Pippa était du genre rancunière. Elle me tenait à l'œil, sans savoir que, moi aussi, je la surveillais, et étant donné que j'étais là depuis plus longtemps, j'avais une bonne longueur d'avance sur elle. J'avais des principes, bien entendu : jamais je n'aurais fait de mal à un de mes patients. Mais Pippa n'était pas ma patiente et, sans s'en rendre compte, elle avait réveillé en moi le monstre que j'avais pourtant réussi à maintenir en sommeil artificiel depuis un bon bout de temps.

J'aurais été capable de la tuer si le sort n'en avait pas décidé autrement.

Le service étant souvent en sous-effectif, chacun devait constamment mener plusieurs tâches de front. Un matin, après la fin de service de l'équipe de nuit, je suggérais devant toute l'équipe que Pippa pourrait s'occuper de la distribution des médicaments aux patients puisque nous étions, encore une fois, en sous-effectif.

— Comme ça, ça nous permettra de nous concentrer sur les soins, ajoutai-je, en bonne infirmière soucieuse du bien-être de ses patients.

La tension était palpable dans la salle. Les autres infirmières, les stagiaires, les aides-soignantes, tout le monde retenait son souffle.

Pippa avait le choix : elle pouvait soit refuser, dire qu'elle était trop occupée, soit accepter et gagner, au passage, la sympathie de son équipe. Je voyais à son regard qu'elle était face à un véritable dilemme. Elle aurait dû dire non, évidemment, mais elle avait besoin de se sentir appréciée, et elle ne résista pas bien longtemps.

— Oui, bonne idée. Faisons comme ça.

Nous disposions de deux jeux de clefs. Sourire aux lèvres, je lui en remis un et filai vaquer à mes occupations. Ce n'était pas la première fois qu'elle se chargeait de distribuer les médicaments. Je l'avais accompagnée, au tout début, et elle ne faisait jamais aucune erreur, mais qui sait, avec un peu de chance…

Je n'eus pas une minute à moi ce matin-là et ce n'est que vers midi que je pus prendre le temps de contrôler son travail. Je passai en revue sans grand espoir le dossier de suivi des traitements administrés aux patients. Soudain, mes yeux s'arrondirent en voyant ses initiales sur la feuille que j'avais sous le nez. Selon cette fiche, Adam Frazer avait bien pris ses médicaments le matin même. Sauf que ce monsieur était décédé dans la nuit. L'équipe de nuit aurait dû retirer sa feuille de suivi du dossier. Et les médicaments prescrits à ce monsieur avaient disparu dans la nature.

Trois personnes avaient été admises dans notre service pendant la nuit et le lit d'Adam Frazer était déjà occupé par un autre patient. Pippa avait-elle donné le traitement d'Adam Frazer au nouvel occupant ?

Je dégainai mon téléphone portable, pris deux ou trois photos et filai au bureau de Pippa.

Je frappai et ouvris la porte, sans attendre d'être invitée à entrer. Elle était à son bureau, devant son ordinateur, sourcils froncés. Elle me jeta un bref regard irrité et replongea aussitôt dans son travail.

— C'est important ?

Quand j'étais seule avec elle, elle ne cherchait jamais à cacher son animosité envers moi. Je m'en fichais : dans quelque temps, cette animosité prendrait une tout autre dimension, celle de la haine. Peut-être aurait-elle même peur de moi.

— Oui, je pense que c'est important. En tout cas, ça a son importance aux yeux du NMC.

Le Nursing and Midwifery Council est l'agence nationale qui régit les métiers d'infirmière et de sage-femme. Tous les professionnels du secteur doivent y être inscrits. Cet organisme est également chargé de mener des investigations sur d'éventuelles mauvaises pratiques et est en droit de rayer de l'ordre un professionnel de santé coupable de telles pratiques. En général, le simple fait d'évoquer ce nom suffit à terroriser n'importe quelle infirmière, qui s'empresse alors de passer en revue tous les gestes et les soins qu'elle a prodigués depuis quelque temps.

Pippa tourna la tête vers moi. Je sortis mon portable.

— J'ai quelque chose à te montrer.

Je ne saurais dire si l'émotion qui passa sur son visage en une nanoseconde relevait de l'irritation ou de la panique, elle disparut bien trop vite pour que je puisse la décrypter. L'instant d'après, Pippa avait revêtu son masque impénétrable.

— Bon, je t'écoute, finit-elle par consentir dans un soupir.

— Tiens, regarde.

Je lui mis mon portable sous le nez et lui montrai la fiche de suivi des patients, puis des photos des cases réservées au traitement médicamenteux. Dans un rictus jubilatoire, j'observai sa réaction : elle blêmit en comprenant ce qui s'était passé.

— Pippa, tu as donné au nouveau patient des médicaments destinés à Mr Frazer.

On voyait à sa tête qu'elle se demandait si elle devait nier ou pas. Tempête sous un crâne.

— Qu'est-ce que tu veux, Lissa ?

Je dois avouer qu'elle m'impressionna : elle ne

chercha même pas à se justifier. Et ne releva pas non plus mon allusion, certes peu subtile, au fait que sa conduite pourrait être signalée au NMC. Mon but n'était pas qu'elle soit suspendue de ses fonctions le temps de l'enquête, puis, inévitablement, rayée de l'ordre des infirmières, condamnée à occuper un poste à moindre responsabilité pour le restant de sa carrière – non, cela ne m'intéressait pas et elle le savait très bien.

Je hissai une fesse sur le bord de son bureau et la toisai.

— Écoute, ce n'est pas si grave que ça, tu n'as rien fait d'illégal, que je sache. Moi, je veux juste qu'on me fiche la paix, qu'on me laisse choisir mes heures de service, qu'on arrête de me critiquer si mes pauses durent un peu plus longtemps que la moyenne, qu'on n'attire plus l'attention des RH chaque fois que je suis en congé maladie. Ce genre de choses, quoi.

Ah ! La tête qu'elle faisait ! Je dus me retenir de ricaner comme une gamine insolente. Tout bien considéré, je ne réclamais pas grand-chose, mais je savais, et elle aussi en était parfaitement consciente, que tout traitement de faveur à mon égard remettrait son autorité en cause. Conclusion : elle n'avait guère le choix.

Inutile d'attendre une réponse de sa part puisque j'avais toutes les cartes en main. Je me levai.

— Bien, je te laisse réfléchir alors, O.K. ?

Je refermai doucement la porte de son bureau derrière moi et allai déjeuner. Je comptais bien prendre tout mon temps.

À partir de ce moment-là, chaque fois que j'étais de service à l'hôpital, je prenais un malin plaisir à pousser

Pippa à bout. Mes pauses étaient de plus en plus longues, je me mettais en congé maladie au moins un jour par semaine et, de manière générale, n'en faisais qu'à ma tête. Je fichais la trouille à Pippa, certes, mais là où elle eut de la chance, c'est que cette liberté ne changea rien à mon manque de satisfaction au travail. Un mois après notre petit arrangement, je démissionnai et décidai d'aller travailler en libéral pour une agence d'infirmières remplaçantes.

19

Je quittai donc l'hôpital parce que je ne m'épanouissais plus là-bas. Et l'autre raison, bien entendu, concernait l'argent. La direction de la maison de repos où ma mère se morfondait avait changé de mains deux ans plus tôt. Ce fut également à cette période de changement de propriétaire que les fonds de ma mère vinrent à manquer et que l'État intervint pour assurer ses soins. Enfin, à hauteur d'une certaine somme, que l'État jugeait acceptable. Le fait que cette somme ne suffisait pas à couvrir entièrement sa prise en charge ne préoccupait personne. Ce qu'il restait d'épargne à ma mère permettrait de payer ses frais de séjour – le fameux « reste à charge » – pendant une année. Après cela, je pourrais choisir de régler ce reste à charge de ma poche ou bien transférer ma mère dans un autre établissement.

Depuis toutes ces années, je n'avais pas changé d'avis sur la question, bien au contraire. Ma mère resterait là où elle était. Au début, le reste à charge s'élevait à cent livres, un montant tout à fait raisonnable. L'année suivante, deux cents livres. Somme encore acceptable. Mais, à mon grand dam, lorsque la maison de repos fut rachetée par un grand groupe privé, ce chiffre fut doublé par deux et atteignit la bagatelle de quatre cents livres par mois.

— Il y a des établissements bien moins coûteux, m'assura Jason Brooks lorsqu'il m'appela pour aborder ce point avec moi.

Certes. J'avais mené ma petite enquête.

— Non, je vais me débrouiller, ne vous inquiétez pas.

Il ne s'occupait plus des affaires de ma mère mais nous étions restés en contact et il me conseillait volontiers. Sans me faire payer, heureusement. Il avait un petit côté paternel avec moi, ce qui n'était pas pour me déplaire. Ceci dit, il n'avait rien en commun avec mon père : Jason Brooks était honnête, lui.

J'aurais pu rester à l'hôpital, obtenir une promotion, faire des heures supplémentaires, travailler de nuit, le week-end. Oui, j'aurais pu. Mais je préférai quitter cet environnement et me faire embaucher par une agence d'infirmières libérales : les salaires y étaient supérieurs et je pouvais choisir de travailler autant d'heures qu'il le fallait pour générer un revenu en adéquation avec mes besoins.

Je louais un petit studio situé à quelques encablures de l'hôpital. J'avais passé mon permis de conduire et pendant plusieurs années utilisé la voiture de ma mère. Seulement, lorsque le véhicule avait commencé à montrer des signes de fatigue, je m'en étais débarrassée. L'hôpital était à cinq minutes à pied de chez moi. Lorsque je commençai à travailler en libéral, j'envisageai de m'acheter une nouvelle voiture, mais l'agence m'assura qu'ils travaillaient avec quantité de maisons de repos dans toute l'agglomération de Bath, généralement bien desservie par le réseau de bus.

Parfois, il fallait marcher un peu. Ça ne me dérangeait pas ; j'aimais bien être dehors après avoir passé des heures enfermée avec des personnes âgées malades. Le dimanche, jour où, c'est bien connu, les gens n'ont pas besoin de se déplacer, les choses se compliquaient un peu. Dans ce cas, j'optai pour la solution la plus simple : je ne commençais jamais tôt ce jour-là.

Certains mois, j'avais tout loisir de choisir les lieux et horaires de travail qui me convenaient, les propositions affluaient. À d'autres moments, je devais accepter ce que l'on me proposait. Je ne pouvais pas me permettre de refuser du travail. Les quatre cents livres nécessaires pour payer la maison de repos de ma mère représentaient une partie non négligeable de mon salaire et j'avais en outre d'autres frais annexes à régler : elle avait besoin d'un coiffeur, d'une manucure, d'un podologue, de produits d'hygiène et de vêtements.

Ce qu'il me restait couvrait tout juste le loyer de mon petit appartement au cœur de Bath. Si ce studio était très pratique quand je travaillais à l'hôpital situé juste à côté, à présent, j'étais libre de déménager et de m'installer dans un quartier moins central, moins cher. Pas pour disposer d'un logement plus grand, non – je préférais les petits espaces, les intérieurs douillets qui vous rappellent le ventre maternel tout chaud.

Dépenses de logement mises à part, je menais une existence des plus frugales. Les blouses et pantalons bleu marine en polyester que je portais au travail étaient très résistants et je n'avais pas souvent besoin d'en changer. Le reste de ma garde-robe provenait d'associations caritatives. Les chaussures représentaient mes seules véritables dépenses. Une paire confortable à lacets pour le boulot, une paire plus robuste pour la marche.

Lorsque je décidai de déménager de Bath, je passai deux semaines à chercher un logement convenable. N'ayant aucune intention de partager mon lieu de vie avec un ou plusieurs colocataires, je ne tardai pas à comprendre que mes options allaient être très limitées. Mes recherches me ramenaient systématiquement à la même conclusion, au même endroit, là où la boucle serait bouclée : à Bathford. Juste à côté de la localité où j'avais grandi.

J'étais sur le point d'abandonner ma quête impossible lorsque je tombai sur une annonce à l'épicerie du coin, épinglée sur un panneau. Le vieux bout de papier aux coins recourbés et le numéro de téléphone à peine lisible en avaient probablement dissuadé plus d'un. D'ailleurs, j'eus moi-même un instant d'hésitation mais la situation commençait à être urgente. L'annonce ne donnait que très peu d'informations :

Petit studio à louer. Pas d'enfants. Pas d'animaux.

Le montant du loyer n'était pas indiqué. Et, plus ennuyeux encore, aucune mention de l'endroit où se trouvait ce logement.

De toute évidence, cette annonce était là depuis un bon bout de temps. Pas étonnant. Je pris l'annonce en photo et appelai le numéro dès que je fus sortie de l'épicerie. Mon interlocuteur décrocha aussitôt, et lança sur un ton bourru :

— Quoi ?

Charmant !

— Bonjour. Je m'appelle Lissa McColl, je vous appelle au sujet de votre annonce. Pour l'appartement, ajoutai-je après un silence.

— L'appartement, répéta l'homme, comme s'il ne voyait pas du tout de quoi je parlais.

— Oui, le studio. Je viens de voir votre annonce dans une épicerie, pas loin de l'hôpital de Bath United.

— Ah, oui.

À nouveau, la ligne se fit silencieuse. Je pensais qu'il allait raccrocher mais je l'entendis alors soupirer.

— Hum. Quand est-ce que vous voulez venir le voir ?

Je n'avais aucune intention de perdre mon temps avec ce type. Si l'appartement ne se situait pas sur une ligne de bus, ça ne m'intéresserait pas, même avec un loyer dérisoire.

— Eh bien, j'aurais d'abord aimé savoir où il se situe exactement.

— À Bathford, précisa l'homme avec une pointe d'agacement dans la voix.

L'annonce était peut-être là depuis un moment et le propriétaire devait avoir oublié que le montant du loyer n'y figurait pas. Sa réponse me prit de court, je ne m'y attendais pas du tout et demeurai sans voix – ce qui n'était pas dans mes habitudes. Bathford !

— Alors ? me relança l'homme en attendant une réponse à sa première question.

Les bus passaient très régulièrement sur cette ligne et je pouvais y être dans une heure.

— Maintenant, si vous voulez.

— Maintenant ?

— À midi ? proposai-je en consultant ma montre.

— D'accord.

L'homme, un peu surpris par mon enthousiasme, me donna l'adresse exacte et me demanda si je savais comment m'y rendre.

— Oui, oui. Rendez-vous là-bas à midi.

L'appartement se trouvait sur l'axe principal qui traversait Bathford, axe que j'avais souvent arpenté dans ma jeunesse. Nous, nous habitions un peu en marge du bourg, sur une route qui part de Prospect Place. Je n'y avais jamais remis les pieds. Notre voisine, Mrs Higgins, s'était installée au Canada après le décès de son mari. Pendant longtemps, elle m'avait envoyé une carte de vœux en fin d'année, cartes auxquelles je ne répondais jamais. Voilà deux ans que je n'avais plus de nouvelles d'elle.

Bathford est à cinq kilomètres à l'est de Bath. Une fois sorti des embouteillages du centre-ville, le bus fila à bonne allure. Vingt-cinq minutes plus tard, je descendis du bus. Après huit ans d'absence, je pensais ressentir un petit pincement au cœur en retrouvant cet environnement familier, mais non, rien, j'aurais aussi bien pu me trouver n'importe où.

La route de Badford faisait plus d'un kilomètre de long mais par chance, après dix minutes de marche, j'arrivai devant le numéro que l'homme m'avait communiqué. Dans cette commune, les bâtiments étaient presque tous construits en pierre de Bath, un matériau aux teintes grège qui conférait un certain cachet à la moindre petite bicoque. Cela dit, la maison devant laquelle je me trouvais n'avait rien d'une bicoque : Lily

Cottage était une très jolie maison sans mitoyenneté. Un sourire se dessina sur mes lèvres mais laissa bientôt place à une interrogation : où se trouvait-il exactement, ce studio ?

L'annonce était peut-être trompeuse, le studio n'était peut-être qu'une chambre à louer dans une maison. Et dans ce cas, même s'il s'agissait d'une très jolie chambre, ça ne me conviendrait pas.

Inutile de rester plantée là à me poser mille questions ; je poussai le portillon en fer forgé et franchis les quelques mètres qui me séparaient de la porte d'entrée. Il y avait une sonnette et un heurtoir en bronze. J'appuyai sur le bouton de la sonnette mais, ne percevant aucun son à l'intérieur, j'y ajoutai deux petits coups de heurtoir.

La porte s'ouvrit aussitôt, de sorte que je n'eus pas le temps de reculer et me retrouvai littéralement nez à nez avec un inconnu. Il avait dû me voir arriver pour ouvrir aussi vite, et attendait simplement que je sonne. Bizarrement, tout dans ses traits semblait indiquer qu'il n'attendait aucune visite et je n'aurais pas été surprise qu'il me claque la porte au nez.

— Je suis Lissa McColl, m'empressai-je de lui dire. On s'est parlé tout à l'heure, au téléphone, à propos du studio.

L'homme gardait la même expression atterrée. Allez savoir, avec ses yeux légèrement exorbités, ce grand type massif, baraqué, avait peut-être constamment l'air de tomber des nues. Il m'observait, toujours muet.

— Est-ce possible de le voir ? demandai-je timidement en esquissant un pas en arrière.

— Oui.

Il m'avisa de la tête aux pieds, sans la moindre gêne, passant en revue mes grosses chaussures de marche, mon pantalon, large comme le voulait la mode de l'époque, ma chemise dépareillée.

— Bon, ben… entrez, alors.

Sentant peut-être qu'il me mettait mal à l'aise et que j'hésitais, il ouvrit grand la porte et recula.

Je ne savais rien de cet homme, même pas son nom, et personne ne savait que j'étais là. Je ne me considérais pas comme quelqu'un d'inconscient et pourtant, au lieu de prendre mes jambes à mon cou, j'entrai, attirée par cette maison.

Un vers d'un poème de mon enfance me revint soudain à l'esprit : *« Voulez-vous entrer dans mon salon ? » demanda l'araignée à la mouche.*

J'aurais dû être sur mes gardes, voire rebrousser chemin sans demander mon reste, mais non, j'entrai dans la maison.

20

Dès que j'eus franchi le seuil, le propriétaire referma la porte derrière moi, croisa ses gros bras sur sa poitrine et continua à me reluquer.

— Vous êtes petite, c'est bien, ça.

Pour entamer une conversation détendue, j'avais connu mieux. Des visions de cercueil, de caveau mortuaire et de placard à cadavre déferlèrent dans ma tête. J'aurais probablement décidé de tourner les talons et de décamper fissa si le type ne s'était pas soudain fendu d'un sourire.

— Oui, c'est même parfait, renchérit-il en ouvrant le tiroir d'une commode pour s'emparer d'un jeu de clefs. Venez, je vais vous faire visiter.

Mais au lieu d'avancer pour que je le suive au rez-de-chaussée, ou de monter à l'étage, il pointa un index vers la porte d'entrée.

— Faut qu'on ressorte par là.

Dehors, il obliqua vers la gauche au coin de la maison. Un peu déconcertée, je le suivis néanmoins.

Sur le côté de la maison, il y avait un garage séparé du bâtiment principal par un passage étroit et au bout, un petit portail qui devait mener, en toute logique, à un jardin. Je pensais que nous allions passer par là. Quelle ne fut pas ma surprise lorsqu'il s'arrêta à hauteur du garage, devant une entrée latérale.

— Nous y sommes, dit-il en ouvrant la porte, avant de reculer pour me laisser entrer en premier.

Nous y sommes, en effet... Il s'agissait donc d'un garage converti en logement. À l'intérieur, rien ne laissait deviner la présence de la grande porte coulissante que j'avais aperçue dehors. Probablement pour tromper la mairie sur la nature de ce bâtiment. Bathford était une commune très surveillée à ce niveau-là, le propriétaire n'aurait jamais obtenu un permis de construire pour transformer un garage en habitation.

Au-dessus de la porte d'entrée couraient, sur toute la longueur du mur, deux fenêtres de seulement quelques centimètres de haut. Quand la porte était fermée, la pièce était plongée dans une quasi-obscurité. L'homme dont j'ignorais encore le nom tâtonna quelques instants puis appuya sur un interrupteur.

Le studio était séparé en deux espaces de vie : une petite cuisine plutôt bien aménagée d'un côté, en face de laquelle on avait installé une minuscule salle d'eau, un lavabo et des toilettes, et au fond, un lit simple contre le mur. Le reste du mobilier comprenait un petit canapé, une étagère riquiqui, une commode et une petite table carrée flanquée de deux chaises.

— Alors ? s'enquit-il en me regardant déambuler dans la pièce.

Après avoir jeté un coup d'œil à la salle d'eau, je m'assis sur le canapé. J'avais envie de sourire, de lui dire que oui, oui, c'était pile-poil ce que je cherchais !

Mais avant de m'emballer, il fallait que je sache à combien s'élevait le loyer.

— C'est un peu plus petit que ce que je voulais.

Le type haussa les épaules.

— Il y a tout ce qu'il faut, ici.

C'était vrai. Je le voulais, ce studio, mais il fallait qu'il me coûte moins cher que celui que j'occupais. Je me levai et me dirigeai vers la porte.

— Bon, je vais y réfléchir. Je ne connais même pas votre nom.

— Theo Bridges. C'est très calme, ici, et je ne m'occupe pas des affaires des autres. Je travaille de chez moi, je suis un scribouilleur et passe la plupart de mon temps devant mon ordinateur. On ne se verra pas beaucoup.

Je n'avais pas la moindre idée de ce que faisait un « scribouilleur » et m'en fichais royalement. Ce qui m'intéressait, c'était d'obtenir cet appartement à un loyer raisonnable.

— Ce n'est pas désagréable, ici, déclarai-je poliment, et comme vous le dites, c'est bien que je sois petite, en effet. Je pourrais me laisser tenter. Le loyer est à combien ?

J'avais pris soin de ne pas avoir l'air plus enthousiaste que ça mais lorsqu'il m'annonça un chiffre qui n'atteignait même pas la moitié de ce que je payais à Bath, je faillis sauter de joie.

— Bon, je le prends, lui affirmai-je alors qu'il avait le dos tourné.

Sa tête pivota vers moi. Mais pas à 360 degrés, heureusement. J'avais vu le film *L'Exorciste*. Flippant. Ce qui ne m'aurait pas empêchée pour autant de louer ce studio. J'aurais simplement fait changer la serrure.

*

Ayant déjà donné mon préavis au propriétaire du studio que j'occupais à Bath, je pus déménager moins de deux semaines après.

Theo m'avait promis que la clef m'attendrait à mon arrivée et tint sa promesse. Il avait scotché une enveloppe sur la porte. Je l'arrachai, l'ouvris et la clef tomba dans ma main.

En dix minutes, j'avais défait mes affaires et me sentais déjà chez moi. Theo, comme promis là aussi, avait bien installé une télévision dans le logement. Je me jetai sur le canapé et allumai le téléviseur sur une chaîne musicale. Un air remplit l'espace. L'espace du studio, mais pas l'espace dans ma tête, encore et toujours encombré des spectres menaçants. Parfois, il m'arrivait d'entendre Jemma et Olivia hurler leur colère, furieuses qu'on leur ait ôté la vie.

Parfois, j'avais l'impression qu'elles réclamaient de la compagnie.

21

Pour être admise au sein de l'agence de placement d'infirmières, il fallait suivre une journée de formation.

Autrement dit, une journée de perdue. Et le pire, c'était que j'avais dû payer pour avoir ce plaisir. Mais puisque je ne pouvais commencer à travailler sans avoir assisté à cette formation, je remisai mon humeur bougonne par-devers moi et me résignai à passer quelques heures soporifiques.

Grâce au bus qui passa à l'heure, j'arrivai en avance et fus la première à m'installer dans la salle où la formation devait avoir lieu. Des chaises particulièrement inconfortables avaient été disposées en rangs devant une estrade sur laquelle trônaient un bureau, un tableau blanc et un *paperboard.* L'attirail complet de tout formateur qui se respecte, capable de vous assommer d'ennui en cinq minutes.

Je n'eus que l'embarras du choix pour me trouver une place. Une chaise au troisième rang, au bout, me parut un bon calcul. Près de la porte, pratique pour filer à l'anglaise. Un bloc-notes et un stylo avaient été posés sur chaque chaise. Je m'en emparai, les fourrai dans mon sac et m'assis – ce genre de chaise était forcément conçue pour s'assurer que celui qui l'occupe ne soit jamais assez à son aise pour s'y assoupir.

Cette journée allait être interminable, je le sentais.

Par les fenêtres de la salle, on apercevait le bâtiment d'à côté. J'étais là, à regarder les employés de bureau arriver sur leur lieu de travail, lorsque j'eus la nette sensation de ne plus être seule dans la salle.

J'avais laissé la porte ouverte derrière moi. Je me retournai vivement et aperçus une femme dans l'encadrement de la porte, immobile, silencieuse. Je ne l'avais pas entendue arriver dans le couloir, on aurait dit qu'elle avait surgi de nulle part. Lorsqu'elle entra dans la salle, j'eus l'étrange sensation de l'avoir déjà vue quelque part. En la regardant venir à moi, je compris que ce n'était pas tant son visage qui me disait quelque chose, mais plutôt ses yeux.

Après m'avoir saluée, elle indiqua la chaise à côté de moi d'un coup de menton.

— Autant m'asseoir ici, hein, à moins que vous ne gardiez cette place pour quelqu'un d'autre.

— Non, non, allez-y.

Les rangées de chaises étaient suffisamment espacées les unes des autres pour que je n'aie pas à me lever. Elle passa devant moi, prit le bloc-notes, le stylo, et s'installa.

— Votre visage ne m'est pas inconnu, lui dis-je. On ne s'est pas déjà rencontrées ?

Elle cessa un instant d'examiner son bloc de feuilles et son crayon estampillé d'un logo, tourna la tête vers moi et j'eus à nouveau l'impression de reconnaître ce regard. Il arrive parfois qu'une chanson, un bruit, une odeur vous propulse dans le passé à la faveur d'un beau souvenir. Mais là, il ne s'agissait pas de cela. Cette fille me mettait mal à l'aise.

— Il est possible qu'on se soit croisées à l'hôpital de Bath United, j'y ai bossé pendant deux ans.

— Ah, oui, probablement. Moi, j'y suis restée huit ans.

— Personnellement, deux ans m'ont suffi, merci bien. Je m'appelle Carol Lyons.

— Enchantée. Moi, c'est Melissa McColl. En général, les gens m'appellent Lissa.

Nous échangeâmes un sourire qui ne parvint néanmoins pas à dissiper l'impression de malaise que cette fille m'inspirait. Cette sensation ne me quitta pas de la journée. En sortant de formation, elle me proposa d'aller prendre un verre. J'aurais dû décliner l'invitation, trouver une excuse, n'importe quoi, mais le fait est que j'acceptai de l'accompagner. J'espérais secrètement qu'en passant un peu de temps avec elle, j'arriverais à me rappeler où je l'avais croisée. Car j'en étais désormais persuadée : ce n'était pas à l'hôpital de Bath United.

Je n'aimais pas spécialement picoler et encore moins l'idée de dépenser le peu d'argent dont je disposais dans le genre de bar à la mode où elle m'emmena.

Avec la démarche assurée d'une habituée des lieux, elle fila droit vers un box, au fond de la salle.

— Tu prends quoi ? me demanda-t-elle en jetant son sac sur la banquette.

— Juste un verre d'eau. Je ne bois pas d'alcool.

Un petit mensonge sans conséquence.

Carol parut surprise mais se ressaisit aussitôt.

— Ah. O.K. Eh bien moi, après une journée comme ça, j'ai besoin d'un remontant.

Moi aussi, mais j'attendrais d'être rentrée chez moi. Il me restait deux canettes de bière bon marché dans le réfrigérateur, ça m'irait très bien.

J'eus tout loisir d'observer Carol quand elle fut au bar à attendre d'être servie. C'était une femme assez grande, un peu ronde au niveau des hanches et du ventre, qui portait des vêtements aux couleurs chatoyantes, larges, dans lesquels elle semblait flotter, au propre comme au figuré. Des vêtements chers. Sa tenue ne m'inspirait aucune jalousie mais je lui enviais la liberté qu'elle devait avoir de dépenser son argent comme bon lui semblait, de pouvoir s'acheter des choses qui lui plaisaient vraiment. Personnellement, les fringues ne m'attiraient pas du tout, mais ce que j'aurais voulu, c'était voyager. Le manque d'argent et les deux visites hebdomadaires à rendre à ma mère m'avaient retenu de partir depuis des années, et continueraient de m'en empêcher pendant encore un bon moment.

— Voilà, dit Carol en posant un verre d'eau devant moi.

Elle se glissa sur la banquette en face de moi et but une longue gorgée de son verre.

— Ah ! Un bon gin tonic, ça fait du bien !

Je regrettai mon abstinence momentanée en entendant les cubes de glace s'entrechoquer et en voyant la tranche de citron flotter dans son verre. Mais puisque, comme une petite sotte, j'avais menti, je ne pouvais plus faire machine arrière. Je soulevai mon verre d'eau et y trempai mes lèvres.

— Je suis bien contente d'en avoir terminé avec cette formation, amorçai-je pour faire la conversation. La prochaine sera dans un an.

— Un an, ça passe vite.

— Tu viens juste de quitter l'hôpital de Bath United ?

— Oui… enfin, la semaine dernière. Je me suis dit que j'allais essayer le libéral pendant quelque temps, histoire de voir si ça me plaît.

Je bus une autre gorgée. L'eau avait un mauvais goût, elle devait être restée un bon moment à croupir dans un pichet mis au frais.

— Moi aussi, j'y travaillais encore la semaine dernière.

— Oui, je sais, je t'ai suivie.

Elle prononça ces mots juste à l'instant où je déglutissais. Sous le choc, j'avalai de travers, me mis à tousser et à cracher.

— Pardon, balbutiai-je en me tapotant le sternum du plat de la main. C'est descendu dans le mauvais tuyau.

Il me fallut une bonne dizaine de secondes pour reprendre mes esprits et réussir à parler normalement.

— Comment ça, « tu m'as suivie » ?

Elle me fixait d'un air amusé en touillant ses glaçons.

— Je plaisantais, voyons !

Une plaisanterie, vraiment ? Elle affichait un sourire innocent qui ne se reflétait pas dans ses yeux bleu pâle.

Nous quittâmes le pub dès qu'elle eut terminé son verre.

— Je suis garée dans Charlotte Street. Et toi ?

— Moi, je prends le bus. Je n'ai pas de voiture.

Elle parut sidérée.

— Quoi ? Tu te mets en libéral et tu ne conduis pas ?

J'aurais pu la reprendre et lui faire remarquer que je n'avais jamais dit que je ne conduisais pas, simplement que je n'avais pas de voiture, mais je m'abstins.

— L'agence est au courant, on m'a dit que ça ne posait pas de problème.

Ce qui était totalement faux : c'était embêtant, m'avait-on rétorqué à l'agence, et précisé que quoi qu'il arrive, il fallait que je me débrouille pour arriver au travail à l'heure.

— Ah bon, bon, fit-elle, l'air moyennement convaincue. Bon, j'y vais. Ça te dit qu'on se revoie un de ces quatre, pour comparer nos jobs, tout ça ?

Elle ne me proposa pas de me déposer quelque part alors que nous habitions peut-être dans le même quartier. Me dire que je risquais de la croiser dans ma rue me fit froid dans le dos. Jeter un œil par la fenêtre de chez moi et l'apercevoir, là. Qui me suivait. Il fallait absolument que je sache où elle habite.

— Oui, bonne idée. Bosser en libéral, ça peut vite isoler, dis-je en dégainant mon portable. Donne-moi ton numéro, je t'envoie un texto et comme ça, tu auras le mien.

Une fois son numéro enregistré, je rempochai mon téléphone.

— On pourrait se revoir quand on aura un jour de congé en commun, suggérai-je. Tu habites loin de Bath ?

— À Larkhall. Et toi ?

Larkhall était très éloigné de mon petit studio de Weston. Tranquillisée, je me détendis un peu.

— Je suis à Weston, à côté de l'hôpital, mais je crois que je ne vais pas tarder à déménager. Mon appart est minuscule et un peu cher pour ce que c'est.

— O.K. Alors on se rencarde un de ces jours, avant ou après une journée de boulot.

Sur ces entrefaites, nous nous séparâmes.

En réalité, je n'avais pas spécialement *envie* de la revoir. L'amitié n'était pas mon fort, la vie me semblait plus simple toute seule, sans personne. Mais je voulais la revoir à cause de cette impression de déjà-vu que j'avais ressentie toute la journée… J'étais sûre qu'il ne s'agissait pas simplement de quelqu'un croisé un jour à la cantine de l'hôpital ou dans un couloir… Il y avait autre chose et je voulais mettre le doigt dessus – sur quoi exactement, je n'en savais rien.

Et puis, je n'arrivais pas à oublier ce qu'elle m'avait dit : « Je t'ai suivie. »

22

Je travaillais pour l'agence depuis quelques jours seulement lorsque j'emménageai dans mon nouvel appartement de Bathford. Dans un périmètre de quelques kilomètres autour de chez moi, on comptait plusieurs maisons de retraite qui cherchaient toutes désespérément des infirmières. Donc, dans la mesure où je pouvais m'y rendre en bus, je ne voyais pas l'intérêt de m'acheter une voiture. On verrait bien si l'hiver me ferait changer d'avis, lorsqu'il faudrait attendre le bus dans le froid. D'ici là, qui sait, j'aurais peut-être réussi à mettre quelques sous de côté. J'avais demandé à travailler de nuit pour augmenter mes revenus et avais même signé une décharge autorisant l'agence à me faire travailler plus de quarante-huit heures par semaine. La plupart du temps, mes services duraient douze heures. En enchaînant cinq services dans la semaine, soit une semaine de soixante heures, je serais en mesure de régler le reste à charge de la maison de repos de ma mère *et* d'économiser de quoi me payer une voiture.

*

Deux semaines après la session de formation obligatoire, je reçus, à ma grande surprise, un texto de Carol.

Comment ça va ? Ça te dit qu'on prenne un café ?

Je ne répondis pas tout de suite, incapable de détacher mon regard de l'écran. Si un message se cachait derrière ses mots, il m'échappa. Je repensai à ce malaise que sa présence provoquait chez moi… cette impression diffuse d'avoir déjà vu cette fille quelque part. Sachant pertinemment que ce n'était pas raisonnable, je rédigeai néanmoins une réponse en acceptant son invitation.

Puisque j'habitais désormais à Bathford, je me trouvais du même côté de Bath qu'elle, et suggérai de nous retrouver à Alice Park. C'était pratique pour moi, le bus m'arrêtait sur London Road, juste en face du parc. Le hic, c'était que cet endroit était au cœur de Larkhall, son territoire, et je craignais qu'elle proposât d'aller ailleurs. Sa réponse ne tarda pas.

Parfait, c'est tout près de chez moi. Demain, ça te va ?

Demain ? Mais pourquoi un tel empressement ? Décidément, cette fille… m'intriguait. Je lui envoyai un émoji de pouce en l'air et jetai mon téléphone sur la table à côté de moi.

*

Je n'aurais pas choisi de travailler de nuit si je n'avais pas eu besoin de gagner autant d'argent. Je passais souvent de longues heures à me tourner les pouces durant mon service, ponctué, çà et là, de quelques brefs moments d'activité intense. Cette situation me laissait bien trop de temps pour cogiter.

Selon l'établissement, je disposais du renfort d'une ou deux aides-soignantes. Visiblement, dans celui-ci, elles aimaient surtout regarder la télévision et papoter de leurs petites existences insignifiantes. Moi, lors de ce premier service de nuit, je fis tout mon possible pour les éviter et me retirai dans le bureau des infirmières sous le prétexte de vérifier le dossier d'un patient. Je me contrefichais de savoir si elles me croyaient ou pas. D'ordinaire, je m'installais dans un coin et ouvrais le livre que j'avais apporté avec moi mais ce soir-là, je n'arrivai pas à me concentrer sur mon bouquin. Je n'arrêtai pas de penser à Carol, j'étais persuadée qu'elle manigançait quelque chose.

Le bureau des infirmières était bien illuminé mais un peu plus loin, dans les couloirs jalonnés d'îlots de lumière tamisée, l'éclairage sporadique créait une enfilade d'endroits plongés dans l'obscurité.

Exactement à l'image de ce qui se passait dans ma tête. Mais à présent, au lieu des appels de Jemma et d'Olivia, c'était la voix de Carol que j'entendais. Et j'avais beau tendre l'oreille, je ne comprenais pas ce qu'elle essayait de me dire.

Pendant mes trois nuits de service, je fus tiraillée entre l'envie d'annuler notre rendez-vous et le besoin qui me prenait aux tripes de savoir ce qu'elle me voulait – si tant est qu'elle me voulût quelque chose. Cette pensée m'obsédait, me mettait les nerfs à vif. Je voyais bien que mes collègues me coulaient des regards de travers et se mettaient à chuchoter dès que j'avais le dos tourné. On ne me payait pas pour être aimable avec elles mais je ne commis jamais l'erreur de me montrer irritable avec les résidents, surtout avec les femmes. D'ailleurs, j'en aurais été incapable puisque toutes ces vieilles dames me rappelaient ma mère. Quand je m'occupais d'elles, je m'occupais de ma mère, et lorsqu'elles me remerciaient ou me gratifiaient d'un sourire, d'une petite caresse sur la joue, j'avais l'impression d'entendre la voix de ma mère, de sentir sa main, son amour.

Tout cela relevait de mon imagination. C'était tout ce qu'il me restait.

23

La qualité de sommeil n'est pas la même après un service de nuit. On s'endort brusquement et on se réveille tout aussi brusquement. J'avais beau avoir les nerfs en pelote, être stressée ou énervée, dès que je posais la tête sur mon oreiller, je plongeais dans les bras de Morphée dans la seconde, pour me réveiller au bout de quelques heures seulement. Après mon premier service de nuit, je m'endormis à 8 h 45 et me réveillai à 11 h 45. Le lendemain, je parvins à dormir jusqu'à midi, c'était un peu mieux. Et après ma troisième et dernière nuit de service, au moment où bien dormir n'avait soudain plus aucune importance, j'émergeai à 14 heures.

Je serais de repos ce soir-là et enchaînerais ensuite quatre nuits d'affilée. Ce n'était pas l'idéal mais je mettais un point d'honneur à accepter tout ce que l'on me proposait parce que je ne savais pas combien de temps cela allait durer. Qui plus est, l'agence avait eu l'air d'apprécier ma flexibilité et j'avais bon espoir qu'avec le temps, on me permettrait de choisir mes horaires. Ou, mieux encore, que l'on me proposerait de travailler chez un particulier, avec un seul patient à ma charge.

Lorsque le mardi arriva, jour de mon rendez-vous avec Carol, j'étais sur les rotules. J'avais travaillé quatre nuits de suite et m'étais réveillée à 10 h 30. Deux heures de sommeil, à peine. Pas étonnant qu'en croisant mon reflet dans la glace, j'éclate de rire. Je portais les cheveux courts, c'était plus pratique, et les coupais moi-même quand ils commençaient à retomber sur le col Mao de mon uniforme. Mon premier cheveu blanc était apparu un peu après mon dix-septième anniversaire et aujourd'hui, à l'âge de vingt-neuf ans, on ne distinguait presque plus les mèches encore châtaines. Avec mes cheveux gris et mon teint cireux, je ressemblais à un fantôme.

Et puis, je ne me nourrissais pas correctement quand j'étais de nuit, et ça commençait à se voir. Avec les joues creusées, mon énorme nez et ma bouche disproportionnée ressortaient encore plus. Ce qui me sauvait, c'était que je n'avais plus aucun amour-propre depuis belle lurette.

Je ne mis pas longtemps à choisir ma tenue puisque ma garde-robe se limitait à deux ou trois pantalons, quelques t-shirts et deux chemises. Je repensai aux fringues de marque que Carol portait le jour de la formation. Inutile d'essayer de rivaliser avec elle mais d'un autre côté, je ne tenais pas non plus à passer pour une pauvresse. J'optai pour un pantalon large, blanc, en coton, assorti d'un haut moulant, encore *presque* blanc. Le logo de chat noir floqué sur le t-shirt faisait peut-être un peu gamine, mais c'était ça ou rien.

Je fourrai téléphone et portefeuille dans mon sac

en patchwork, dégoté dans un vieux carton d'une boutique solidaire, payé cinquante cents, verrouillai la porte de chez moi et me mis en route.

J'avais décidé d'y aller à pied. Alice Park était à un peu plus de trois kilomètres de mon studio. Respirer un air moins surchauffé que celui d'une maison de retraite me ferait le plus grand bien. La route était plate, il faisait beau, une légère brise agitait les feuilles et je me surpris à marcher à bonne allure malgré le manque de sommeil.

À l'approche du point de rendez-vous, je ralentis le pas. Je me posais encore mille questions sur les motivations de Carol, sur son empressement à vouloir faire de moi son amie. Mon passé m'avait appris à me méfier de l'amitié. Cela faisait-il de moi quelqu'un de prudent ou d'asocial ? Allez savoir. Ce qui ne faisait aucun doute à mes yeux, cependant, c'était que Carol me cachait quelque chose.

J'arrivai au café à midi moins dix. Carol était déjà là, installée à une table protégée du soleil de mi-journée par une grande marquise. Elle avait l'air d'être installée depuis un bon moment, un livre ouvert devant elle, une assiette vide sur le côté, dans laquelle il ne restait que quelques miettes de pain.

— Salut, dis-je en posant mon sac sur le dossier d'une chaise. Je suis en retard ou je me suis trompée d'heure ?

Elle releva le nez de son livre lentement, presque à contrecœur, aurait-on dit. Je m'étais peut-être trompée sur l'heure du rendez-vous, après tout. On avait peut-être dit 11 heures. Je brûlai d'envie de sortir mon portable pour vérifier. Mais je restai plantée là, debout, un sourire forcé aux lèvres, à attendre qu'elle me réponde.

— Ni l'un ni l'autre, ne t'en fais pas. Comme il faisait beau, je suis venue plus tôt, expliqua-t-elle en refermant son livre, avant de tapoter la couverture. Je comptais le finir mais tant pis.

Je sortis mon portefeuille du sac.

— Tu veux un autre café ?

— Oui, je veux bien. Un grand cappuccino, s'il te plaît.

— Ça marche. Je reviens tout de suite.

Plusieurs personnes faisaient la queue au comptoir. J'en profitai pour jeter un œil aux tarifs affichés derrière le bar. En voyant les prix pratiqués, je regrettai aussitôt de lui avoir proposé un café. Je faisais tellement attention à la moindre dépense, et ce depuis des années, que j'avais perdu l'habitude de gaspiller mon argent en frivolités de ce genre. Surtout pour quelqu'un d'autre.

Le service était extrêmement lent et lorsque ce fut mon tour, ayant eu tout le temps d'étudier la liste des pâtisseries, je finis par céder à la tentation.

— Et voilà, un café, dis-je en posant le plateau sur le bord de la table.

Je poussai la tasse de café vers Carol et posai la tasse de thé et le gâteau de mon côté. Le thé, venais-je de découvrir, coûtait une livre de moins que le café, de sorte que je n'avais pas hésité bien longtemps.

Je glissai le plateau vide à la verticale entre ma chaise et la table, et m'assis. Je décidai de me montrer magnanime et, dans ma grande bonté, de refuser l'argent qu'elle ne manquerait pas de me proposer pour son café. Mais elle n'en fit rien. Elle se contenta de verser le contenu d'un sachet de sucre dans sa tasse d'un air absent, touilla le liquide quelques instants, et commença à boire. Moi, je rongeais mon frein.

— Alors, c'est comment le travail de nuit ? s'enquit-elle en reposant sa tasse.

— Bien.

Je ne sais pas si elle remarqua mon ton sec, mais elle ne laissa rien paraître. Je m'efforçai alors de m'intéresser au charmant environnement dans lequel nous nous trouvions, calai mon dos contre le dossier et relâchai mes épaules tendues. Quitte à dépenser de l'argent, autant essayer d'en profiter. Ma tartelette aux amandes était fraîche, croustillante à souhait, un vrai régal. Je la dévorai jusqu'à la dernière miette et passai un index mouillé sur le papier dentelle pour récupérer quelques cristaux de sucre.

Carol m'observait, un sourcil levé.

— Ça t'a plu, on dirait, non ?

Je repoussai la coupelle et saisis ma tasse.

— Beaucoup. C'est chouette, cet endroit. Tu vis près d'ici ?

— À cinq minutes, par là-bas, dit-elle en montrant du doigt une vague direction derrière la rangée d'arbres qui longeaient le mur du café.

Dans un périmètre de cinq à dix minutes, il y avait un paquet de rues possibles. À tout hasard, je tentai ma chance :

— Vers Fuller Road ?

Elle eut un petit temps d'arrêt.

— Je ne savais pas que tu connaissais ce quartier. Non, pas Fuller Road, un peu plus loin, après

Gloucester Road… Swainswick Gardens, finit-elle par lâcher.

Elle avait dû se rendre compte qu'elle était ridicule à faire des mystères.

— Oui, répliquai-je, j'ai bossé à la maison de retraite de Larkhall, pour une agence, il y a quelques années. C'est tout près de chez toi, non ?

Elle fit un lent mouvement de tête de gauche à droite.

— Non, pas du tout.

Elle prit son café et se mit à le siroter en me dévisageant longuement.

— Je ne savais pas que tu avais travaillé en agence, finit-elle par dire.

Forcément qu'elle ne le savait pas ! Elle savait autant de choses sur moi que moi sur elle.

— C'était quand j'étais encore en stage, je bossais dès que j'avais un peu de temps libre. J'avais une bourse qui couvrait mes frais d'inscription mais il fallait bien que je vive par ailleurs.

— Ça n'a pas dû être simple tous les jours.

C'est le moins que l'on puisse dire… À l'époque, j'étais convaincue que je ne tiendrais jamais le coup, je rêvais d'un peu de temps pour moi, d'un jour, un seul, de congé. Parfois, j'en arrivais à me demander s'il ne valait pas mieux, tout compte fait, transférer ma mère dans un autre établissement. Mais quand j'allais la voir, je changeais d'avis.

— Oh, ça faisait bouillir la marmite, quoi. Et toi, dis-je en hochant la tête dans la direction qu'elle venait d'indiquer, ça fait longtemps que tu habites dans le coin ?

— Quelques années, répondit-elle, un vague sourire aux lèvres. En fait, je vis avec mes parents. Avant, on habitait à une quinzaine de kilomètres d'ici. Quand ils ont voulu se rapprocher de Bath, je suis restée vivre chez eux.

Et profiter ainsi de leur fric pour se payer des fringues de marque. Et faire des beaux voyages, en plus, je parie. Je n'avais pas vu quelle voiture elle conduisait : une BM, probablement. Et moi, à quoi ressemblerait ma vie aujourd'hui si mon père n'était pas mort prématurément ?

Aurait-il continué à mener une double vie ou aurait-il fini par laisser tomber une de ses deux femmes ? Et laquelle, dans ce cas ? La mort de son époux avait ravagé ma mère. Depuis, elle vivait claquemurée dans un monde où elle était encore mariée à l'homme qu'elle adorait depuis toujours. S'il avait choisi Olivia, comment ma mère aurait-elle réagi ? Se serait-elle effondrée de la sorte ? Aurait-elle passé le restant de ses jours dans la prison infernale dans laquelle il l'avait abandonnée à son propre sort ?

Je sentis qu'on me tapotait la main et redescendis sur terre.

— Ça va, Lissa ?

Je clignai des yeux plusieurs fois.

— Oui, bien sûr. Pourquoi ça n'irait pas ?

Carol se radossa, les yeux et le front plissés.

— Eh bien, parce que tu fixes une tasse depuis un moment et que je t'ai demandé trois fois où est-ce que tu as grandi sans que tu aies l'air de m'entendre.

Ah bon ? Je me passai une main fébrile sur le front.

— Tu travailles trop, toi, conclut Carol.

— J'étais de service cette nuit. J'aurais peut-être dû rester chez moi à dormir.

— Cette nuit ? Mais pourquoi as-tu proposé qu'on se voie aujourd'hui, alors ?

— Je ne sais pas, je ne pensais pas être dans cet état.

Pas question de lui rappeler que *son* invitation m'avait prise de court. Et encore moins d'admettre qu'elle m'avait déstabilisée au point que je voulais absolument en savoir plus sur elle, essayer de comprendre ce qui me perturbait chez cette fille. Ce ne serait qu'à ce moment-là que je pourrais me faire une meilleure idée d'elle, de la menace qu'elle représentait peut-être, et, éventuellement, des moyens à ma disposition pour éliminer cette menace. Un instant, je pensai à l'ensemble de couteaux dans la cuisine de mon petit meublé. Un sourire fleurit sur mes lèvres.

Elle m'avait posé une question et s'intéressait peut-être sincèrement à moi. Seulement, j'avais plusieurs squelettes dans le placard, moi. Un mensonge s'imposait.

— J'ai grandi à Bristol et récemment, je me suis installée à Bathford.

— Ah oui, tu m'avais dit que tu pensais quitter Weston et déménager. Bathford, c'est vrai que c'est pratique avec tous les hôpitaux et les maisons de retraite qu'il y a autour.

Carol essayait de se faire passer pour l'experte en travail d'agence. Elle avait l'air d'avoir oublié que j'étais passée par ce genre d'agence pour faire des remplacements.

Je m'en voulais d'avoir accepté ce rendez-vous.

Je n'arrivais toujours pas à mettre le doigt sur ce qui me dérangeait chez elle. Elle était du coin et avait grandi pas loin d'ici, voilà tout ce que j'avais découvert aujourd'hui. Soudain, je songeai qu'elle n'avait pas précisé *où* elle avait grandi, exactement… Bathford ne se trouvait qu'à quelques kilomètres d'ici, elle aurait très bien pu avoir passé son enfance là-bas. J'estimais qu'elle devait avoir mon âge mais son visage ne me rappelait aucune de mes anciennes camarades de classe. Aucune des filles de mon année, en tout cas. Aurais-je été à même de la reconnaître si elle avait un an de plus ou de moins que moi ? Pas sûr.

Mais c'était peut-être *elle* qui se souvenait de moi. Après la mort de Jemma, ça jasait pas mal autour de moi, on me montrait du doigt et on chuchotait dans mon dos.

Carol connaissait peut-être Jemma, elle savait peut-être ce qui s'était passé. Allait-elle tout raconter à l'agence d'infirmières ? Leur dire de se méfier de moi ? Je ne pouvais pas me permettre de perdre mon emploi.

À la table, Carol jacassait comme une pie. En me forçant à me concentrer sur ce qu'elle disait, je découvris qu'elle était en train de me révéler toutes sortes de détails sur la clientèle de l'agence. Une aubaine, pour moi. Carol était du genre à se targuer d'en savoir toujours plus que son interlocuteur. Et c'était d'autant plus jouissif pour elle qu'elle n'était dans cette agence que depuis quelques semaines alors que moi, je lui avais avoué, dans un moment d'inattention, que j'avais déjà travaillé pour eux. Elle jeta un regard méfiant autour de nous, se pencha vers moi et parla à voix basse sur le ton de la conspiration. On aurait dit qu'elle se prenait pour James Bond ou pour un espion embauché par les services secrets, alors que la fille que j'avais devant moi bossait pour une petite agence provinciale d'infirmières remplaçantes.

— On m'a refilé un client, un particulier qui habite sur Lansdown Road, je commence demain. Ce n'est que pour deux jours mais j'ai trop hâte.

— Ah, génial, commentai-je sur un ton faussement enthousiaste.

C'était exactement le genre de client que je recherchais et que j'attendais avec impatience. Un poste pépère, où l'on ne s'occupe que d'une seule personne. J'aurais bien aimé lui demander comment elle avait réussi à obtenir cette mission mais je gardai mes questions pour moi. Elle avait déjà l'air assez fière d'elle comme ça, avec son sourire écœurant. Laissant ma curiosité de côté, j'adoptai une mine blasée.

Après m'avoir fait part de ces bonnes nouvelles, Carol changea de sujet :

— On pourrait peut-être se revoir dans quelque temps, hein ?

Ouais, aux calendes grecques, meuf. Voilà ce que j'aurais voulu lui répondre. Mais il n'était pas question de la laisser s'éloigner, il fallait que je découvre ce qu'elle savait sur moi, si tant est qu'elle sût quelque chose, et pourquoi elle me perturbait autant. Par ailleurs, si elle était dans les petits papiers de l'agence, j'avais tout à gagner à me montrer sympathique avec elle. C'était quoi, ce proverbe, déjà ?… Ah oui : *Il est plus important de surveiller ses ennemis que de surveiller ses amis*. Je n'aurais su dire mieux.

— Oui, avec plaisir.

24

De retour d'Alice Park, je m'installai devant mon ordinateur et rédigeai un e-mail à l'intention de l'agence. J'étais ravie de travailler pour eux et leur rappelai que j'étais flexible non seulement au niveau des horaires de travail mais également d'un point de vue géographique. Je terminai ma petite bafouille obséquieuse en ajoutant que je me réjouissais de pouvoir mettre mes compétences à leur service sur le long terme. Et hop ! « Envoi ».

Pour toute réponse, je reçus un e-mail de remerciement pour mon dévouement.

Une semaine plus tard, je repartis à la charge en leur demandant de me confier, si l'occasion se présentait, des placements chez des particuliers. Il aurait fallu que j'argumente, que je leur explique la raison de ce changement de type de client, mais il n'y en avait pas une de valable, bien entendu. S'occuper d'un seul patient, à domicile, serait probablement plus facile, dans un sens, mais ce type de mission demandait également une forte capacité d'organisation, notamment lorsque l'infirmière en charge avait besoin d'aide – pour transférer le patient du lit à un fauteuil, par exemple, ou le faire changer de position –, et dans ce cas, il fallait se montrer très disponible. Toutes les infirmières ne voulaient pas de ce genre de responsabilités. Moi, ça ne me dérangeait pas.

Certes, la paperasse serait également moindre pour un seul patient, mais ce n'était pas là mon unique motivation. J'adorais fourrer mon nez dans les affaires des autres et travailler chez quelqu'un à plein temps me permettrait d'assouvir cette passion inavouable. Même en maison de retraite, j'aimais bien tout savoir sur la vie des résidents. Je sortais les photos que certains gardaient dans leur chambre et leur demandais de qui il s'agissait. La plupart du temps, ils étaient ravis de pouvoir parler de leur famille à quelqu'un. Parfois, lorsqu'ils dormaient, je fouillais dans leurs tiroirs, je lisais leur courrier, leur journal intime, fascinée par l'existence qu'ils menaient ou avaient menée.

Il n'est pas impossible que cet intérêt pour la vie d'inconnus fût lié à ma propre vie de famille, dont le bonheur avait connu une fin abrupte et prématurée. Qui sait, je cherchais peut-être une existence qui rivaliserait de pathos avec la mienne ou celle de ma mère. Certains résidents avaient sûrement eu leur lot de malheurs eux aussi, mais ce n'était pas marqué sur leur front. Ils avaient probablement laissé leurs secrets derrière eux. Ces secrets… voilà ce qui titillait ma curiosité. Des secrets aussi inavouables que celui de mon père. Des secrets que l'on ne révélait jamais. Personne, en voyant mon père, ne l'aurait soupçonné d'être un menteur notoire, et bigame par-dessus le marché. Et en me voyant, moi, qui aurait cru que j'avais déjà commis deux meurtres, et que je n'excluais pas d'avoir à recommencer ?

Je ressentais le besoin d'infiltrer la vie de quelqu'un pour avoir accès aux côtés les plus sombres de la nature humaine. Là, je mettrais forcément la main sur des choses croustillantes.

Hélas ! La réponse de l'agence à mon second e-mail ne fut guère prometteuse. On appréciait la qualité de mon travail, me disait-on, on me remerciait, mais, malheureusement, on ne pouvait répondre favorablement à ma demande dans la mesure où les missions étaient allouées à mesure que les demandes des clients parvenaient à l'agence. Allouées à la première infirmière disponible.

Pff, n'importe quoi.

Et pour couronner le tout, le même jour, je reçus un texto de Carol :

> Mon placement chez le pauvre monsieur qui habite à Lansdown va durer plus longtemps que prévu. On se voit bientôt, je te raconterai ça.

Je me surpris à souhaiter la mort du patient dont elle s'occupait. C'est dire à quel point j'enrageais de voir la chance qu'elle avait, elle.

*

Trois semaines s'écoulèrent avant que je n'aie des nouvelles de Carol. J'avais bien envisagé de lui envoyer un message pour savoir comment elle allait mais ces derniers temps, j'avais été envoyée dans une maison de retraite que toutes les infirmières redoutaient et je ne tenais pas à ce que Carol l'apprenne par moi, qu'elle jubile. J'essayais déjà de me convaincre qu'elle n'avait rien à voir avec le fait que c'était à moi qu'on avait refilé la sale besogne. Je refusais de croire qu'elle pouvait jouir d'un tel pouvoir au sein de l'agence. Ou bien cela me faisait peur.

Le message de Carol était lapidaire :

Café ?

Je fixai les quatre lettres un bon moment avant de pianoter ma réponse :

Si ça te va, on pourrait prendre le petit déj' ensemble après mon service de nuit mercredi.

Parfait ! On se retrouve où ?

Manvers Café ?

J'étais vraiment super sympa : elle pourrait se garer juste en face, dans le parking de Manvers Street.

Ça marche. À mercredi.

Je reposai mon téléphone et renversai la tête en arrière. Et si je ravalais un peu ma fierté et lui demandais sans détour comment elle avait fait pour obtenir la mission chez le type de Lansdown Road ? Lansdown Road. Dans une grande maison, à tous les coups. Une demeure. Forcément pleine de secrets. Carol m'avait dit qu'elle me raconterait ça, mais je savais déjà de quoi elle allait me parler : du patient, de sa maladie, des soins à lui prodiguer, dont elle s'acquittait avec dévouement, et gnagnagna… Ce que je voulais, moi, c'était savoir à quoi ressemblait l'intérieur de la baraque, ce que recelaient les tiroirs, les armoires.

C'étaient les secrets du vieux bonhomme qui m'intéressaient, son passé, ce qu'il cachait.

Parce que tout le monde cache quelque chose.

Forcément, non ?

Si je tombais un jour sur un secret encore plus inavouable que celui de mon père, plus horrible que les miens, alors peut-être me sentirais-je plus normale.

25

Le mercredi matin, après avoir enchaîné quatre nuits de travail dans une des maisons de retraite les plus difficiles du coin, je terminai mon service exténuée. Trop de résidents compliqués, pas assez de personnel de soin. Un cocktail explosif. Je regrettais d'avoir rendez-vous avec Carol et envisageai de l'appeler en pleurnichant, pour annuler. Dix minutes après, sans avoir cessé un instant de me demander s'il était vraiment trop tard pour me défiler, je franchissais la porte du café.

Carol était installée à une table, au fond de la grande salle. Mettait-elle un point d'honneur à être toujours en avance, comme pour marquer son territoire ? C'était notre deuxième rendez-vous et une fois encore, elle avait l'air d'être arrivée depuis un moment. Elle était assise devant une assiette à moitié vide, couteau dans la main gauche, fourchette dans la droite, contrairement à toute logique. Essayait-elle de se donner l'air d'une excentrique qui n'a que faire des conventions ? Ou cherchait-elle simplement à agacer son monde ? En tout cas, je fus tentée de lui arracher les couverts des mains et de remettre couteau et fourchette à leur place normale, comme lorsque l'on est devant un tableau légèrement de guingois et que l'on ne peut s'empêcher de le remettre bien droit.

Je ne m'attendais pas à la trouver en tenue de travail. Je me glissai sur une chaise, en face d'elle, et posai mon sac à côté de moi. Des saucisses et un reste de haricots blancs flottaient dans son assiette.

— Je ne sais pas comment tu fais pour manger ce genre de trucs…

Elle harponna une énorme saucisse, en goba une bonne moitié et me répondit tout en mastiquant bruyamment :

— Ça glisse tout seul. Tu ne prends rien ?

Je jetai un œil au menu affiché sur un tableau blanc, derrière la caisse. Une véritable ode à la crise cardiaque. Pas de purée d'avocats sur tartine de pain de seigle, ici. J'avais suggéré cet endroit parce que c'était pratique mais je n'étais jamais entrée et regrettai amèrement mon choix.

— Je vais me contenter d'un jus de fruits.

La serveuse derrière le comptoir me tendit mon verre d'un air absent. L'ennui se lisait sur son visage ultra fardé. Je faillis lui demander si elle appliquait ses traits d'eye-liner et son fond de teint tous les jours ou si elle se rajoutait simplement une couche sur la figure chaque matin, à la truelle. Son regard foudroyant m'en dissuada. Je pris mon verre et rejoignis Carol, occupée à racler le fond de son assiette désormais vide avec une tranche entière de pain. Visiblement, la moindre petite goutte de graisse comptait quand on tenait vraiment à se boucher les artères.

— Ç'a été, ton service ? me demanda-t-elle en finissant de saucer son assiette.

Je bus une gorgée de jus de fruits avant de lui répondre. Le goût me fit grimacer. Contrairement à ce que prétendait le menu, ce n'était pas du jus de fruits *frais*. Pas frais de cette année, en tout cas.

— Une nuit de dingue. Je n'ai pas pu fermer l'œil une minute.

Carol repoussa son assiette et tira sa tasse à elle.

— T'étais de service, pas juste de garde ; t'es pas censée dormir, que je sache.

Mais pourquoi avais-je accepté de revoir cette fille ? Je me serais volontiers passée de ses grands principes et de ses leçons de morale, merci bien.

— Ben et toi, tu ne dors jamais, peut-être ?

— Non, pas quand je suis de service. Si on te chope, tu risques gros, tu sais.

Elle se pencha vers moi et se mit à chuchoter, comme si le café était bondé, rempli de clients qui mouraient d'envie de savoir de quoi nous parlions. En réalité, il n'y avait qu'un seul autre client dans la salle, un gros type à l'allure débraillée qui engouffrait cuillerée sur cuillerée de haricots blancs à un rythme effarant. Avait-il des secrets, lui aussi ? Je me recentrai sur Carol en sirotant mon breuvage orangé.

— L'année dernière, à l'agence, je te signale qu'ils ont viré une fille pour ça.

Elle avait adopté le ton de la commisération, celui que l'on utilise pour annoncer une mauvaise nouvelle. *Nous sommes dans le regret de vous annoncer que votre père/mère/tante/oncle (rayez les mentions inutiles) est décédé/e.* Carol avait l'habitude de ce genre de formule et on sentait qu'elle avait souvent pratiqué l'expression faciale qui s'imposait dans ce genre de circonstances – lèvres pincées, œil humide, mains jointes.

— La famille de la femme dont elle s'occupait avait truffé la chambre de la malade de caméras après que la patiente s'était plainte d'avoir été laissée seule plusieurs heures durant. Il paraît que la famille a porté plainte contre l'agence.

Carol s'était penchée encore davantage vers moi et n'était plus qu'à quelques centimètres de mon visage. J'aurais pu lui cracher à la figure à cet instant.

— C'est scandaleux, commentai-je, pour abonder dans son sens.

— L'infirmière a été radiée de l'ordre.

Ah. Ça, c'était plus préoccupant. J'avais besoin de continuer à travailler, moi, ou plutôt, besoin de l'argent que mon métier me rapportait.

— Oui, mais moi, je parlais de fermer l'œil quelques minutes, pas de dormir pendant des heures, précisai-je, probablement un peu trop sur la défensive. Bref. Et sinon, comment ça se passe pour toi à Lansdown Road? La mission ne devait durer que deux jours, me semble-t-il.

— Exact. Le patient avait une pneumonie, il était au plus mal, mais on pensait qu'il allait malgré tout récupérer rapidement, expliqua-t-elle en arborant une mine tristounette. Il y a quelques années de ça, on lui a découvert un cancer et au début, la chimio a plutôt bien marché, mais depuis sa pneumonie, son état s'aggrave. On a dit à sa femme qu'il n'en avait plus que pour quelques mois, voire quelques semaines.

— Hum, c'est dur, ça, observai-je, histoire de dire quelque chose. Et le boulot en lui-même, ça te plaît?

— Oui. Même si le monsieur est grand et qu'il faut être deux pour l'installer dans son fauteuil. Je demande toujours à l'agence de m'envoyer une auxiliaire de vie pour me donner un coup de main. La femme du patient tient absolument à ce qu'il reste chez eux. Elle est sympa mais très tatillonne, elle veut que tout soit fait comme elle l'entend, elle. Mais bon, ça ne me dérange pas. On est payées pour ça, après tout.

Je dus me retenir pour ne pas gifler cette bécasse. Carol, c'était le genre d'infirmière qui accepte sans broncher de servir de domestique si le client le lui demande. Le genre d'infirmière qui adore jouer les martyres et clame haut et fort que ce métier, c'est avant tout une vocation, pas un simple job. Et c'est à cause de conneries pareilles que les infirmières continuent à gagner des clopinettes.

— Aujourd'hui, j'étais censée être en congé mais l'infirmière avec qui je bosse en binôme m'a demandé si on pouvait changer le planning, alors bon, comme je n'avais rien de prévu… Mais je n'embauche pas avant 9 h 30. Comme ça, c'est bien : on a le temps de se voir, toutes les deux.

Son portable posé sur la table se mit à vibrer. Elle répondit à l'appel.

— Bonjour.

J'ignorais avec qui elle était en ligne mais je vis ses traits se durcir et sa main se crisper sur l'appareil.

— O.K. Mais je fais comment, moi, alors ? Hum… hum…

Je n'arrivais pas à savoir si elle était d'accord ou pas avec son interlocuteur. Mais je me désintéressai vite de sa conversation. D'ailleurs, je m'apprêtais à vider mon verre de faux jus d'orange et à partir lorsqu'elle raccrocha abruptement et reposa son téléphone sur la table d'un geste agacé.

J'espérais secrètement qu'on venait de lui annoncer la mort de son patient et que la mission qui lui plaisait tant était désormais terminée. Qu'un homme eût été sacrifié au passage ne me dérangeait pas plus que ça – d'après ce qu'elle m'avait dit, son patient n'allait pas faire long feu de toute façon, et autant que sa mort fasse plaisir à au moins une personne. À mon tour, j'affichai un air chagriné.

— Mauvaise nouvelle ?

Ses lèvres ne formaient plus qu'un trait fin et droit. Elle les ouvrit à peine pour me répondre.

— Oui, confirma-t-elle avant de pousser un long soupir de suppliciée. Pff, c'était l'agence. L'auxiliaire de vie que j'attendais ce matin pour m'aider à sortir Mr Wallace de son lit a eu un accident et ne viendra pas. L'agence a essayé de trouver quelqu'un d'autre mais personne n'est disponible.

Jamais auparavant, l'agence n'avait eu de difficulté à trouver des remplaçantes à la dernière minute.

— Et alors, qu'est-ce qu'ils veulent que tu fasses ?

— Que j'explique à Mr Wallace qu'il y a eu un problème et que je le laisse dans son lit toute la journée.

— Tu ne pourrais pas demander à l'infirmière de nuit de rester un peu plus longtemps pour t'aider ?

— Non, elle finit son service à 7 heures du matin. C'est Mrs Wallace qui fait manger son mari le matin, et elle reste à son chevet jusqu'à ce que j'arrive. Après, madame va jouer au golf, ajouta-t-elle en levant les yeux au ciel. Et quand elle rentre, elle veut que son mari soit installé dans son fauteuil.

Les soins à domicile vingt-quatre heures sur vingt-quatre reviennent cher. Visiblement, cette Mrs Wallace essayait de limiter certaines dépenses.

— Et le soir, pareil ?

Carole demeura pensive un instant. Elle essayait probablement de se figurer la réaction de Mrs Wallace lorsque celle-ci constaterait que son mari était encore dans son lit.

— Oui. Je termine à 18 heures et c'est elle qui lui donne son dîner, puis elle attend l'arrivée de l'infirmière de nuit à 22 heures. Elle ne va pas être contente d'apprendre qu'il va falloir laisser son mari dans son lit toute la journée, dit-elle en faisait la moue.

— De toute façon, tu n'as pas vraiment le choix.

Si le ton de ma réponse dénotait un certain ennui, c'est parce que je commençais en effet à me lasser de cette discussion. J'étais lasse, oui, épuisée même ; et je regrettais de ne pas être rentrée directement chez moi au lieu de perdre mon temps ici avec Carol.

— Je trouve ça vraiment injuste pour ce monsieur, déclara Carol. Il ne lui reste plus beaucoup de temps à vivre, on devrait être aux petits soins pour lui.

— Mais tu le sors de son lit pour lui faire plaisir à lui ou pour faire plaisir à sa femme ?

Ma question était parfaitement justifiée. Très souvent, les infirmières comme nous étaient contraintes de faire certaines choses pour tranquilliser la famille du patient, pas réellement pour le bien du patient. Ma question eut l'air de déplaire à Carol. Je jubilai intérieurement.

— Pour faire plaisir à Mr Wallace *et* à elle aussi. Si je la contrarie, ça va stresser le mari.

Et stresser Carol, surtout. Je terminai mon jus de machin répugnant et reposai mon verre.

— Bon, eh bien, je vais te laisser aller bosser. Quant à moi, direction dodo.

— À moins que…

J'avais déjà attrapé mon sac et ma veste et me demandais s'il valait mieux attendre le prochain bus ou faire le trajet de cinq kilomètres à pied, lorsque je sentis peser sur moi le regard insistant de Carol, un regard soudain animé d'une petite lueur d'espoir.

Elle tendit le bras et posa une main sur mon épaule.

— À moins que tu ne viennes avec moi. Dix minutes, tout au plus, et après, tu files. C'est une autre auxiliaire qui doit venir en fin d'après-midi, donc pas de problème pour le soir. Il faudrait juste sortir Mr Wallace de son lit.

Je m'esclaffai, convaincue qu'elle plaisantait. Mon rire s'arrêta net quand je compris qu'elle était tout à fait sérieuse.

— L'agence ne sera jamais d'accord. Je viens de bosser douze heures d'affilée.

— On n'est pas obligées de leur dire…

— Ah, je vois, dis-je en lui coulant un regard entendu. Donc tu veux que je bosse gratuitement, c'est ça ?

Elle prit un air offusqué.

— Je parle juste de dix minutes pour donner un coup de main à une copine. Mais si tu y tiens, je te paierai, moi, de ma poche. À un bon tarif.

Je faillis lui dire que je le ferais si elle me payait une

heure complète de travail, mais j'avais beau être du genre mesquine, je n'étais pas mesquine *à ce point-là.*

— Bon, entendu, je t'accorde dix minutes de mon temps. Gratuitement.

La maison des Wallace se trouvait donc sur Lansdown Road, une route interminable qui partait de Bath et serpentait à travers les faubourgs sur plusieurs kilomètres. Il y avait des années de cela, j'avais déjà emprunté cette route, du moins le premier tronçon, à l'occasion d'un grand raout au Charlcombe Inn organisé par un de ces crétins de managers de l'hôpital. Les Wallace habitaient dans la partie de la route la plus proche de la ville, un quartier chic, juste après St Stephen Church.

Carol arrêta sa voiture devant une superbe demeure de deux étages.

— Voilà, c'est ici, m'informa-t-elle – comme si je pouvais me demander pourquoi nous nous étions garées là.

En sortant de la voiture, je me retournai vers la route par laquelle nous étions arrivées et admirai la vue : derrière la rangée de souches de cheminées, de vastes champs verdoyants s'étiraient à perte de vue de l'autre côté de la ville. Carol devait penser aux dix minutes dont elle disposait avec moi et gravissait déjà les marches en pierre blanche qui menaient au perron de la maison.

J'aurais pu la rassurer. Dès que j'ai vu la maison, la fatigue a cédé la place à la curiosité et je n'étais soudain plus du tout pressée. Je jetai un œil par les fenêtres du rez-de-chaussée en attendant de pouvoir entrer.

— En bas, c'est réservé aux domestiques, c'est ça ?

— Plus de nos jours, dit-elle en tripatouillant un jeu de clefs dont elle isola une de la marque Yale avant de la glisser dans la serrure.

— Au rez-de-chaussée, il y a la cuisine, poursuivit-elle, un grand salon qui donne sur le jardin, et c'est tout ce que j'ai vu. Ils n'ont pas d'employés, à part une femme de ménage qui vient deux après-midi par semaine. Mrs Wallace fait elle-même à manger.

Elle me faisait marrer, cette Carol. Comme si le fait que Mrs Wallace se donnât la peine de faire la cuisine pour elle et son mari était une chose tout à fait remarquable ! Cette fille était d'une nature incroyablement servile. Tout le contraire de moi.

La porte d'entrée s'ouvrit sur un large couloir en parquet agrémenté de plusieurs tapis chamarrés. Un escalier courbe, au poteau central et aux balustres ouvragés, menait à l'étage supérieur. Mais rien qu'à cet étage, je remarquai plusieurs portes fermées et fus aussitôt tentée d'aller voir ce qui se trouvait derrière chacune d'elles, quels secrets abritaient ces pièces inaccessibles.

Une baraque comme celle-ci recelait forcément des secrets.

26

Carol leva la tête vers l'escalier puis me saisit par le bras.

— Écoute, Lissa, j'aimerais autant que Mrs Wallace ne soit au courant de rien. Ça ne t'ennuie pas d'attendre ici qu'elle s'en aille ? chuchota-t-elle en m'entraînant un peu plus loin. Elle est toujours prête à partir au golf quand j'arrive, je reviens te chercher dans deux ou trois minutes.

Je ne voyais pas l'intérêt de faire tout ce cirque et c'était précisément ce que je m'apprêtais à lui dire lorsque je compris soudain ce qui l'inquiétait véritablement. Carol ne voulait pas que Mrs Wallace soupçonne l'agence de ne pas disposer d'assez de personnel de soin et décide d'aller voir ailleurs. Elle ne voulait pas que ce boulot pépère lui file entre les doigts.

— D'accord.

Je n'avais guère le choix de toute manière puisqu'elle me cramponnait le bras aussi fermement qu'un rapace maintient sa proie dans ses serres. L'instant d'après, elle me poussa contre une porte, l'ouvrit à la volée et me fit entrer à reculons, sans ménagement, dans…

Cela ne m'aurait pas dérangée si je m'étais retrouvée

dans une pièce intéressante à explorer, mais cette petite gourde m'avait poussée dans un vestiaire ! Une étroite fenêtre permettait de ne pas être totalement plongé dans l'obscurité mais hormis quelques manteaux, il n'y avait rien à découvrir dans cet endroit. Et rien non plus dans les poches, à part deux ou trois vieux mouchoirs en papier.

Mais Carol avait vu juste : deux minutes après, quelqu'un descendit l'escalier, puis la porte d'entrée s'ouvrit et se referma aussitôt. J'attendis d'entendre les pas d'une deuxième personne dans les marches pour ouvrir la porte et passer une tête dans le couloir. Carol était là, tout sourire.

— Merci. Je t'avais bien dit que ça ne serait pas long.

J'aurais pu lui faire remarquer que trois ou quatre minutes s'étaient déjà écoulées sur les dix contractuelles, mais je commençais à comprendre que cette fille n'avait aucun sens de l'humour, elle m'aurait sûrement prise au sérieux. Ce n'était pas le moment qu'elle change d'avis et décide subitement de laisser le pauvre homme au lit toute la journée. Parce que maintenant, j'avais fait le déplacement, moi. Et sans avoir encore eu l'occasion de voir autre chose qu'un vieux vestiaire.

— Bon, on y va, alors ? L'heure tourne.

Elle comprit que je ne blaguais pas, fit volte-face et monta l'escalier à toute vitesse. Je la suivis d'un pas moins pressé, admirant les tableaux accrochés aux murs. J'avais déjà remarqué que le mobilier de l'entrée était couvert de magnifiques bibelots. À quelle heure n'y avait-il pas d'infirmière dans cette maison, déjà ? *C'était bizarre, tout de même*, songeai-je : *les propriétaires de cette maison ne manquaient visiblement pas d'argent, ou alors ils claquaient tout dans ces*... trucs.

— L'infirmière de nuit doit s'assurer que Mr Wallace est bien en position assise avant de s'en aller, m'expliqua Carol en entrant dans la chambre du malade. Comme il a du mal à déglutir, sa femme lui prépare des aliments faciles à avaler et le nourrit à la petite cuiller. Ça lui prend une bonne heure chaque fois mais elle dit qu'elle aime bien partager ce moment avec lui. Et le soir, rebelote : je le remets dans son lit, en position assise, avant de partir à 18 heures, et après, Mrs Wallace le fait manger. Ensuite, c'est l'infirmière de nuit qui prend le relais à 22 heures.

La superficie de la chambre à coucher me laissa sans voix. Au moins deux ou trois fois la surface de tout mon logement. Deux grandes baies vitrées offraient une vue magnifique sur les toits et les jardins en contrebas, à l'arrière de la maison. Les anciens tapis de la chambre avaient été roulés, redressés et appuyés contre un mur, dans un coin, pour que l'on circule plus facilement dans la pièce au parquet désormais nu. Il y avait également une armoire aux ornements ciselés et une commode assortie, superbe elle aussi, et bien trop imposante pour la plupart des maisons contemporaines.

Autrefois, un énorme lit à baldaquin complétait peut-être l'ensemble. Ce qui était certain, c'était qu'il y avait forcément eu quelque chose de plus élégant que le lit médicalisé qui trônait désormais au milieu de la pièce, placé de telle sorte qu'on pouvait y accéder aisément, de tous les côtés. Sa présence avait quelque chose d'incongru dans ce décor, aussi incongru que l'affreux lève-malade servant à déplacer Mr Wallace du lit au fauteuil roulant.

L'homme allongé dans le lit était de toute évidence gravement malade. Je ne pus m'empêcher de penser que les médecins s'étaient montrés optimistes sur son espérance de vie en parlant de mois ou de semaines. J'avais désormais acquis pas mal d'expérience auprès de malades en phase terminale et personnellement, j'aurais plutôt compté en jours, voire en heures. Mais bon, je n'étais pas médecin, moi.

Mr Wallace articula un pénible « Bonjour » en apercevant Carol. Elle s'affaira autour de lui un moment en l'inondant d'un torrent de platitudes à vous filer la nausée. Si j'étais mourante, ce serait vraiment le genre de choses que je ne voudrais *pas* entendre. Et si j'avais été à la place de Mr Wallace, j'aurais rassemblé mes dernières forces pour dire à Carol de la boucler.

Sur la commode, je remarquai plusieurs photos encadrées. Tandis que Carol s'agitait en déblatérant, je m'approchai des petits cadres. Des clichés du couple, heureux. D'autres gens, aussi, des membres de la famille de l'un et de l'autre, certainement. Aucun jeune sur ces photos.

— Ils n'ont pas d'enfants ? demandai-je.

Carol était en train de préparer le fauteuil, elle l'avait déplacé et tapotait les coussins. Que de gestes inutiles, mon Dieu… Elle s'arrêta et releva la tête vers moi, les yeux plissés par les rayons du soleil qui envahissaient la pièce. Elle me répondit en chuchotant :

— Non, pas d'enfants. Ça ne fait pas très longtemps

qu'ils sont mariés. Elle a épousé un autre homme en premières noces et a perdu son mari assez jeune, je crois, mais ils n'avaient pas d'enfants non plus. C'est moche ce qui leur arrive, ils auraient dû pouvoir profiter l'un de l'autre pendant quelques années.

Je m'efforçai d'arborer une expression peinée pour les pauvres Wallace.

— Ah... donc il n'est pas si vieux que ça, ce monsieur ?

— Soixante-dix ans. Elle, elle est plus jeune, la cinquantaine, soixante ans maximum. Voilà, il me reste juste un truc à faire, ajouta-t-elle en indiquant une porte au fond de la chambre, et après, on y va.

Étant donné que les dix minutes que je lui avais accordées étaient largement dépassées et que je tombais de sommeil, je me réjouis de cette nouvelle.

Ma curiosité me poussa néanmoins à emboîter le pas de Carol. Je découvris une vaste salle de bains étonnamment moderne. Cette pièce devait faire office de chambre avant d'être convertie en salle de bains. À voir la baignoire à pattes de lion qui trônait dans un angle, l'immense cabine de douche surmontée d'un gigantesque pommeau cascade, on sentait que le propriétaire n'avait pas regardé à la dépense. Carol passa une main devant un capteur et de l'eau jaillit d'un mitigeur encastré dans le mur, au-dessus d'une vasque posée sur un plan de toilette en marbre.

— Pas mal.

C'était un euphémisme, naturellement, mais je ne tenais pas à lui montrer à quel point j'étais impressionnée, et envieuse, aussi, de son environnement de travail.

— Bon, Carol, on y va ou quoi ? Les dix minutes sont passées depuis un bon moment, là.

Ma remarque n'aurait pas dû la froisser, j'étais déjà bien gentille d'être là, mais elle pinça encore davantage les lèvres d'un air irrité. Mais moi, je l'avais mauvaise parce que je me retrouvais à bosser gratuitement et en plus, j'étais vannée, je voulais aller me coucher.

De retour dans la chambre du patient, Carol ajusta une nouvelle fois la position du dossier inclinable du fauteuil, enfonça les pédales de verrouillage des roulettes et positionna le lève-malade au-dessus du lit.

— Monsieur Wallace, nous allons vous sortir du lit, d'accord ?

J'aurais adoré qu'il lui réponde que non, il ne voulait pas se lever, qu'il voulait qu'on lui fiche la paix, qu'on le laisse mourir tranquillement dans son lit, qu'il ne tenait pas à être installé dans un fauteuil roulant ni qu'on le force à contempler le monde extérieur, un monde auquel il n'appartenait déjà plus. Mais il n'était plus en capacité de prendre la moindre décision. Carol était employée par sa femme, c'était *elle* qui voulait que son mari soit installé dans ce fauteuil.

Mr Wallace était un homme de grande taille. Pas lourd comme par le passé, certainement, mais du seul fait de sa taille, le déplacer du lit au fauteuil n'était pas une manœuvre aisée. Et pour se servir du lève-malade, il fallait être deux. À l'instar de presque toutes les infirmières, j'avais souvent été obligée de le faire seule, mais avec un grand corps désarticulé comme celui de Mr Wallace, j'aurais eu toutes les peines du monde.

Il fallut un bon moment pour glisser le harnais sous son corps et placer ses quatre membres de façon à ce qu'il reste stable durant le transfert. Il émit un grognement lorsque l'appareil le souleva du lit. Je serrai les dents en le voyant subir cette torture. Et tout ça pour faire plaisir à sa femme.

Une fois l'homme bien calé dans son fauteuil, Carol se tourna vers moi :

— Merci.

Les roulettes faisaient un boucan du diable sur le parquet. Carol plaça le fauteuil devant la fenêtre qui donnait sur un monde que son patient ne tarderait pas à quitter, puis tira une chaise près de lui.

— Ça ne t'embête pas si je ne te raccompagne pas ? Il est toujours un peu agité après avoir été bougé, je préférerais rester auprès de lui.

Évidemment qu'il est agité, ce pauvre bonhomme ! On vient de le faire sortir de force de son lit sans aucune raison valable.

— Non, non, pas de problème, dis-je en récupérant mon sac. Bon courage pour le reste de ta journée.

Je refermai doucement la porte derrière moi et descendis au rez-de-chaussée. Dans le long couloir, plusieurs portes… Ç'aurait été dommage de ne pas profiter de cette occasion en or pour aller fouiner un peu.

J'ouvris la porte d'entrée et la refermai aussitôt en la claquant bien fort. Après avoir jeté un coup d'œil en haut de l'escalier, j'avançai dans le couloir à pas feutrés, ouvris la première porte qui se présenta à moi, me faufilai dans la pièce et refermai la porte derrière moi, sans un bruit.

Je me trouvais dans une grande pièce avec vue sur le jardin de devant. Devant la cheminée en pierre, trois divans trois places avaient été placés en demi-cercle. Contrairement à certains canapés sur lesquels on dirait que personne n'a jamais posé les fesses, ceux-ci était affaissés et creusés. Mrs Wallace, probablement. Dans un coin, un piano à queue attendait que quelqu'un s'installe devant les partitions ouvertes sur le pupitre. Moi, je n'avais jamais appris le piano mais j'aurais bien aimé m'asseoir devant celui-ci et laisser mes doigts courir sur le clavier, jouer à la maîtresse du manoir pendant quelques minutes. C'était tentant mais le son aurait alerté Carol, et par ailleurs, même si je ricanais dans ma barbe à l'idée de l'entendre descendre et de voir sa mine horrifiée, je n'avais pas encore fini d'explorer les lieux.

Les étagères de part et d'autre de la cheminée étaient couvertes de toutes sortes de petits objets et de babioles – des babioles de luxe qui coûtaient la peau des fesses, certes, mais des babioles néanmoins. La femme de ménage devait s'amuser à nettoyer tout ça ! Et le ménage était fait régulièrement parce qu'il n'y avait pas la moindre trace de poussière dans toute la pièce.

Une immense enfilade courait sur presque toute la largeur d'un mur. Une bonne moitié du meuble était recouverte d'alcools en tout genre, soit en bouteille, soit dans des carafes en verre ciselé. À côté, sur un plateau en argent ouvragé, des verres à vin et des gobelets. Une série de cadres occupait l'autre moitié de la surface de l'enfilade. J'en soulevai un au hasard, de Mrs Wallace. Grande, mince, d'une beauté conventionnelle, avec des traits parfaitement symétriques et une coupe au carré parfaitement asymétrique.

Certaines photos dataient un peu : on y voyait des hommes et des femmes qui avaient tous un air de famille, des oncles et des tantes peut-être, ou des cousins. Sur un cliché, je reconnus Mr Wallace jeune homme. En proie à une sorte de vague à l'âme, je m'emparai du cadre pour l'étudier de plus près, et là, j'eus un véritable choc. Je me ruai à la fenêtre. Dans la lumière légèrement tamisée par les voilages, la ressemblance entre Mr Wallace et mon père était encore plus frappante. Ils étaient tous les deux beaux comme des stars de cinéma. Tous les deux généreusement gominés, comme le voulait la mode de l'époque.

Je n'avais conservé aucune photo de mon père pour ne plus être confrontée au visage de celui qui nous avait trompées toute sa vie. Dans la maison de repos de ma mère, en revanche, il y en avait une. Prise un an avant son décès, à une époque, donc, où il vivait déjà avec sa seconde femme.

Sur cette photo, dans ce magnifique cadre argenté, Mr Wallace ressemblait comme deux gouttes d'eau à mon père, jeune – avant qu'il n'ait appris à faire du mal aux gens. Je la voulais, cette photo. Avec tous les cadres qu'il y avait sur l'enfilade, personne ne remarquerait qu'il en manquait un, si ? Non, certainement pas. Surtout si je prenais soin d'en déplacer quelques-uns pour remplir la place qu'il avait occupée.

J'avais fourré le cadre dans mon sac avant même de me demander si voler les affaires d'un mourant était bien raisonnable. De toute façon, je connaissais déjà la réponse. Il s'en fichait, lui. Une fois le cadre en ma possession, je retournai près de l'enfilade. Il y avait un autre cadre, identique, au fond. Je pourrais y mettre ma mère. Je faillis me laisser tenter, faire d'une pierre deux coups, mais je n'étais pas bête, je savais bien que quand une chose disparaît, on peut s'imaginer qu'elle a été égarée, mais lorsque *deux* objets se volatilisent, alors là, il s'agit forcément d'un vol.

Le cadre subtilisé toujours dans mon sac, je jetai un dernier regard circulaire dans la pièce, puis ouvris la porte, l'oreille tendue, avant de m'engager dans le couloir à pas de loup. À ce stade, j'aurais dû m'en aller, ne pas tenter le diable, mais c'était plus fort que moi, je voulais continuer à fureter.

La porte suivante donnait sur une salle à manger assez sombre, que l'on aurait dit laissée à l'abandon. Je n'aurais pas été étonnée de voir quelque toile d'araignée tendue entre le lustre et le coin de la table. En allumant la lumière, cependant, je constatai que cette pièce était aussi bien entretenue que le salon. Tout y était d'une propreté irréprochable et totalement impersonnel. Pour quelqu'un qui espérait mettre la main sur des secrets, c'était très décevant.

De retour dans le hall d'entrée, j'hésitai un instant entre la porte d'entrée et une porte qui se trouvait à l'autre extrémité du couloir, tout au bout. *Bon, vite fait alors*, me dis-je. *Et après, je rentre* illico *chez moi*. Je traversai le couloir et ouvris la porte. Derrière, un autre couloir, pas très long, m'invitait à emprunter un escalier, au bout, qui descendait au rez-de-jardin. Si jamais je tombais sur quelqu'un en bas, la femme de ménage ultra efficace, par exemple, je pourrais toujours dire que je cherchais les toilettes.

En bas, j'arrivai dans un petit vestibule. Au

fond, une porte sous laquelle j'aperçus un trait de lumière, et sans me poser la moindre question, j'avançai, appuyai sur la poignée et poussai la porte. Je découvris une grande cuisine ouverte sur une sorte de salle à manger-salon. Derrière les grandes baies vitrées s'étendait le jardin, la vue était superbe.

Les placards ne recelaient rien de palpitant, ils ne contenaient que la ribambelle d'ustensiles que l'on trouve chez tout le monde. Dans un tiroir, une collection de recettes découpées dans des magazines ; dans un autre, un tas de bric-à-brac.

Je remarquai un beau tableau accroché au mur du fond de la partie salon. Du canapé, j'admirai la vue sur la terrasse, et par-delà le jardin, sur la vallée en contrebas. La présence d'un écran plat fixé au mur et d'un programme télévisé ouvert semblait indiquer que c'était là que Mrs Wallace passait ses soirées.

Je fis un dernier petit tour et décidai que la vue était la seule chose digne d'intérêt dans cette pièce. Je refermai soigneusement la porte derrière moi, relevai la tête vers l'escalier puis considérai un instant les deux autres portes, à droite et à gauche de celle de la cuisine. L'une de ces deux portes donnait sur des toilettes aveugles équipées d'un minuscule lavabo. L'autre était fermée à clef.

Fermée à clef. Quoi de plus tentant qu'une porte fermée à clef? Je n'avais pas eu l'intention de poursuivre mes investigations mais à présent, la curiosité l'emportait sur tout. Derrière cette porte se cachait donc quelque chose qui justifiait de fermer la serrure à double tour.

Il s'agissait manifestement d'une porte ancienne, d'origine, et la serrure était d'époque, elle aussi. On pouvait coller son œil et regarder par le trou, mais tout était plongé dans le noir à l'intérieur. La clef de cette serrure était forcément trop grande et trop tarabiscotée pour être enfilée sur un porte-clefs. Je passai une main le long de l'huisserie, au-dessus de la porte, mais ne récoltai qu'un peu de poussière. Ç'aurait été trop simple, évidemment.

J'étais à deux doigts de laisser tomber, de remiser ma curiosité par-devers moi et filer sans plus tarder, avec le cadre en argent dans mon sac, mais… je n'aimais pas l'idée d'abandonner. La clef devait bien se trouver quelque part, pas loin. Je palpai le dessus des chambranles des autres portes. Rien.

J'avais une main sur le poteau de l'escalier, un pied sur la première marche, lorsque j'eus une illumination. Entre le poteau et le mur, il y avait quelques centimètres. Je glissai la main dans l'espace et faillis me mettre à rire lorsqu'elle buta sur un clou saillant. La clef y était suspendue. Et je ne m'étais pas trompée, il s'agissait bien d'une grosse clef ancienne, massive.

La serrure avait été entretenue. En tournant, la clef ne produisit aucun son. La porte s'ouvrit vers l'intérieur, doucement, mais elle renversa quelque chose qui tomba dans un bruit sourd. *Merde !* Tétanisée, je me figeai un instant, avant de secouer la tête : Carol était deux étages plus haut, elle ne risquait pas d'avoir entendu.

Je fis un pas dans la pièce. Quelle ne fut pas ma déception ! Pas de trésors cachés, ici. Malgré la pénombre, aucun doute : je me trouvais simplement dans une sorte de débarras, une remise.

Il était grand temps de filer. Carol réagirait très mal si elle me trouvait là, surtout que j'avais lourdement insisté sur le fait que je ne pouvais lui accorder que dix minutes.

Et malgré tout, je restai plantée là, dans la quasi-obscurité. Pourquoi donc fermer une remise à clef? Mrs Wallace soupçonnait-elle sa femme de ménage de lui voler des produits d'entretien ou quelque denrée alimentaire ? Ou bien Carol ? Ou une autre personne à son service ? Mrs Wallace verrouillait son débarras mais laissait ses cadres en argent au vu et au su de tout le monde. Ça n'avait pas de sens, mais plus encore que la porte fermée à clef en elle-même, c'était la raison de ce mystère qui m'intriguait.

À tâtons, je trouvai l'interrupteur. Une ampoule nue éclaira le réduit d'une lumière crue mais ne m'éclaira pas, moi, sur la raison qui avait poussé Mrs Wallace à fermer cette pièce à clef. Sur les étagères, je ne vis que des choses du quotidien, des conserves de soupe, des rouleaux de papier toilette, des savons, des produits d'entretien.

Aucun objet de valeur.

Derrière la porte, je remarquai une petite table. C'était contre elle que la porte avait cogné. Je m'approchai pour remettre en place le pilon et le mortier que j'avais renversés. Et là, je compris enfin pourquoi Mrs Wallace fermait ce débarras à clef. *Tiens, tiens, tiens*..., dis-je dans ma barbe en découvrant, sidérée, une quantité faramineuse de boîtes de médicaments.

Carol m'avait expliqué que Mrs Wallace tenait

absolument à faire elle-même manger son mari. Je tirais peut-être des conclusions hâtives mais j'eus néanmoins la conviction intime de savoir pourquoi l'état de son époux s'était dégradé bien plus rapidement que les médecins ne l'avaient prévu.

27

D'ordinaire, après un service de nuit, je m'endormais durant le trajet, dans le bus qui me ramenait chez moi. Et comme, ces derniers temps, j'avais souvent travaillé à Bath, les chauffeurs commençaient à me connaître. Si j'étais encore assoupie à l'approche de mon arrêt, ils me réveillaient en criant. Un jour, le bus était conduit par un remplaçant que j'avais oublié de prévenir – la fatigue extrême m'embrume le cerveau – et je m'étais retrouvée au terminus, à la station de Chippenham.

Ce jour-là, j'étais trop préoccupée pour dormir. Je vis Bath s'éloigner par la fenêtre tandis que le bus filait sur la route bordée d'arbres, une route souvent bien trop étroite pour ce genre de véhicule.

Mrs Wallace m'intriguait. J'aurais bien voulu en savoir un peu plus sur elle, pour tenter de donner un sens à ce que j'avais découvert dans le débarras. Je n'avais pas été choquée, oh non. D'ailleurs, à l'époque déjà, plus grand-chose ne me choquait – en tant que meurtrière et fille d'un type bigame, il fallait se lever tôt pour me heurter. Je savais bien qu'il est impossible de s'occuper d'une personne en fin de vie, et de son entourage, sans être confronté à ce que l'humanité a de pire. Donc choquée, je ne l'étais pas, mais intriguée, oui.

Il n'est pas à exclure que si ma propre vie avait été moins morne et insipide, si j'avais eu la moindre ambition professionnelle, si la perspective des années à venir ne m'était pas apparue aussi sinistre, j'aurais sûrement lâché l'affaire. Ou peut-être me serais-je complètement désintéressée de Mrs Wallace si je n'étais pas tombée sur la photo de son mari qui avait fait ressurgir mon père dans ma vie. Il n'était jamais très loin mais à présent, celui qui colonisait mon esprit, c'était l'homme qu'il avait été bien avant ma naissance. Comment en était-il arrivé à mener une double vie ? Était-ce lié au mariage avec ma mère, ou à ma naissance ? Était-ce à ce moment-là qu'il avait commencé à scinder son existence en deux ? Se souciait-il de mon avenir quand il posait ses yeux sur sa fille ? Avait-il su voir au plus profond de mon être ? L'avais-je effrayé ?

Cahotée par le bus, je regardai le paysage défiler sans rien voir, les yeux grands ouverts, gonflés de fatigue.

*

Il y avait très peu de lumière naturelle dans mon appartement. Les fenêtres longues mais très basses au-dessus de la porte étaient exposées au nord et restaient constamment dans l'ombre de la maison d'à côté, un bâtiment à deux étages. Ainsi, même les jours de plein soleil, il faisait toujours sombre chez moi. Ça ne me dérangeait pas plus que ça et quand je travaillais de nuit, c'était même un avantage.

Je me déshabillai, laissai mes vêtements en boule par terre et me glissai sous la couette. Après une nuit de travail, je m'endormais généralement à la vitesse d'un interrupteur que l'on fait basculer sur off. Mais ce jour-là, je ne cessai de me retourner dans mon lit. Derrière mes paupières closes, les visages de mon père et de Mrs Wallace surgissaient sans me laisser un instant de répit. Lorsque je parvins finalement à trouver le sommeil, je rêvai d'yeux, des yeux à n'en plus finir. Et parmi ces yeux, je reconnus ceux de Jemma et d'Olivia. Un grand classique. Ces yeux-là me suivaient partout, que je sois endormie ou éveillée. Mais il y en avait une autre paire, à présent, que je n'arrivais pas à identifier clairement. Les yeux de Carol, me semblait-il.

Je me réveillai après seulement deux petites heures de sommeil, à peine de quoi tenir jusqu'au soir, dans un état d'épuisement qui ne me quitterait pas de la journée. Au lieu de me lever, je restai étendue, les mains derrière la tête, et laissai libre cours aux spéculations les plus folles sur l'intrigante Mrs Wallace. Pourtant, de manière générale, les gens ne m'intéressaient pas. Le monde était peuplé d'êtres dénués de toute complexité qui menaient une existence d'une banalité triste à crever.

Ce que j'aimais, moi, c'était l'idée que les gens sont comme les oignons, constitués de plusieurs couches, chacune susceptible de révéler quelque chose de vraiment moche. Dans certains cas, il faut peler et peler encore avant d'atteindre la partie la plus pourrie, le cœur. Et à l'opposé, avec certaines personnes, l'opération était très rapide. Comme avec cette infirmière en chef, Pippa : il avait suffi de retirer une seule couche pour exposer sa véritable nature – celle d'une femme prête à tout pour obtenir ce qu'elle voulait, conserver son poste avant tout. Parfois, c'était moins évident. Carol, par exemple, se montrait plus insaisissable.

Mais Mrs Wallace l'inconnue m'attirait davantage. Je n'avais même pas eu besoin de creuser pour que son secret se révèle à moi au grand jour, même si, je le sentais, en fouillant encore un peu, je ne tarderais pas à découvrir qu'elle aussi avait quelque chose de pourri au fond d'elle. J'y comptais bien, même.

Je sortis du lit et attrapai mon sac, avant de m'asseoir, le cadre en argent à la main, les yeux rivés sur le sosie de mon père, le jeune Mr Wallace. Si j'avais d'abord décidé de laisser la photo dans le cadre, en hommage à l'homme que fut mon père dans sa jeunesse, je me ravisai. J'eus toutes les peines du monde à ouvrir le cadre. Après avoir cassé une agrafe, je m'armai d'un couteau et parvins à mes fins en glissant la lame au bon endroit. Le cliché de Mr Wallace jeune homme recouvrait une autre photo de lui, plus âgé, en compagnie d'une femme au visage tourné sur le côté. Impossible de l'identifier. Ça aurait tout aussi bien pu être ma mère. Je retirai la photo du cadre et la glissai dans le livre que j'étais en train de lire. J'avais posé un portrait de ma mère sur l'étagère du studio, contre les livres. Je le pris et le glissai dans le cadre, devant le portrait du sosie de mon père. Une fois le cadre refermé, je lui trouvai une place de choix sur l'étagère. Enfin un cadre qui faisait honneur à ma mère.

Je repensai à Mrs Wallace. Selon Carol, elle avait déjà été mariée, tout comme lui. Avait-il un secret, lui aussi ? Je fus prise d'une irrépressible envie de tout savoir sur cet homme, comme si mieux connaître le passé de Mr Wallace allait m'aider à comprendre pourquoi mon père avait choisi d'emprunter un certain chemin à un moment donné de son existence.

Carol travaillait désormais pour les Wallace depuis plusieurs semaines, et à moins qu'elle n'eût choisi délibérément d'aller bosser avec des œillères, elle savait forcément quelque chose. Le problème, c'était qu'elle était tellement réglo que lui soutirer des informations n'allait pas être une mince affaire.

Je restai au lit, à ressasser, jusqu'à ce que la faim me force à me lever. Pas la peine de m'habiller, le vieux t-shirt informe et délavé par des années d'usage que je portais pour dormir serait ma tenue du jour. *Ce n'était pas comme si j'avais prévu de sortir ou que j'attendais de la visite*, songeai-je, un sourire amer aux lèvres. Je ne sortais jamais, sauf pour aller rendre visite à ma mère, et personne ne mettait les pieds chez moi. Jamais. Et c'était très bien comme ça.

Mon petit congélateur était rempli à craquer de repas tout prêts que j'achetais en grande quantité une fois par mois. Les repas individuels de la marque du supermarché où je faisais mes courses étaient très pratiques, assez bons, mais je regrettais que le choix se limite à trois plats : hachis parmentier, parmentier de poisson et lasagnes au bœuf. J'alternais, et de temps en temps, je ramenais à la maison une pizza à emporter si je passais devant une enseigne Domino's en rentrant chez moi. Je ne me faisais jamais livrer quoi que ce soit. Officiellement, je n'avais pas d'adresse. D'ailleurs, il n'y avait pas de boîte à lettres chez moi.

Theo m'avait annoncé ça le jour où je lui avais réglé

la caution et le premier mois de loyer, payable d'avance. En empochant mon argent, en liquide comme il me l'avait demandé, il m'avait informée que je pouvais donner l'adresse de Lily Cottage pour mon courrier. Dehors, près de sa porte d'entrée, il y avait un vieux bac à fleurs dans lequel gisait, misérable, une fausse plante qui devait être là depuis des années, couverte de toiles d'araignée. Theo avait soulevé un coin du bac. « S'il y a du courrier pour vous, je vous le mettrai là, O.K. ? »

Un endroit un peu étrange pour du courrier, m'étais-je dit. Mais peu m'importait puisque que personne ne m'écrivait jamais.

Le *ding !* du micro-ondes me tira de ma rêverie. Un torchon à la main, je me saisis du carton et posai le parmentier de poisson sur la table. Je n'ai jamais compris pourquoi les gens s'embêtent à transférer le contenu dans une assiette alors que manger directement dans l'emballage évite d'avoir de la vaisselle à faire, c'est bien plus simple.

Le livre que je lisais était déjà posé sur la table. Grâce au marque-page glissé à l'endroit où j'avais arrêté ma lecture, il me suffit d'une main pour ouvrir le bouquin au bon endroit. En quelques secondes, je me laissai à nouveau happer par le récit terrifiant des dangereux psychopathes détenus à Broadmoor, un hôpital psychiatrique de haute sécurité.

Les ouvrages de fiction, même les romans aux contenus les plus violents, étaient trop sages pour moi. Ce qui me fascinait, c'étaient les tueurs en série, les véritables assassinats, surtout les plus gores. Je ne sais pas ce que cela dit de moi exactement, mais le fait est qu'après une heure d'immersion dans ce récit des crimes atroces de ces tueurs, j'eus l'impression d'avoir enfin les idées au clair. Je savais ce que j'allais faire.

Carol travaillait en continu jusqu'à jeudi. Comme c'était une fille sérieuse, ce soir-là, elle rentrerait forcément chez elle tout de suite après sa journée de travail chez les Wallace. Je consultai l'heure sur mon portable. Encore trop tôt pour appeler. Plus détendue désormais puisque j'avais décidé de la marche à suivre, j'abandonnai sur la table l'emballage en carton vide de mon plat et ma fourchette sale pour retourner me pelotonner sous la couette, mon bouquin à la main. Et replongeai aussitôt dans l'univers de Broadmoor.

Après avoir terminé la dernière page, je refermai le livre dans un soupir. Comme j'aurais aimé me rendre à Broadmoor, voir l'endroit où Peter Sutcliffe[1] avait passé trente-deux années de sa vie, où Ronnie Kray[2] était décédé, et où Peter Bryan était encore incarcéré – lui, il avait fait frire au beurre la cervelle d'un de ses potes. Malheureusement, il y avait peu de chances pour que mon rêve se réalise un jour – je me posais parfois des questions sur ma santé mentale, certes, mais même en commettant les pires crimes, jamais je ne serais admise à l'asile de Broadmoor puisqu'on n'y internait que des patients de sexe masculin. Dommage.

---

1. Peter Sutcliffe (1946-2020), tueur en série britannique, schizophrène paranoïaque, condamné en 1981 à une peine d'emprisonnement à perpétuité pour le meurtre de treize jeunes femmes et sept tentatives de meurtre (N.d.T.).

2. Ronald Kray (1933-1995), figure du crime organisé britannique, condamné à la prison à vie en 1969, atteint de schizophrénie paranoïde (N.d.T.).

Mais peut-être valait-il mieux pour moi que je reste en liberté.

Je sortis du lit et étudiai le contenu de mes étagères. Dans un espace aussi restreint, je ne pouvais pas me permettre d'accumuler trop de choses mais l'ouvrage que je tenais à la main faisait partie de ceux que je voulais garder. Je lui trouvai une place sur l'étagère du milieu, dans la section consacrée aux institutions comme Broadmoor et Wakefield[1].

L'étagère du haut était entièrement dédiée à l'histoire du plus ancien hôpital psychiatrique au monde, ouvert en 1247. Bethlem Hospital, également connu sous le nom de Bedlam à l'époque, a donné à la langue anglaise actuelle le mot *bedlam*[2], que l'on associe au chaos et à la folie. Dans les années 1750, l'endroit était devenu l'une des attractions touristiques les plus en vogue de Londres, on achetait son ticket pour visiter l'hôpital et aller voir les détenus souvent enchaînés, attachés à un mur de leur cellule. J'aurais adoré faire cette visite. Je possédais tous les ouvrages publiés sur cet hôpital psychiatrique.

Une autre étagère était consacrée aux tueurs les plus connus. Récemment, j'avais fait l'acquisition d'un livre sur Jeffrey Dahmer[3] censé faire de nouvelles révélations sur cet illustre tueur en série. Ce serait ma prochaine lecture.

---

1. La prison de Wakefield est un établissement pénitentiaire britannique de catégorie A, haute sécurité (N.d.T).

2. En anglais, littéralement, « maison de fous », « asile » (N.d.T).

3. Jeffrey Dahmer (1960-1994), tueur en série américain condamné pour les meurtres de dix-sept jeunes homosexuels (N.d.T.).

Je le posai sur la table pour le commencer le lendemain, accompagné d'un marque-page bien aligné sur le bord de la couverture. Le reste de la soirée, je le passerais devant la télévision.

Mais d'abord, je devais appeler Carol.

Le téléphone sonna dans le vide un moment avant que je n'entende sa petite voix, hésitante, au bout du fil.

— Allô ?

Une entrée en matière au ton ni engageant, ni particulièrement désagréable, le genre de « allô » que l'on prononce lorsqu'on ne sait pas qui nous appelle. On ne se téléphonait jamais, elle et moi, tous nos rendez-vous étaient convenus par textos. Un instant, je me demandai si je n'avais pas commis une erreur à un moment, si je ne lui avais pas, involontairement, donné une bonne raison de se méfier de moi. Peu importait : ce qui était fait était fait, inutile de s'appesantir sur le passé.

— Tu dois te demander pourquoi je t'appelle, dis-je avec une pointe de feinte humilité dans la voix. Je voulais simplement m'excuser pour ce matin, je n'ai pas été très sympa. J'aurais dû t'expliquer qu'en ce moment, je n'arrive pas à dormir et le manque de sommeil finit par affecter mon humeur.

Je collai le téléphone à mon oreille pour essayer de savoir comment elle réagissait. Il me sembla percevoir un léger soupir de sa part, que j'interprétai ainsi : elle avait gobé mon excuse. J'embrayai avec une assurance retrouvée :

— J'ai vraiment honte de moi et j'aimerais bien me faire pardonner. Ça te dit qu'on déjeune ensemble quand tu auras un jour de repos ? C'est moi qui offre.

Ramper devant quelqu'un était une grande première pour moi. Avais-je réussi à l'embobiner ?

— Un déjeuner ? C'est très sympa de proposer mais vraiment, tu n'es pas obligée, tu sais.

Sa voix ne trahissait aucune gratitude et avait même perdu ce ton chaleureux que je lui connaissais d'ordinaire. Soit elle se méfiait encore de moi, soit il fallait continuer à ramper encore un peu.

— Comme je sais que tu adores le jardinage, tentai-je à tout hasard – en réalité, je n'en savais strictement rien, elle m'avait simplement dit qu'elle *avait* un jardin –, je me disais qu'on pourrait aller à la jardinerie de Prior Park. Ils font des super bons déjeuners là-bas, et comme il fait beau en ce moment, on pourrait se mettre en terrasse, au soleil. Allez, laisse-moi t'inviter, je voudrais me rattraper, je n'ai pas été très cool ce matin.

Cette fois, je sentis à son soupir à l'autre bout de la ligne qu'elle allait accepter, mais à contrecœur, et pas pour me faire plaisir.

— Bon, je comptais aller chercher des pélargoniums ce week-end, je pourrais jeter un œil là-bas, c'est vrai…

— Parfait. Alors c'est entendu. Quel jour te conviendrait le mieux ?

— Vendredi.

— Vendredi, génial ! m'exclamai-je pour compenser son manque d'enthousiasme à l'idée de se faire inviter à déjeuner. Moi aussi, je suis dispo vendredi. Midi et demi, ça t'irait ?

— D'accord.

— Bien, alors on se voit vendredi. Salut !

Je raccrochai, balançai mon portable sur le lit et

me jetai sur la couette. Elle me donnait bien du fil à retordre, cette Carol. Et tout ça pour satisfaire ma curiosité.

Je savais pertinemment qu'elle n'était pas au courant du secret que Mrs Wallace cachait dans son débarras, sinon, elle l'aurait tout de suite signalé à qui de droit. Mais moi, j'étais très douée pour soutirer des informations à des gens qui n'avaient pas conscience d'en posséder. Avec Carol, je marchais sur des œufs, et elle me mettait toujours aussi mal à l'aise, mais cette fille ne faisait clairement pas le poids face à quelqu'un comme moi.

Au demeurant, j'avais une longueur d'avance sur elle, je savais que Mrs Wallace gardait un vilain secret. Il me restait à présent à recueillir quelques éléments pour pouvoir décider de la manière dont j'allais me servir de ce secret.

28

Deux jours plus tard, je me rendis à la jardinerie de Prior Park en empruntant, à pied, la route éponyme, Prior Park Road. De la gare routière de Bath, je n'avais que quelques minutes à marcher, c'était pratique. J'arrivai à l'heure convenue devant une jardinerie moderne comme on en voit aujourd'hui, avec une quantité impressionnante de plantes aussi bien à l'intérieur du bâtiment qu'à l'extérieur, une boutique de cadeaux bien achalandée, une autre de produits provenant des fermes du coin, une section animalerie et pêche, et, bien sûr, un café. De quoi satisfaire tout le monde.

Je m'attendais à ce que Carol soit en avance, mais cette fois, ce fut moi qui arrivai en premier. Comme les plantes ne m'intéressaient pas, je fis un tour dans la boutique de cadeaux, pleine de… *bidules* en tout genre dont l'utilité m'échappait complètement. La boutique de produits de la ferme se révéla plus captivante. Je faillis me laisser tenter par une belle miche de pain au levain mais me ravisai en voyant le prix. Je ne sais pas ce qu'il avait d'exceptionnel, ce pain, à part peut-être son odeur. Une vendeuse me fit les gros yeux en m'apercevant le nez collé contre la croûte.

Lorsque je vérifiai l'heure, il était déjà 12 h 30. J'eus soudain une petite appréhension : et si Carol avait changé d'avis ? J'aurais peut-être dû lui envoyer un message de rappel le matin, mais il était trop tard maintenant. Je consultai mon portable. Pas de message de sa part. Qui sait, elle était peut-être simplement en retard, aussi surprenant que cela puisse être pour quelqu'un ayant l'habitude d'être systématiquement en avance. Venant de Larkhall, elle devait traverser toute la ville et la circulation n'était jamais fluide à Bath.

Après un deuxième tour de la boutique de cadeaux, je la vis arriver, tranquillement, comme si un retard d'un quart d'heure était parfaitement acceptable à ses yeux. Eh bien non, ce n'était pas acceptable, mais je m'abstins de faire la moindre remarque en ce sens. Si je lui avais demandé de venir déjeuner avec moi, c'est que j'avais quelque chose de bien précis en tête.

— Salut ! dis-je en marchant vers elle. Il y a plein de plantes magnifiques dehors, tu n'auras que l'embarras du choix.

J'espérais ne pas m'être trompée ; car la vérité, c'était que j'avais seulement aperçu, par la porte, un tas de couleurs flamboyantes à l'extérieur, sans avoir été regarder de plus près.

— Ah, tant mieux. Désolée du retard, London Road est encore en travaux. Les voitures passaient au compte-gouttes, sur une seule file.

— C'est pour ça que je prends le bus, répliquai-je en indiquant du bras l'escalier qui menait au café, au premier étage. Allez, viens. On va se trouver une table.

La chance voulut qu'il y eût une table disponible

en terrasse. Le café était en libre-service mais il fallait aller passer sa commande soi-même pour manger. Les employés étaient rapides et efficaces, de sorte qu'en moins de cinq minutes, nous étions revenues à notre table, Carol avec son café, et moi avec un verre d'eau plate. On nous apporterait nos sandwichs dès qu'ils seraient prêts. La note était très salée, ces sandwichs avaient intérêt à être succulents.

— C'est bien, ici, déclarai-je. Ça faisait longtemps que je n'étais pas venue.

Carol sirotait son café, les deux mains arrondies autour de sa tasse, balayant l'endroit d'un regard satisfait.

— Je n'ai jamais mangé ici. Oui, c'est très agréable comme endroit. Merci pour l'invitation, c'est vraiment sympa de ta part, ajouta-t-elle avec un sourire.

— C'est la moindre des choses après le caca nerveux que je t'ai fait quand tu m'as demandé de venir te donner un coup de main.

— Oh, ne t'en fais pas. J'ai bien compris que tu étais fatiguée ce jour-là, et crois-moi, je sais ce que c'est.

On nous servit nos sandwichs, le sien accompagné d'une salade, le mien de frites. Je déchirai deux sachets de ketchup, pressai le contenu sur les frites et en pris une longue, recouverte de sauce rouge, avec les doigts, avant de la fourrer entièrement dans ma bouche.

— Mmh, c'est bon, commentai-je, la bouche pleine, en me jetant sur une deuxième frite.

Bon, maintenant, il fallait que j'oriente la conversation vers les Wallace. La subtilité n'étant pas mon fort, je devais faire très attention à ce que j'allais dire, sinon Carol risquait d'invoquer le secret professionnel et je n'apprendrais rien d'intéressant. Je me tamponnai la bouche à l'aide d'une serviette en papier et pris un ton détaché :

— Et tu reprends quand le boulot ?

— Dimanche. Et toi ?

— Je suis de nuit pendant plusieurs jours à partir de demain soir. Quatre nuits d'affilée, une nuit de repos, puis deux nuits de suite, et après, deux jours de repos.

— Oh là là, c'est éreintant, ce rythme, dis donc.

Je ne lui faisais pas dire. Surtout qu'à l'exception d'une nuit, il s'agissait de missions dans l'établissement que j'aimais le moins. J'avais envoyé un nouvel e-mail à l'agence pour leur demander de me confier des patients en soin à domicile mais cette fois, je n'avais reçu aucune réponse. Pas même un accusé de réception, rien.

— Oh non, ça ira. Je bosse à Neptune House, et comme tu le sais, c'est pépère, là-bas.

En réalité, j'y allais une seule nuit – donc je ne mentais pas complètement. Je mordis dans mon sandwich, une petite bouchée, et poursuivis nonchalamment tout en mastiquant :

— Ça fait un moment que tu es chez les Wallace. C'est bizarre que le bonhomme ne soit pas dans un hospice pour grabataires.

— Il veut mourir chez lui et sa femme lui a promis qu'elle ferait tout pour qu'il reste chez eux jusqu'à la fin.

Je pris une deuxième bouchée de mon sandwich, encore plus minuscule, pour faire durer le déjeuner

– je craignais de finir trop vite et de voir Carol déguerpir avant que je n'aie obtenu ce que je voulais.

— Oooh, c'est touchant. On dirait qu'ils sont vraiment proches, tous les deux, pas vrai ? Ça ne fait pas si longtemps que ça qu'ils sont mariés, je crois… Enfin, c'est ce que tu m'as dit, non ?

Elle ne répondit pas tout de suite. Était-ce ma question qui la perturbait, ou bien le morceau de concombre qu'elle grignotait de ses dents remarquablement petites absorbait-il toute son attention ? J'eus une folle envie de lui arracher le bout de concombre de la main pour qu'elle se concentre sur ce que je lui disais.

— Juste quelques années, non ? insistai-je.

Elle harponna une feuille de laitue avant de relever la tête vers moi.

— Hein ? Ah oui, oui, deux ans. Mais ils se connaissaient depuis longtemps. Elle était réceptionniste dans le cabinet médical où Mr Wallace et sa première femme étaient suivis.

Tiens donc… Je simulai un bâillement et me couvris la bouche de la main, sans me presser.

— Pardon… J'ai encore du sommeil en retard, je crois. Tu disais… ? Ah oui, Mr Wallace et sa première femme. Quand est-ce qu'elle est décédée ?

— Elle est morte il y a trois ans. Une crise cardiaque fulgurante, au beau milieu d'une soirée mondaine. Quand les secours sont arrivés, elle était déjà morte. Ils étaient mariés depuis trente ans, Mr Wallace et elle.

Elle prit un air attristé, que je m'empressai d'imiter, hochant gravement la tête.

— C'est terrible.

Pas si terrible que ça. Trente ans, c'est presque toute une vie. Une vie à deux. Il y a vraiment des gens qui ne sont jamais contents. Mes parents à moi, ils n'ont eu que dix-sept ans de bonheur.

— Mr Wallace a eu beaucoup de mal à s'en remettre. J'ai discuté avec le généraliste qui est passé le voir la semaine dernière, il m'a dit que c'est grâce à Oonagh, la seconde femme de Mr Wallace, qu'il a réussi à traverser cette période. Elle l'a aidé à organiser les obsèques et apparemment, c'est grâce à elle qu'il ne s'est pas totalement effondré.

Si mon objectif n'avait pas été de glaner le plus d'informations possible, je ne me serais pas privée de faire remarquer à Carol que Mr Wallace ne devait pas être si inconsolable que ça puisqu'il s'était remarié tout juste un an après. Je dus me faire violence pour garder mes commentaires pour moi.

— J'imagine que ç'a été un gros choc pour elle quand il est tombé malade, et si peu de temps après leur mariage.

Carol retira la tranche de pain du dessus de son sandwich, la mit de côté, puis préleva un morceau de poulet dans la garniture, à la main. Elle l'étudia un moment avant de le manger.

— Non, elle était déjà au courant. Le cancer de Mr Wallace avait été diagnostiqué plusieurs mois avant la mort de sa femme, c'est pour ça qu'il allait tout le temps au centre médical. Quand sa femme a succombé à une crise cardiaque, il en était déjà à son deuxième protocole de chimio.

Oonagh Wallace avait donc épousé un homme malade. L'information avait son importance.

— Mais quand même, ils devaient espérer passer un peu plus de temps ensemble, commentai-je avec toute la compassion dont j'étais capable.

Carol abandonna le reste de son sandwich et reprit sa tasse de café.

— Sûrement, oui. Mais il s'en sortait plutôt bien jusque-là. C'est depuis qu'il a fait une pneumonie, il y a plusieurs semaines maintenant, qu'il décline et qu'il a besoin de soins infirmiers vingt-quatre heures sur vingt-quatre.

— Pas tout à fait vingt-quatre heures sur vingt-quatre, parce que c'est sa femme qui le fait manger matin et soir.

Carol eut l'air surprise.

— Comment tu le sais ?

— C'est toi qui me l'as dit, je te signale.

Elle se renfrogna, visiblement embêtée.

— Je ne devrais pas parler des patients dont je m'occupe, ce n'est pas professionnel de ma part.

Aussi peu professionnel que de demander à une collègue qui vient de se taper douze heures de travail de venir lui filer un coup de main ?

— T'inquiète, je ne balancerai rien à la presse !

Ça n'eut pas l'air de l'amuser. Elle termina son fond de café d'un trait puis reposa sa tasse d'un air résolu.

— C'était très sympa, merci.

Tout dans sa voix indiquait qu'elle s'apprêtait à partir. Dommage pour moi, mais d'un autre côté, inutile d'insister, je savais qu'elle ne m'apprendrait rien d'autre. Pas aujourd'hui, en tout cas.

— Oui, on devrait se refaire ça un de ces quatre. Tu

veux aller voir les plantes ? proposai-je en vidant mon verre d'eau.

Carol jeta un coup d'œil à sa montre.

— Euh, non, il faut que je file, en fait.

Très bien, ça m'allait parfaitement. J'avais appris assez de choses pour avoir envie de rentrer chez moi et réfléchir à ce qu'elle venait de me dire sur Oonagh Wallace, une femme qui devenait chaque jour de plus en plus fascinante.

29

Je laissai Carol au parking et repris Prior Park Road en direction du centre-ville. Elle ne m'avait pas proposé de me déposer quelque part alors qu'elle aurait pu m'emmener jusqu'à London Road, où j'aurais pris le bus, ou même jusqu'à Alice Park, d'où j'aurais pu rentrer chez moi à pied. Peu importait. Le bus que j'allais prendre à la gare filerait dans les couloirs réservés aux transports en commun et finirait sûrement par dépasser sa vieille Toyota déglinguée.

Mais en arrivant à la station de bus, j'eus une autre idée. Pour quelqu'un comme moi, habitué à marcher, Lansdown Road n'était pas très loin, et une demi-heure plus tard, j'arrivai devant la maison des Wallace.

Ce que j'avais découvert dans le débarras fermé à clef, à côté de la cuisine, était déjà intrigant en soi, mais trouver le lien qui existait forcément entre ce secret et ce que Carol venait de m'apprendre m'obsédait encore plus. Et lire des récits sur les crimes perpétrés par des cinglés, c'est une chose, mais voir un crime se dérouler *sous vos yeux*, c'en est une autre. J'avais eu l'occasion de voir des photos de Jeffrey Dahmer, un type plutôt bel homme. Et sur les portraits d'Oonagh Wallace que j'avais vus dans le salon des Wallace, elle aussi était une belle femme. La différence, c'était que je pouvais peut-être m'arranger pour la rencontrer en vrai, elle. Voire m'immiscer dans sa vie.

Je restai un long moment devant le portillon, à observer la maison, à penser au champ des possibles qui s'offrait à moi. Pour une fois, je regrettais de ne pas avoir de voiture. Car avec un véhicule, j'aurais pu attendre tranquillement à l'intérieur, attendre qu'elle sorte de chez elle. Une idée me vint à l'esprit : *Je sonne, je lui explique que j'ai oublié quelque chose chez eux le jour où je suis venue aider Carol, et comme je passais dans le coin, je tente ma chance.* Hum, pas très crédible, il fallait bien l'admettre. En outre, je m'exposais à un problème de taille : il faudrait que je lui explique pourquoi Carol avait eu besoin de mon aide ce jour-là, Mrs Wallace irait se plaindre auprès de l'agence et Carol aurait des ennuis. Elle serait peut-être même suspendue. Et dans ce cas, il faudrait lui trouver une remplaçante. Si j'avais été certaine que les choses puissent vraiment se passer comme ça, je me serais peut-être laissé tenter, mais les chances étaient très minces. Et puis, étant donné que je comptais sur Carol pour continuer à me fournir des informations sur la vie des Wallace, il valait mieux qu'elle conserve son poste.

Frustrée d'avoir fait tout ce chemin pour rien, je m'éloignai, tournai à l'angle, traversai la chaussée et traînai dans une rue, à l'arrière de la maison. Et si je sonnais chez les Wallace sous prétexte d'une collecte de fonds pour une organisation quelconque ? Non, ça ne marcherait jamais, les représentants d'associations caritatives disposaient tous d'un badge ou d'une forme d'attestation officielle. Mrs Wallace pourrait demander à voir ce justificatif.

Le plus simple était encore de sonner, et lorsqu'elle ouvrirait, de prendre un air surpris et de lui dire que je cherchais, je ne sais pas, une certaine… Sally Prior, par exemple, ou non, Sally Park, plutôt. Adjugé.

Je rebroussai chemin, gravis les marches du perron et cherchai la sonnette. Il me fallut quelques secondes pour la trouver, elle était dissimulée sous une plante grimpante qui envahissait le mur. J'appuyai, une fois, et tendis l'oreille. Je ne sais pas si la sonnette marchait mais du côté de la porte où je me trouvais, on ne percevait aucun son à l'intérieur.

Au bout d'une ou deux minutes, je sonnai à nouveau, avec plus d'insistance. Mrs Wallace n'était peut-être pas chez elle mais dans ce cas, c'était l'infirmière de garde qui aurait dû descendre.

Et lorsque la porte s'ouvrit enfin, je sursautai et poussai même un petit cri de surprise. La femme apparue dans l'encadrement de la porte s'en amusa. Tête inclinée, main sur l'huisserie, dans l'expectative, elle resta silencieuse un moment. Je ne pus m'empêcher de remarquer ses ongles bien taillés, sans vernis, ses longues mains fines. Elle était d'une élégance naturelle que je lui enviai instantanément. Contrairement à moi, rachitique de la tête aux pieds, cette femme était mince mais possédait quelques rondeurs harmonieuses. Rondeurs d'ailleurs mises en valeur, et même exposées avec fierté sous un chemisier en soie turquoise un peu trop décolleté, qui laissait entrevoir, entre le galbe de ses seins, la dentelle d'un soutien-gorge de la même couleur. Le tout assorti d'un pantalon à pinces couleur crème tout ce qu'il y a de plus chic.

Depuis que j'étais allée déjeuner avec Carol, j'avais commencé à faire un peu attention aux tenues que je portais. Mais avec le contenu de ma garde-robe, je ne pouvais pas faire de miracles. Le regard de Mrs Wallace s'attarda sur mon t-shirt bleu marine dégoté dans un magasin de deuxième main et sur le pantalon en coton acheté chez Asda[1] quelques mois plus tôt. En une fraction de seconde, elle m'avait cernée, moi et la catégorie sociale à laquelle j'appartenais. Un léger voile passa sur son visage et ses lèvres se pincèrent. Ce changement d'expression, à peine perceptible, s'accompagna d'une posture fermée, presque sur la défensive, alors qu'en ouvrant la porte, elle paraissait accueillante. Elle changea également de position, recula de quelques centimètres et se campa derrière le seuil, prête à me claquer la porte au nez si elle estimait qu'il fallait en arriver là.

Elle n'avait pourtant aucun souci à se faire de ce côté-là. Je n'avais pas prévu de recourir à la violence. Je voulais simplement voir à quoi elle ressemblait, en vrai. Les photos sont parfois trompeuses, elles ne rendent compte que d'un instant fugace, pas de l'impact de cet instant précis sur la vie des gens.

Il ne me restait plus qu'à mettre mon plan un peu bancal à exécution et demander à voir Sally Prior – ou bien était-ce Sally Park ? J'avais déjà oublié. Peu importait. Ce qui comptait, c'était que je savais déjà, là, sous le regard dédaigneux de cette femme, que je

---

1. Asda est une chaîne de supermarchés britanniques parmi les enseignes les moins chères du pays (N.d.T.).

ne me satisferais pas de cette première rencontre, bien trop brève.

Les infirmières sont habituées à prendre des décisions sans tergiverser bien longtemps, et moi, j'avais toujours été comme ça naturellement, si bien que lorsqu'une nouvelle idée germa dans ma tête, je décidai de foncer tête baissée.

Je me couvris la bouche des deux mains, secouai lentement la tête et fis plusieurs pas en arrière. Puis, laissant mes bras retomber le long de mon corps, je fis trembler ma lèvre inférieure comme je savais si bien le faire, et estimai qu'ainsi, tout mon corps exprimait bien la désolation.

— Oh non, je ne peux pas…, bredouillai-je en continuant à reculer sous le regard écrasant de la femme. Je croyais que j'allais être capable de… mais je ne peux pas, vraiment.

Sans un mot de plus, je tournai subitement les talons, dévalai les marches et m'enfuis ventre à terre. Comme je ne savais pas si elle sortirait de chez elle pour me suivre, je continuai à courir un moment et ne m'arrêtai qu'après le virage suivant, un peu essoufflée.

Saisie d'un léger vertige, je poursuivis mon chemin le long de Lansdown Road sans me presser, puis remontai Upper Hedgemead Road pour couper par le parc.

La journée avait été intéressante à plus d'un titre, à commencer par le rendez-vous avec Carol. Je n'arrivais toujours pas à comprendre ce qui me dérangeait autant chez elle. Hormis l'endroit où elle habitait et le fait qu'elle vive avec ses parents, je ne savais quasiment rien d'elle. Elle ne m'avait jamais confié quoi que ce soit sur sa vie privée, et de mon côté, je ne lui avais posé aucune question. D'ailleurs, elle non plus ne m'en posait jamais. On formait un drôle de tandem, elle et moi.

Oubliant Carol, je me concentrai sur quelque chose de bien plus excitant : l'idée qui m'avait traversé l'esprit lors de la brève entrevue avec Oonagh Wallace. Sans connaître grand-chose au marché de l'immobilier, je savais bien qu'une maison située sur Lansdown Road valait forcément des millions. Quand Mr Wallace passerait l'arme à gauche, sa veuve hériterait d'un joli pactole. Quelque chose me disait que ce moment n'allait pas tarder à arriver et que Mrs Wallace s'assurerait personnellement que l'attente ne soit pas trop longue.

Si je réussissais à mener à bien mon plan, elle ne serait pas la seule à tirer profit de la mort du pauvre homme.

30

Il faisait encore très chaud en cette fin d'après-midi et lorsque mon bus arriva, je me sentais toute poisseuse. De retour à la maison, j'enfilai une paire de chaussures plus confortables et sortis me promener le long de la rivière. Marcher près d'un cours d'eau m'aidait toujours à me remettre les idées en place. Le projet de faire chanter Mrs Wallace grâce à ce que j'avais découvert était une pure folie. Cela revenait à la laisser tuer son mari pour toucher du pognon. Mais bon, j'étais très mal placée pour porter un jugement contre cette femme. Après tout, j'avais tué Olivia pour la même raison. Et que l'argent ait bénéficié à quelqu'un d'autre qu'à moi n'était pas la question.

Avec du fric, je pourrais mettre ma mère à l'abri pour le restant de ses jours. Je pourrais même arrêter de travailler. Un sourire affleura sur mes lèvres à cette pensée mais s'effaça presque aussitôt car la réalité était tout autre : que ferais-je de mon temps si je ne bossais plus ? Passerais-je mes journées avec ma mère dans sa maison de repos ? Non. J'étais infirmière, depuis toujours, et malgré mon manque d'ambition professionnelle, ce métier faisait partie de moi, il me définissait.

Je pourrais vivre dans un appartement plus grand. Certes. Cette perspective ne m'enthousiasmait pas particulièrement, je n'avais pas besoin de plus d'espace, d'objets, de meubles. Mon lieu de vie actuel, petit, douillet, me convenait parfaitement.

Le propriétaire, Theo, était la seule ombre au tableau. Il me surveillait. Au début, je lui faisais un petit signe de la main en passant devant chez lui, ou lui lançai un « Bonjour ! » amical, mais, voyant que mes salutations restaient lettre morte et qu'en retour, je n'avais droit qu'à un regard froid, j'avais tout bonnement arrêté de lui dire bonjour ou de le saluer. Il m'était néanmoins impossible de l'ignorer totalement et je me contentais désormais d'un simple petit signe de tête dans sa direction. Il n'y répondait jamais mais continuait à me suivre des yeux jusqu'à ce que j'aie disparu de son champ de vision. Et je sentais son regard pesant dans mon dos. Parfois, en passant devant chez lui, je voyais un rideau bouger et je savais qu'il était là, qu'il m'épiait. Comme je n'avais eu aucun souci dans mon logement nécessitant son intervention, nous ne nous étions jamais reparlé depuis le jour de la visite.

Ce jour-là, cependant, en réfléchissant, je me rendis compte que je ne l'avais pas aperçu depuis plusieurs jours, que ces derniers temps je ne le voyais plus à sa fenêtre en rentrant ou en sortant de chez moi. Aurais-je dû m'inquiéter ? Ce type vivait seul, il n'était plus tout jeune et franchement en surpoids. Il était peut-être mort, tout seul, comme mon père, et gisait dans son salon, les yeux grands ouverts, vides, fixés au plafond. Son cadavre se décomposerait et serait dévoré, lentement, par les asticots.

Je vis son corps en état de putréfaction. Sentis l'odeur nauséabonde.

Impossible de penser à autre chose.

Et si je faisais demi-tour et que j'allais sonner chez lui ? D'un autre côté, s'il m'ouvrait, que lui dirais-je ? « Bonjour, je passais juste voir si vous étiez encore en vie. »

J'éclatai d'un rire sonore qui effraya des oiseaux cachés dans un taillis.

Non, je n'irais pas sonner chez lui. En revanche, je pouvais aller jeter un œil par sa boîte à lettres. S'il était mort, les prospectus que l'on recevait presque tous les jours se seraient forcément accumulés derrière la porte d'entrée.

Je pris le chemin du retour en accélérant le pas, coupai par les prés pour rejoindre le sentier et bifurquai à la hauteur de l'allée de la maison.

De l'extérieur, tout semblait normal. Mais la mort ne laissait ni drapeau ni bannière à l'endroit où elle passait. Les voilages aux deux fenêtres du rez-de-chaussée étaient assez épais pour empêcher les curieux de voir l'intérieur de la maison. Je le savais parce que j'avais essayé quand j'étais venue visiter le studio, le premier jour.

Sur la porte en bois, un clapet à lettres à hauteur d'homme permettait de glisser le courrier dans la maison. Si je savais pertinemment qu'on ne pouvait rien voir à l'intérieur par les fenêtres, en revanche je me demandais si, de derrière ces fenêtres, on pouvait voir dehors. Theo était peut-être là à me guetter, à attendre que je sonne.

J'aurais vraiment dû tourner les talons à ce moment-là

mais je n'arrivais pas à m'ôter de la tête qu'il était peut-être là, chez lui, mort, en train de se décomposer. Et je sentais bien que cette vision ne me quitterait pas tant que je n'aurais pas été voir ça de plus près.

Sans plus me préoccuper de savoir s'il m'observait ou pas, je poussai l'ouverture de la boîte à lettres et y glissai une main. Je n'avais mis les pieds qu'une seule fois dans cette maison, le jour de la visite, et étais restée dans l'entrée, où il n'y avait pas grand-chose à voir. Un tableau quelconque au mur, une petite sellette avec un tiroir – que j'avais aussitôt eu envie d'ouvrir. Le seul autre détail dont je me souvenais était un petit panier fixé derrière la porte, destiné à recevoir le courrier. Je parvins à glisser le bras jusqu'au fond du panier, qui était apparemment vide. Même si Theo ne recevait pas beaucoup de courrier, il y aurait forcément des flyers de pub, des prospectus, que sais-je encore. Quelque chose, en tout cas. Mais non, rien.

Je ressentis une petite pointe de déception. Je m'étais vue appelant les secours. Puis les pompiers ou la police auraient débarqué. Ça m'aurait bien plu d'assister à l'ouverture de la porte à coup de pied-de-biche, et de découvrir un cadavre dans la maison. J'aurais adoré.

Dans mon métier, on était régulièrement en contact avec la mort, et j'avais souvent moi-même dû appeler les secours après avoir constaté la mort d'un patient, mais là, ce n'était pas pareil. Là, il s'agissait d'un drame inattendu, dans lequel j'aurais tenu le haut du pavé, et surtout, contrairement au premier rôle que j'avais joué dans la mort de Jemma et d'Olivia, j'aurais pu, cette fois, parler autour de moi de ce qui était arrivé.

J'avais encore la main au fond du panier vide lorsque

j'entendis distinctement, à l'intérieur de la maison, une porte claquer. Surprise, je lâchai le clapet de la fente à lettres. Les ressorts devaient être puissants, le clapet s'abattit violemment sur mon poignet. Retenant un gémissement de douleur, de l'autre main, je repoussai aussitôt le clapet vers l'intérieur. Trop vite, sans faire attention. Le bracelet en argent que j'avais décidé de porter ce jour-là dans l'espoir, vain, de ne pas avoir l'air d'une pauvresse à côté de Carol, s'était coincé dans une des charnières du clapet. Saisie de panique, je tirai dessus fébrilement tandis que me parvenaient, de l'intérieur de la maison, des bruits mats de pas sur un parquet. Au premier étage, estimai-je. Je disposais d'un peu de temps mais s'il venait à Theo l'idée de descendre, il passerait obligatoirement devant la porte d'entrée et verrait ma main dans la fente de sa boîte aux lettres.

Il ne me restait pas trente-six solutions. Il fallait retirer le bracelet. Une bonne idée, en soi, mais rien ne se passait comme prévu, ce qui me contrariait. Dans mon dos, les derniers rayons du soleil descendant me donnaient chaud, j'avais les mains moites et ne parvenais pas à saisir le fermoir pince de homard. Après m'être passé une main sur mon front en sueur et l'avoir essuyée sur mon pantalon, je fis une nouvelle tentative. J'eus toutes les peines du monde mais réussis finalement à détacher le satané bracelet. Une fois ma main retirée de la fente, je m'échinai à essayer de libérer le bracelet de la charnière, mais rien à faire, il était coincé. Et lorsque soudain j'entendis des pas dans l'escalier, je relâchai doucement le clapet et pris la fuite.

Je filai chez moi en riant sous cape, de soulagement.

Ce qui me chiffonnait tout de même un peu, c'était que j'avais perdu mon bracelet, un bracelet ayant appartenu à ma mère, un des seuls bijoux de valeur que je possédais. Quel dommage.

Je décidai de retourner le chercher un peu plus tard, après avoir mangé un bout et retrouvé mon calme. Theo ne remarquerait rien avant le lendemain matin, lorsqu'il irait récupérer son courrier. Une fois que le soleil serait couché, en prenant mon temps, je réussirais à le décoincer, j'en étais certaine.

De chez moi, on ne voyait qu'une seule fenêtre de la maison de Theo, fenêtre qui donnait sur le palier du premier étage. La lumière y était allumée dès que la nuit tombait et s'éteignait vers 22 heures. Il faudrait néanmoins vérifier, en allant voir par-devant, qu'aucune autre lampe n'était restée allumée dans la maison. J'attendis minuit, ouvris ma porte sans un bruit et longeai la maison de Theo en rasant les murs.

Un spot automatique s'alluma sur mon passage mais je savais où se trouvait le capteur. Une fois devant la porte d'entrée, je ne risquais plus rien. Et en effet, le spot s'éteignit au bout de quelques secondes. J'ouvris prudemment le clapet à lettres. À l'exception d'un faible halo de lumière provenant du premier étage, l'entrée était plongée dans l'obscurité.

J'étais tellement concentrée sur d'éventuels bruits suspects qu'il me fallut quelques secondes pour me rendre compte que… le bracelet avait disparu. Le front collé contre la porte, j'enfonçai le bras aussi loin que possible dans l'espoir de tomber sur mon bracelet, qui avait pu se détacher tout seul, peut-être, et finir dans le panier, ou autour. Mais non, le bracelet s'était auparavant bloqué dans la charnière, jamais il n'aurait pu tomber tout seul.

C'était forcément le propriétaire qui l'avait récupéré.

Dans la mesure où son panier à lettres était vide ce matin-là, il devait bien savoir que ce bracelet n'appartenait pas à la personne qui lui livrait son courrier. En même temps, il n'avait aucune raison de penser que ce bracelet pouvait être à moi. À moins, bien sûr, qu'il n'ait été à sa fenêtre tout à l'heure, quand le spot automatique du jardin s'était allumé, et qu'il m'ait vue rôder en bas de chez lui.

J'eus un rire guttural. Bon, eh bien, au moins, ça ne faisait plus l'ombre d'un doute : Theo était bien vivant.

31

Je restai plusieurs minutes prostrée devant la porte, indécise. Lorsque je me décidai enfin à tourner les talons, je déclenchai la lumière automatique du jardin. Aveuglée, je trébuchai, manquai tomber et fis des moulinets avec les bras avant de retrouver mon équilibre. Au même moment, le rideau d'une des fenêtres de l'étage remua légèrement.

À mon avis, il ne m'avait pas vue. C'était ce que j'espérais du moins, parce que, contrairement à l'impression que j'aime donner aux gens, je ne suis pas spécialement téméraire et, à moins de me sentir en position de force, je fuis toute forme de confrontation. Cela me rappelle trop de choses que je voudrais oublier – le harcèlement, les insultes, des mois durant. Selon mes règles à moi, inchangées depuis des lustres, je m'en tirais toujours mieux en restant en retrait et ne sortais du bois que lorsque je me sentais capable d'affronter certaines personnes. Et les « affronter » était presque un euphémisme.

Si Theo m'avait aperçue, il ne manquerait pas de venir sonner chez moi le lendemain matin pour exiger des explications. Il faudrait donc que je me fasse très discrète dans la matinée. Si je ne lui ouvrais pas la porte, il m'imaginerait au travail. Et si j'évitais de le croiser pendant plusieurs jours, il aurait tôt fait d'oublier l'incident. Il ferait peut-être le lien entre sa locataire et le bracelet découvert dans la fente de sa boîte aux lettres, mais il ne pouvait rien prouver. Et puis, je n'avais rien fait de mal après tout. Au contraire, j'avais simplement voulu m'assurer que rien n'était arrivé à mon voisin. Me montrer aussi prévenante avec quelqu'un ne me ressemblait d'ailleurs pas beaucoup. Bien fait pour moi. On ne m'y reprendrait pas.

Bien décidée à me réveiller tôt et à lever le camp aux aurores, je mis mon réveil à 7 heures et fis une toilette de chat avant de me mettre au lit. J'essayai de ne plus m'appesantir sur le sort de mon bracelet adoré et m'endormis en pensant à la maison de Lansdown Road.

*

Le lendemain matin, je sautai le petit déjeuner. *Je pourrais toujours m'arrêter dans un café de Bath pour manger*, songeai-je, il y en avait à la pelle en ville. Hormis le fait de me tenir à bonne distance de Theo pendant plusieurs jours, je ne savais pas vraiment comment j'allais occuper mon temps.

Je sortis de chez moi pile-poil à la bonne heure, j'eus moins d'une minute à attendre à l'arrêt de bus. On était en pleine heure de pointe, la circulation dans le centre de Bath était encore plus dense que d'habitude. Je m'en fichais, j'étais tranquille dans ce bus. Je rêvassais, les yeux dans le vague, jusqu'à ce que le bus arrive au terminus, à la gare.

Pour trouver un petit déjeuner à mon goût, à un prix raisonnable, je dus m'éloigner de la zone touristique. J'avais faim, certes, et pourtant je ne me pressai pas. Au bout d'un moment – une bonne heure – et après avoir traversé Victoria Park, je me retrouvai sur Upper Bristol Road. Et là, je tombai sur un petit boui-boui parfait. Quelques minutes plus tard, je dégustai des œufs brouillés sur des toasts et sirotai un café très correct. Le tout pour deux livres sterling.

Une fois mon assiette terminée, alors que je buvais le fond de ma tasse, je pris enfin la mesure de ce que j'avais entrepris : en réalité, je devais bien admettre que l'idée qui m'avait traversé l'esprit la veille était encore très nébuleuse. Comment procéder, à présent? Par quel bout prendre les choses? Pour que mon plan fonctionne, il allait falloir que j'y réfléchisse un peu plus sérieusement. Si Carol avait été plus bavarde, j'aurais pu l'appeler, mais il valait mieux patienter encore quelques jours, sinon elle risquait de s'interroger sur mes réelles motivations. Que pouvait-elle bien faire pendant ses jours de congé, elle? Qu'importe, je m'en fichais et concentrai mon attention sur la question des Wallace.

Après avoir terminé mon café, je sentis que la caféine commençait à agir sur les cellules de mon cerveau; j'entrevis une possibilité… Sans avoir appris grand-chose par Carol, j'avais cependant pris soin d'enregistrer toutes les informations qu'elle avait laissé fuiter, au cas où. Et soudain, un petit détail me fit l'effet d'une révélation : Oonagh Wallace jouait au golf tous les matins. Je revoyais encore Carol me dire qu'elle y allait *tous* les matins, les yeux au ciel, comme si s'adonner au golf était devenu une obsession maladive chez Mrs Wallace.

Je jetai un œil à ma montre. J'étais partie de chez moi très tôt, il n'était que 9 h 30. En me dépêchant, je pouvais être chez les Wallace avant le retour de Mrs Wallace de sa partie de golf. Je me débrouillerais, en chemin, pour imaginer un moyen d'entrer dans la maison et continuer à fouiner. Et si je ne trouvais pas de solution, j'improviserais. Après tout, j'étais infirmière, une experte dans l'art d'improviser, de s'adapter, d'agir dans l'urgence.

Les trente minutes qu'il me fallut pour gagner la maison des Wallace se révélèrent fructueuses : en arrivant, je disposai d'un plan savamment élaboré pour pouvoir pénétrer dans la maison.

Je gravis les marches du perron, sonnai et attendis que l'on vînt m'ouvrir.

Comme personne ne descendait, je pressai le bouton de la sonnette deux fois, deux petits coups nerveux, pour signifier à la personne qui se trouvait à l'intérieur que je n'allais pas m'en aller.

Une minute s'écoula puis une femme m'ouvrit, une femme râblée portant une tenue d'infirmière démodée et trop petite pour elle d'une bonne taille. Je me doutais bien que je ne la connaîtrais pas étant donné que l'agence employait des centaines d'infirmières – à l'exception de la journée de présentation et de la formation annuelle obligatoire, les infirmières ne se croisaient jamais. Elle me dévisagea sans dire un mot, sans une lueur de curiosité non plus dans le regard.

Bon, eh bien, la balle était dans mon camp. À moi de jouer.

— Bonjour. Je m'excuse de vous déranger, vous devez être très occupée, dis-je en imaginant la femme en train de se goinfrer de petits gâteaux secs devant une télévision allumée, un café à la main. Je m'appelle Lissa. Je suis infirmière, je travaille pour la même agence que vous. Mon ami Carol Lyons s'occupe presque tous les jours de Mr Wallace. Vous avez dû voir son nom sur les rapports de mission.

À ce stade, je me fendis d'un sourire et attendis qu'elle me rende la pareille, ou au moins qu'elle me signifie d'une manière ou d'une autre qu'en effet, elle reconnaissait ce nom. Son expression demeura bovine. Je ne sais pas si elle connaissait Carol mais quoi qu'il en soit, elle ne laissa strictement rien paraître. *Bon, autant persévérer*, me dis-je, ça ne me coûtait rien. *Patience, Lissa.*

— Carol a eu un petit souci la dernière fois qu'elle est venue. L'aide-soignante qui était censée lui donner un coup de main a eu un accident et l'agence n'a pas réussi à lui trouver de remplaçante.

Je prenais un risque en présumant que cette infirmière ne savait pas exactement quel jour j'étais venue aider Carol, mais pour que mon plan marche, il fallait que cette journée ne remontât pas à plus de deux jours. Je continuai à sourire aimablement.

— Vous savez comment ça se passe, des fois… Moi, je venais de faire un service de douze heures quand j'ai entendu parler de ça... et bon, finalement, je suis venue lui filer un coup de main, quoi.

Mon petit laïus n'était pas loin de la vérité. J'espérais une réaction de la part de l'infirmière, quelque chose. Mais non, rien. Si j'aimais bien que la balle soit dans mon camp, je commençai tout de même à tirer la langue à m'agiter comme ça, et par ailleurs, je n'arrêtais pas de penser que le temps m'était compté.

— Je ne voudrais pas vous retarder dans votre travail mais je me demandais si vous n'auriez pas trouvé une boucle d'oreille clou, en or.

— Non.

Ah ! Elle parle, donc !

— Je me suis rendu compte hier soir que je l'avais égarée, mais il était trop tard pour appeler Carol et lui demander de jeter un œil. Et évidemment, elle est en congé aujourd'hui, ajoutai-je en me tripotant le lobe de l'oreille. Comme cette boucle d'oreille a une grande valeur sentimentale, j'ai préféré me déplacer. Ce serait une catastrophe pour moi si je ne la retrouvais pas.

Apparemment, mon histoire ne l'émouvait pas plus que ça. Elle jeta un œil en arrière, inclina la tête puis se retourna vers moi sans se départir de son expression impossible à déchiffrer.

— Écoutez... Désolée, mais j'ai du travail, moi, dit-elle en s'apprêtant à me claquer la porte au nez.

O.K. Action.

J'avançai d'un pas, plaquai une main sur la porte et poussai suffisamment fort pour empêcher l'infirmière de la refermer.

— Je suis sûre de l'avoir perdue quand on a déplacé

Mr Wallace. Il a vacillé et a essayé de se rattraper à mes cheveux. C'est forcément arrivé à ce moment-là.

Si j'avais été capable de fondre en larmes sur commande, je ne me serais pas privée de le faire. Cela ne faisait malheureusement pas partie de mes compétences. Par miracle, j'avais cependant touché une corde sensible.

— Ah oui, il a fait la même chose avec moi ce matin.

Je m'engouffrai aussitôt dans la brèche :

— Ce sont les risques du métier, je suppose, ajoutai-je avec, encore, un sourire compatissant. Écoutez, je sais que vous êtes très occupée avec Mr Wallace et je ne veux pas vous faire perdre du temps en vous demandant de chercher ma boucle d'oreille, mais si je pouvais monter juste une seconde, je crois que je pourrais la retrouver, je sais exactement où je me trouvais quand c'est arrivé.

Je ne saurais dire si mon petit discours sur les risques de *notre* métier la toucha mais le fait est qu'elle fit un pas en arrière et ouvrit grand la porte.

— Mrs Wallace n'est pas là mais je pense qu'elle serait d'accord. C'était gentil de votre part de proposer votre aide.

Sa réticence initiale à parler ne dura pas bien longtemps. Lorsque nous arrivâmes en haut de l'escalier – qu'elle gravit lourdement, au ralenti, s'arrêtant à chaque marche –, je connaissais tout de la vie de Jolene. J'appris notamment qu'elle ne s'occupait pas régulièrement de Mr Wallace.

— Normalement, c'est Carol ou Michelle pour la garde de jour, mais Michelle a pris quelques jours de congé pour se rendre à un mariage, et Carol ne pouvait pas la remplacer. C'est pour ça que j'ai été appelée. D'ordinaire, je ne travaille pas à domicile. Je préfère avoir de l'aide, vous comprenez? conclut-elle en me coulant un regard complice, la main sur la poignée de la porte de chambre.

Une remarque ironique me vint à l'esprit mais je la gardai pour moi. Oh, je les connaissais bien, les infirmières comme Jolene, celles qui font le strict minimum et délèguent tout ce qu'il est possible de déléguer à des collègues plus jeunes, voire, pire encore, qui s'arrangent pour que ce soit l'infirmière du service suivant qui se retrouve avec une double charge de travail. J'eus presque pitié du pauvre Mr Wallace.

Nous entrâmes et, en le voyant, je compris que ma pitié ne lui serait plus d'aucune utilité. Quelques jours seulement s'étaient écoulés depuis ma dernière visite mais son état s'était nettement dégradé, de manière flagrante. J'avais raison, il n'allait pas tenir aussi longtemps que son médecin l'avait prédit – et avoir vu juste ne me procura aucun plaisir. Moi, je ne lui donnais que quelques jours, une semaine tout au plus. À voir son teint gris, ses lèvres bleuâtres et la peau marbrée de ses doigts recroquevillés sur le drap blanc, j'aurais plutôt parié sur quelques heures.

— Il est trop affaibli pour s'asseoir dans son fauteuil, commenta Jolene en allant s'installer dans une bergère près de la fenêtre.

Elle avait rapproché de son siège une table basse, sur laquelle je remarquai un thermos, une tasse et un paquet ouvert de biscuits au chocolat. Elle s'empara du livre qu'elle avait dû abandonner quand elle était descendue m'ouvrir.

— Je vous laisse chercher, hein?

Elle n'attendit pas que je lui répondre et replongea dans son bouquin. L'histoire devait être captivante puisque, à partir de ce moment-là, elle m'ignora complètement. Moi, et Mr Wallace.

Je m'approchai du lit. Le vieil homme était en position relevée, le dos calé sur plusieurs oreillers. Il respirait avec difficulté. Une fois près de lui, je sentis cette odeur si particulière de la mort qui guette les derniers souffles de vie.

À ma grande surprise, Mr Wallace ouvrit les yeux.

— Bonjour, dit-il d'une voix d'outre-tombe.

— Bonjour. Je ne vais pas vous déranger, je viens juste chercher une boucle d'oreille que j'ai perdue ici l'autre jour.

— Ah.

Ses lèvres desséchées étaient fendillées en plusieurs endroits.

— Voulez-vous quelque chose à boire?

— Oui, je veux bien.

Je pris un verre d'eau sur la table d'appoint près du lit et glissai la paille dans sa bouche. Il aspira à deux reprises puis repoussa la paille avec sa langue.

— Merci.

— Je vous en prie, rétorquai-je en me saisissant d'un tube de baume à lèvres. Vous avez l'air d'avoir les lèvres sèches. Tenez, je vais mettre quelque chose.

Je passai le stick sur ses lèvres.

— C'est mieux comme ça?

— Beaucoup mieux. Je… ne vous connais pas, vous, si?

— Non. Je m'appelle Lissa. Je suis venue une fois, pour aider Carol.

— Ah, Carol, souffla-t-il, esquissant un sourire. Elle parle beaucoup.

À mon tour, je me laissai aller à sourire puis me retournai une seconde pour voir ce que faisait Jolene. Elle était toujours plongée dans son livre.

— C'est vrai. Est-ce que je peux faire autre chose pour vous, Mr Wallace ?

— Me tenir un peu compagnie ?

Je rapprochai une chaise du lit, m'assis et lui pris la main.

— Volontiers.

Je ne connaissais pas cet homme, c'était seulement la deuxième fois que je le voyais, et s'il avait par le passé été le sosie de mon père, il ne subsistait chez ce vieux monsieur malade plus rien de cette ressemblance. Mais j'avais affaire à un homme qui allait mourir, seul. Comme mon père. Cela suffisait, à mes yeux, à justifier ma présence à son chevet, et j'étais prête à y rester aussi longtemps qu'il le souhaiterait.

Lorsque sa respiration se fit plus profonde et lente, je lâchai sa main et me levai. Les rayons du salon entraient de biais dans la chambre. Jolene tenait son livre dans la lumière. Elle tourna une page. Je ne sais pas ce qui me retenait d'aller lui arracher le bouquin des mains et de lui filer une gifle monumentale.

Enfin si, je le sais : je ne pouvais pas me permettre de perdre mon travail.

Oonagh Wallace savait-elle que son mari n'allait pas tarder à mourir ? Eh bien… qu'elle se réjouisse, elle n'aurait pas à attendre bien longtemps. Après tout, c'était ce qu'elle voulait.

Jusque-là, je m'en fichais, mais ça, c'était avant d'échanger quelques mots avec son mari. À présent, je savais que l'argent ne me suffirait pas. Je voulais qu'elle soit punie pour ce qu'elle était en train de faire.

32

Jolene, toujours absorbée par sa lecture, continuait d'ignorer superbement le patient dont elle était censée prendre soin. Elle aussi méritait un châtiment.

Consciente que l'heure tournait et qu'il me fallait absolument quitter la maison avant le retour de Mrs Wallace, je fis semblant de chercher la boucle d'oreille que j'étais censée avoir perdue. Je déplaçai le lève-malade et passai la main le long des plinthes. Je m'appliquai également à afficher une moue dépitée, au cas où il viendrait à l'idée de Jolene de lever les yeux de son bouquin pour voir ce que je faisais.

Elle finit en effet par s'arracher à sa lecture, au moment où je soulevai une chaise et la laissai retomber bruyamment sur le parquet. Elle resta médusée quelques secondes puis pouffa de rire.

— La vache, ce bouquin est tellement génial que j'avais oublié que vous étiez là. Vous l'avez retrouvée ?

Je haussai les épaules et lâchai un soupir exagéré pour signifier que ma quête avait été vaine.

— Non, pas de chance, précisai-je, au cas où mon petit numéro n'aurait pas été assez clair.

Cette femme n'avait pas l'air bien maligne. Tant

mieux. J'agitai les mains devant moi et indiquai la salle de bains du menton.

— Je vais me laver les mains et je vous laisse tranquille.

Je refermai la porte de la salle de bains derrière moi, ouvris le robinet à fond, me lavai sommairement les mains et tirai un mouchoir en papier d'une boîte, préférant ne pas me servir de la serviette douteuse qui traînait près du lavabo. Sans refermer le robinet, je m'approchai du petit meuble dont, par chance, la clef avait été laissée dans la serrure. J'avais déjà jeté un coup d'œil à l'intérieur quand j'avais été avec Carol mais là, je cherchais quelque chose susceptible de me confirmer que ce que j'avais découvert dans le débarras fermé à clef n'avait rien de normal. Et il ne me fallut que quelques secondes pour en avoir le cœur net. Les médicaments officiels de Mr Wallace étaient bien là. Ceux que j'avais aperçus en bas, en revanche, ne correspondaient à aucun traitement que l'on administrait à un homme dans son état, et parmi les boîtes que j'avais vues, certaines devaient même avoir été prescrites à son ancienne femme. Tous ces médicaments auraient dû être rapportés à une pharmacie il y avait belle lurette, pour que des professionnels s'en débarrassent. De toute évidence, Mrs Wallace leur avait trouvé un autre emploi.

De retour dans la chambre, je constatai que le malade n'avait pas bougé d'un pouce, pas plus que Jolene.

— Bon, eh bien, je vais y aller. Si jamais vous trouvez une boucle d'oreille en rangeant, suggérai-je alors que je savais pertinemment que cette grosse feignasse passerait toute la journée dans son fauteuil, je veux bien que vous la mettiez de côté, que vous laissiez un mot à l'intention de Carol, et comme ça, elle me la rendra. Ne vous dérangez pas, je connais le chemin. Et puis, j'imagine que vous préférez rester auprès de Mr Wallace.

Mon sarcasme lui échappa totalement.

Je retournai près du lit et posai délicatement une main sur la joue du patient.

— Adieu. Vous pouvez partir maintenant, Mr Wallace.

Certaines personnes se cramponnent à la vie – à leur vie, telle qu'ils se l'imaginent. J'aurais pu lui dire la vérité, moi, lui dire que sa femme adorée était en train de le tuer à petit feu, mais je n'en fis rien. Qui sait, Mrs Wallace avait peut-être une bonne raison d'agir de la sorte. Le type qu'elle avait épousé en toute bonne foi s'était peut-être mû en monstre tyrannique. Peut-être la ressemblance avec mon père allait-elle au-delà du physique, peut-être Mr Wallace cachait-il lui aussi un secret inavouable, exactement comme mon père.

Et cela expliquait peut-être aussi pourquoi ce type et sa femme m'obsédaient à ce point.

Mr Wallace ne rouvrit pas les yeux et n'eut pas l'air de m'entendre. Dans le laps de temps des quelques minutes depuis mon arrivée, il avait continué à se diriger lentement mais sûrement vers la sortie définitive. C'était comme ça, la vie, parfois : terriblement injuste. Je repensai à l'alternance des périodes de négligence et de faste qui avaient rythmé mon enfance – une vie terrible, tout simplement. Je jetai un dernier regard à Jolene et sortis de la chambre.

Sur le palier, je consultai l'heure. Onze heures moins vingt. Dans l'entrée, j'ouvris et refermai aussitôt la porte en la claquant bien fort, exactement comme la dernière fois que j'étais venue dans cette maison. La différence, c'était que Jolene, elle, se fichait bien de savoir si j'étais réellement partie ou non. Je traversai le couloir, ouvris deux portes et descendis l'escalier.

La clef du débarras n'avait pas changé d'endroit. Une dizaine de secondes plus tard, je pénétrai dans la pièce exiguë. Munie de mon téléphone, je pris plusieurs photos du mortier et du pilon, sans oublier, naturellement, les boîtes ouvertes des médicaments de Mr et Mrs Wallace, sa première femme. Pour mener mon plan à bien, j'aurais besoin de preuves.

Voilà, je pouvais m'en aller, le débarras était refermé, la clef remise à sa place. Je remontai au rez-de-chaussée lorsque j'entendis distinctement quelqu'un ouvrir la porte d'entrée. Sous le coup de la panique, je n'arrivai pas à me décider : valait-il mieux repartir en bas, essayer de trouver une autre sortie, ou bien attendre, tapie dans un coin ? Paniquer est le meilleur moyen de tout faire capoter. Immobile, j'attendis une bonne minute avant de passer une tête dans le couloir. Personne. Encore quelques mètres et je serais dehors. Je refermai la porte du couloir derrière moi sans faire de bruit, traversai le couloir sur la pointe des pieds et sortis enfin de la maison.

Ouf ! Voilà, c'était fini. J'étais tellement soulagée que je me mis à rire.

J'avais désormais en ma possession toutes les photos nécessaires. Avec le chantage, je m'embarquais dans l'inconnu. Meurtrière *et* maître-chanteur… Mon *curriculum vitæ* de criminelle s'étoffait.

33

Si je descendais du bus à mon arrêt habituel de Bathford, il me faudrait passer devant Lily Cottage pour gagner mon studio, si bien que je préférai attendre l'arrêt suivant. Moins de dix minutes après, j'arrivai chez moi par l'arrière de la maison, certaine, ainsi, d'échapper au regard inquisiteur de Theo.

Je n'allumai pas la télévision. S'il venait à mon propriétaire l'idée de coller l'oreille à ma porte, il n'entendrait strictement rien. Et s'il frappait, je ne répondrais pas. C'était idiot mais je me faisais une montagne de cette histoire de bracelet, alors que j'aurais tout simplement pu aller voir Theo, lui expliquer ce qui s'était passé, nous aurions fini par en rire et il m'aurait rendu mon bracelet.

Sauf que la façon qu'il avait de m'épier me filait la chair de poule.

Pourquoi restais-je dans cet appartement ? Je me posais régulièrement la question depuis que j'avais emménagé, et la réponse était toute bête : j'adorais mon petit studio douillet. J'adorais le fait que l'entrée soit indépendante, le bâtiment séparé de la maison, j'adorais me dire que j'étais la seule personne à franchir *ma* porte d'entrée, et je n'avais aucun voisin avec qui, dans une autre configuration, il aurait fallu faire un brin de causette dans une cage d'escalier ou un ascenseur. Je passais mes journées à discuter poliment avec des gens, si bien qu'en rentrant chez moi, j'appréciais de ne pas avoir à adresser la parole à qui que ce soit.

Si j'analysais le pour et le contre, l'impression désagréable que me laissait le regard de Theo ne pesait pas lourd dans la balance. Moins lourd que les avantages, en tout cas. Le fait de ne pas réussir à me débarrasser complètement de cette sensation aussi entêtante que poisseuse aurait dû me suffire à éviter de m'approcher de Theo. Je me demandais bien ce qui m'avait prise de me préoccuper subitement de son état de santé. Que m'importait de savoir s'il était toujours bien vivant ? Non, vraiment, je ne comprenais pas comment j'en étais arrivée à me retrouver la main coincée dans cette maudite boîte aux lettres.

Quelle petite imbécile j'étais, parfois. Et le pire, c'était que je me morfondais encore en pensant au bracelet en argent que j'avais perdu, le bracelet de ma mère. Le seul objet vraiment joli que je possédais. Mon regard se posa sur le cadre en argent dérobé lors de ma première visite chez les Wallace puis j'attrapai le livre dans lequel j'avais glissé la photo retirée du cadre. Un cliché en noir et blanc, un peu flou, du jeune Mr Wallace que l'on reconnaissait encore aisément. La femme à côté de lui devait être sa première épouse mais elle avait un visage quelconque, passe-partout.

Je remis soigneusement la photo entre les pages du livre.

En temps normal, j'aurais déjà mis la musique à

fond. Des airs de country, des ballades qui racontent toutes des histoires tristes, ou alors les morceaux de Carrie Underwood dans lesquels elle appelle à faire payer aux hommes les crimes qu'ils ont commis. J'ignore si de chez lui, à quelques mètres seulement de mon studio-garage, Theo entendait les basses de ma musique, mais pas une seule fois, il n'était venu se plaindre.

Donc normalement, je pouvais écouter de la musique à plein volume et ainsi éviter le silence pesant. Parce que même le soir, à part au moment de m'endormir, je supportais mal le silence. Les années avaient beau passer, avec le silence surgissaient encore dans ma tête, avec une acuité et une persistance féroces, les images des êtres à qui j'avais ôté la vie. Ces visions me tourmentaient sans relâche. Sauf que, si je mettais de la musique, Theo saurait que j'étais rentrée. Il viendrait frapper chez moi, et peut-être martèlerait-il jusqu'à ce que je lui ouvre. Il n'y avait qu'une seule et unique sortie dans mon studio et outre le fait que cela fût, j'en étais convaincue, parfaitement illégal, c'était indubitablement le gros point noir de ce logement. Si Theo se postait derrière la porte, j'étais tout bonnement acculée.

Comme j'avais été acculée par le harcèlement de Jemma, acculée par la mainmise d'Olivia sur notre situation financière, et c'était précisément cela qui m'avait conduite au meurtre. Il n'était pas question pour moi de tuer Theo sous le simple prétexte qu'il me regardait bizarrement. Et puis, le tuer engendrerait toutes sortes de complications. Qui sait ce qu'il adviendrait alors de sa maison, et donc de mon studio.

Je tâchai de ne plus penser à Theo et me recentrai sur la visite chez les Wallace, le matin même. Mr Wallace respirait-il encore ou avait-il enfin renoncé à la vie ?

Je passai du moribond à l'infirmière, Jolene. J'enrageais de ne pouvoir rien faire contre elle. Pour le bien de Mr Wallace, j'espérais néanmoins qu'elle ne remettrait plus jamais les pieds chez lui. Quant à moi, avec le temps, j'oublierais vite cette femme, pensais-je. Oui, je l'aurais vite oubliée si… elle n'avait pas été embauchée par Bartholomew Care Home.

La maison de repos de ma mère.

34

J'essayais de rendre visite à ma mère tous les deux ou trois jours. Si j'étais en congé, je passais une bonne partie de la journée à la maison de repos, je l'aidais à se doucher, à s'habiller, à manger, je m'asseyais à ses côtés dans le salon ou bien je la sortais, dans son fauteuil roulant, et nous nous baladions dans le jardin de la résidence. Cette routine variait très légèrement en fonction des saisons – un chapeau de paille en été, un manteau en hiver. Si j'enchaînais plusieurs gardes de nuit, je dormais quelques heures après le dernier service et allais voir ma mère dans l'après-midi.

Un jour, après quatre nuits de travail d'affilée, je trouvai ma mère dans sa chambre, devant la télévision allumée. Je ne dis pas qu'elle *regardait* la télévision, non, ce n'était absolument pas le cas. Elle était simplement installée devant l'écran, allumé sur une chaîne qui diffusait un programme de rénovation d'intérieur. Ça ou autre chose, cela ne faisait aucune différence pour ma mère.

Je déposai un bécot sur sa joue et remarquai aussitôt que quelqu'un l'avait maquillée et n'y était pas allé de main morte. « Bonjour, maman. Attends, je vais arranger ça et après, on ira faire un petit tour dehors, au soleil. » Je sortis un mouchoir en papier et le passai délicatement sur ses joues fardées, en mouvements circulaires. Elle était encore très belle. Tous les lundis, on lui lavait les cheveux et on lui faisait un beau brushing. Sa coupe n'avait pas changé depuis que j'étais enfant.

Je me servis du même mouchoir pour tamponner ses lèvres rougies artificiellement, puis reculai d'un pas pour l'admirer. Voilà qui était déjà mieux. Je lui passai la main dans les cheveux pour les faire bouffer un peu et souris. Beaucoup mieux. Aucun de mes gestes ne suscita la moindre réaction chez elle. Elle regardait droit devant elle, comme si j'étais transparente, comme si je n'étais pas là.

Quelques années auparavant, je l'inondais de paroles dans un monologue continu, je lui posais des questions, auxquelles je répondais moi-même, en changeant de voix, parfois. Ça ne servait à rien, sinon à m'amuser un peu. Désormais, ça ne m'amusait plus du tout et à présent, nous passions notre temps en silence, côte à côte. Pendant une période, je lui racontais ma vie, mon quotidien, dans le fol espoir, sûrement, de susciter chez elle une petite réaction. Je lui avais parlé des études d'infirmière que j'avais entreprises, du diplôme obtenu plus tard, du poste que l'on m'avait proposé à l'hôpital de Bath United. Et il m'arrivait encore de lui raconter certaines choses – elle « savait » que j'avais emménagé à Bathford, que je trouvais cela étrange, dans un sens, d'habiter la même commune que celle où j'avais grandi.

Je trouvai un grand chapeau de paille sur l'étagère supérieure de la petite armoire où ses vêtements étaient rangés. La couronne avait été écrasée et il me fallut un certain temps pour rebomber le chapeau sans casser les fibres. Une fois le couvre-chef présentable, je le posai sur sa tête et l'inclinai légèrement. « Voilà, parfait. »

Le fauteuil roulant était appuyé contre un mur dans un coin de la chambre. Je le dépliai et fixai le coussin sur l'assise. « Allez, maman, on y va. » Je la pris doucement par le coude et l'invitai à se lever. Elle m'obéit sans broncher. C'était la seule chose qu'elle faisait. De temps à autre, généralement quand une infirmière venait d'être embauchée et qu'elle était encore pleine d'énergie et d'optimisme, on essayait de faire marcher ma mère, de l'inciter à mettre un pied devant l'autre. J'avais vu certaines employées particulièrement zélées se mettre carrément à quatre pattes et lui faire avancer les pieds, l'un après l'autre, de quelques centimètres, tandis que deux collègues soutenaient ma mère par les bras, de chaque côté. Je les laissais faire et m'abstenais de leur expliquer que nous avions déjà tout essayé, que j'avais dépensé une fortune en séances de kiné, déambulateurs, cannes, béquilles et autres appareils pour la faire marcher. En vain. La vérité, c'était que ma mère pouvait parfaitement marcher mais ne le voulait pas.

Je plaçai le fauteuil roulant de ma mère et enclenchai les stabilisateurs. « C'est bon, tu peux y aller, dis-je en posant une main sur son épaule. Assieds-toi. » D'ordinaire, elle s'exécutait immédiatement et s'asseyait sur ce qu'on avait placé derrière elle dans un mouvement incertain. Mais une fois de temps en temps, sans raison apparente, elle refusait d'obtempérer.

« Maman, assieds-toi, on va prendre l'air. Tu aimes bien sortir, non ? »

Je dois avouer qu'il m'arrivait de tomber dans le même piège que celui qui m'avait tant fait critiquer Carol – prendre certaines initiatives pour me faire plaisir, à moi, plutôt qu'à ma mère. Il faisait très beau ce jour-là ; j'avais envie, *moi*, de faire un tour dans le superbe jardin de la résidence plutôt que de rester enfermée. Ma chère mère n'avait jamais montré le moindre intérêt pour ces sorties ni exprimé la moindre joie ou la moindre contrariété lorsqu'elle était dehors. Je retirai ma main. « Bon, tu préfères rester ici, c'est ça ? »

Le fait que je continue à lui poser des questions avait quelque chose de pathétique mais je ne pouvais pas m'en empêcher. Au bout de combien d'années allais-je enfin véritablement abandonner tout espoir ? Combien de questions allais-je encore lui poser, pour attendre, comme une idiote, qu'elle me réponde ? Et soudain, comme ça, sans crier gare, elle s'assit dans son fauteuil roulant. J'aurais bien aimé être encore capable de voir ça comme un encouragement de sa part, sa version de *O.K. On y va*, mais ça n'était pas le cas : elle en avait simplement marre d'être debout, rien de plus.

Je plaçai ses pieds sur les repose-pieds, ajustai son chapeau un peu de guingois et sortis de la chambre. Cap sur la sortie principale.

J'accélérai le pas dans le couloir à la hauteur du bureau des infirmières. Je connaissais désormais toutes les employées permanentes par leur prénom et si l'infirmière en chef de service ce jour-là me voyait, il faudrait que je m'arrête pour échanger quelques mots. Le genre de conversation tout ce qu'il y a de plus poli et, du côté soignant, toujours empreinte de compassion sincère, mais je n'étais pas d'humeur.

En passant devant la vitre du bureau, je constatai que la chance était de mon côté : l'infirmière en chef était en train de discuter avec une collègue ainsi qu'avec quelqu'un de la famille d'un résident, probablement, et je pouvais m'en tirer avec un simple salut de la main. C'était d'ailleurs précisément ce que je m'apprêtais à faire, un grand sourire aux lèvres, en pointant la sortie du doigt, en lui lançant peut-être même un « On sort faire un petit tour » qu'elle aurait lu sur mes lèvres et qui n'aurait appelé aucun retour. Cette maison de repos faisait très rarement appel aux services d'une agence mais de toute évidence, ils avaient eu besoin d'une personne en urgence. Et cette personne, cette collègue dans son uniforme plus chic que celui des autres, je la reconnus aussitôt. Cette chère Jolene.

Jolene allait s'occuper de ma mère.

J'eus envie de débouler dans le bureau, de l'attraper par le col de son uniforme, de la secouer comme un cocotier et de lui filer une bonne paire de baffes. De hurler pour faire venir le directeur. De dénoncer Jolene, de tout balancer sur la façon dont elle s'était « occupée » de Mr Wallace, de la faire virer séance tenante. Mais j'étais impuissante. Je n'avais jamais signalé ses agissements et à présent, il était trop tard.

Je passai mon chemin, pianotai le code sur le boîtier de sécurité de l'entrée principale et sortis dans le jardin avec ma mère.

*

Des sentiers spécialement aménagés pour les fauteuils roulants sillonnaient le parc de la maison de repos, serpentant à l'ombre des grands arbres centenaires. D'habitude, nos balades prenaient la forme d'une visite guidée, je commentais ce que nous voyions, comme si ma mère avait été aveugle. Mais voir Jolene m'avait perturbée. Si seulement je pouvais faire part de mes réserves sur cette fille au directeur… mais que lui dirais-je exactement ? Que je l'avais vue délaisser un patient dont elle était censée s'occuper ? Le directeur me demanderait aussitôt où et quand, puis il voudrait savoir si j'avais fait remonter l'information à qui de droit. En outre, j'aurais été bien en peine de justifier ma présence chez les Wallace. C'était trop risqué. Et certes, j'avais eu pitié de Mr Wallace en constatant l'indifférence de Jolene, mais pas pitié au point de signaler les manquements de l'infirmière au code déontologique de notre profession. Et à présent, cette femme était là, et je commençais à comprendre que ma mère serait peut-être la prochaine victime de cette infirmière je-m'en-foutiste.

Ma mère vieillissait et son état de prostration avait des conséquences sur sa santé que certains traitements pouvaient certes ralentir mais en aucun cas éviter. Si elle tombait malade, je m'occuperais d'elle, naturellement, mais je ne pouvais pas être à son chevet vingt-quatre heures sur vingt-quatre. Quand j'allais me coucher, le soir, j'avais besoin de savoir que quelqu'un de confiance prenait soin d'elle, et j'avais vu, de mes yeux, ce que « prendre soin de quelqu'un » voulait dire pour Jolene.

Le fait que cette résidence n'employait quasiment

pas d'infirmières pour des missions ponctuelles ne voulait pas dire qu'elle ne le faisait *jamais*. Et ça pouvait alors tomber sur Jolene. La preuve.

Il était hors de question que cela se reproduise.

35

Le temps était vraiment très plaisant ce jour-là, pas un nuage en vue dans le ciel bleu et une agréable température digne d'un bel été, sans être caniculaire. Je poussai le fauteuil roulant jusqu'à un banc placé devant un parterre de roses. Un joli petit endroit pour se reposer quelques instants. Le parfum enivrant des roses était le bienvenu après l'air saturé de produits de nettoyage que l'on respirait dans la résidence. En somme, l'endroit idéal pour me poser et me calmer. Mes nerfs avaient été mis à rude épreuve depuis que j'avais aperçu Jolene, il fallait que je me détende si je voulais trouver une solution.

Les rayons du soleil avaient réussi à se frayer un chemin entre les branches des arbres sous lesquelles nous étions encore à l'ombre quelques minutes plus tôt. Je déplaçai légèrement le fauteuil de ma mère, remis son chapeau bien en place et baissai son bras relevé devant sa figure pour se protéger du soleil. « Alors, qu'est-ce que tu en penses, maman ? On fait quoi avec Jolene ? »

Elle avait peut-être un avis sur cette femme mais préférait le garder pour elle. Au début, les premières années qui avaient suivi son repli total sur elle-même, je me demandais souvent si, lorsqu'elle se réveillerait, elle me parlerait de tout ce qui lui avait traversé l'esprit, les pensées, les opinions, les commentaires qu'elle avait gardés pour elle durant toutes ces années.

Les mots d'amour qu'elle avait mis de côté pour moi.

Je nous imaginais toutes les deux enlacées, en sanglots, submergées par l'émotion des retrouvailles. L'amour inconditionnel qu'elle éprouvait pour moi nous envelopperait alors, et cet amour serait celui des périodes de faste de mon enfance, exactement le même.

Tu divagues, Lissa. Je me levai d'un bond. Il fallait y aller, c'était l'heure du souper, comme on disait ici pour parler du repas servi à 17 h 30 précises. Quand j'étais là, c'était moi qui la faisais manger, et je préférais que son repas lui soit servi dans sa chambre individuelle. C'était plus tranquille que dans la salle à manger, avec les autres résidents, dont certains ne se privaient pas de faire des commentaires déplaisants sur tous ceux qu'ils croisaient. Surtout quand il s'agissait d'une personne inconnue comme moi – inconnue, je ne l'étais certainement pas, mais ces personnes âgées-là ne me reconnaissaient jamais. J'avais déjà essuyé des remarques sur ma tenue, ma coiffure, la façon dont je me tenais assise, et même sur la manière dont je portais la cuiller à la bouche de ma mère. J'avais tenu le coup un moment mais, au bout de quelques visites, avais exigé que les repas de ma mère lui fussent servis dans sa chambre lorsque j'étais là.

De retour dans le bâtiment, j'aperçus le chariot de distribution de médicaments dans le couloir et entendis la voix de Jolene dans une des chambres ouvertes. Je me sentis sourire malgré moi. Mrs Downs était connue pour prendre un temps fou avant d'accepter de prendre son traitement. Elle examinait toujours scrupuleusement les gélules que l'on mettait devant elle et insistait pour qu'on lui explique à quoi chacune servait. À chaque prise de médicaments, c'était le même cirque. Et quand elle consentait enfin à les prendre, le numéro n'était pas terminé, elle feignait de s'étouffer, crachait de l'eau partout et prenait des airs de suppliciée. Elle vivait à la résidence depuis une bonne décennie et c'était de pire en pire chaque année.

Officiellement, une infirmière ne doit pas s'éloigner de son chariot de médicaments. Elle doit le surveiller constamment. *Officiellement*. La réalité, c'est que la plupart d'entre nous procèdent exactement comme Jolene ce jour-là : on ferme le chariot à clef et on entre dans la chambre du patient en laissant le chariot dans le couloir. On ferme le chariot *à clef*. Et si elle avait oublié de le verrouiller ? Non, elle n'était tout de même pas étourdie à ce point-là… si ? J'arrêtai le fauteuil roulant devant le chariot. D'où j'étais, je voyais Jolene de dos, dans la chambre. Elle se tenait devant un fauteuil, légèrement penchée sur une vieille dame toute menue, ratatinée sous une couverture, et elle parlait fort, comme si Mrs Downs était sourde, et pas simplement têtue et récalcitrante.

Je posai une main à plat sur le dessus du chariot, la laissai glisser sur un côté et cherchai des doigts le rebord du bac supérieur. Sans quitter un instant Jolene des yeux, je poussai le plateau du bac vers le haut. Quelle ne fut pas ma stupéfaction de constater, non sans une certaine jubilation, que le bac était resté ouvert ! Dès lors, je sus exactement ce qu'il me restait à faire. Mon plan était imparable.

J'avais vu assez de chariots de distribution de médicaments ouverts ces dernières années pour savoir exactement comment l'intérieur était aménagé. La grande majorité des médicaments à administrer aux résidents se présentait sous forme de pochettes cartonnées sur lesquelles on indiquait les instructions, que l'on suspendait aux crochets d'un tableau conçu à cet effet, tableau qui se trouvait dans la PUI, la pharmacie à usage intérieur. Un crochet par tournée de médicaments. Mais certains traitements ne se prêtaient pas à ce format, il fallait utiliser des sachets individuels contenant l'ensemble des gélules à dispenser à un malade. C'étaient précisément ces sachets-là qui m'intéressaient. Et pour les atteindre, il me faudrait soulever le plateau un peu plus. D'une main, je relevai le plateau et de l'autre, je me mis à palper les sachets. J'en saisis un au petit bonheur et fis glisser une gélule dans le creux de ma main. Je répétai l'opération avec deux autres sachets puis refermai tranquillement le plateau du chariot.

Une fois revenue dans la chambre de ma mère, je l'aidai à s'installer dans son fauteuil, devant sa table, et attendis. La plupart des résidents à notre étage étaient descendus à la salle à manger pour dîner, donc Jolene n'allait pas tarder à passer dans notre chambre. Comme je craignais qu'elle me reconnût, j'essayai de changer un peu de tête. Mes cheveux étaient plutôt courts mais j'avais néanmoins réussi à les rassembler en une minuscule queue-de-cheval, que je m'empressai de défaire, avant de m'ébouriffer les cheveux en passant la main dedans. *Pas terrible comme camouflage, mais avec l'aide de mon téléphone portable, ça devrait faire le job*, me dis-je. Avec sa coque qui s'ouvrait comme un livre, si je le tenais contre mon oreille et que j'écartais bien les doigts, une bonne partie de mon visage resterait cachée.

Lorsque j'entendis le chariot s'arrêter devant la chambre, je me lançai dans un échange téléphonique imaginaire. « Non, non, ça ira, je vous assure, je pourrai y aller directement », dis-je à tue-tête en acquiesçant, comme si j'étais d'accord avec mon interlocuteur. En apercevant la silhouette de Jolene passer à côté de moi, je me mis à chuchoter dans l'appareil : « Aucun problème, ne vous inquiétez pas, je… Une petite seconde, s'il vous plaît. » Sans me retourner complètement, je m'adressai à Jolene : « Vous pouvez laisser les médicaments de ma mère sur la table, j'ai l'habitude de les lui donner, merci », avant d'enchaîner aussitôt : « Donc oui, ça marche pour moi, on fait comme ça. D'accord, très bien… » Je continuai à déblatérer n'importe quoi – je manque sérieusement d'imagination, parfois – jusqu'à ce que le son des roulettes du chariot qui s'éloignait dans le couloir disparaisse entièrement.

Je me jetai tout de suite sur les pilules que l'infirmière avait laissées sur la table, dans un gobelet. Six pilules. Les mêmes, tous les jours. Dont trois qui provenaient d'un sachet. Je récupérai ces trois pilules et les remplaçai par les trois que j'avais subtilisées dans le chariot.

Puis je m'assis, un sourire aux lèvres.

Mission accomplie.

Il me restait environ six minutes avant l'arrivée du plateau-repas de ma mère.

Un laps de temps largement suffisant pour laisser entrer le loup dans la bergerie.

*

Par chance, le directeur, Stefan Albescu, se trouvait dans son bureau. La porte était ouverte, il pianotait à toute vitesse sur son clavier d'ordinateur, concentré, le front plissé, les yeux braqués sur l'écran. S'il comptait passer une journée tranquille, il se trompait.

Je frappai deux petits coups à la porte et lorsqu'il releva la tête, je lui adressai un sourire gêné.

— Monsieur Albescu, je m'excuse de vous déranger mais… j'ai un petit souci.

— Un souci ? répéta-t-il avec un haussement d'épaules tout en m'invitant à m'asseoir. Ce ne serait pas le premier de la journée, ajouta-t-il avec fatalisme.

Il dirigeait la résidence depuis près de huit ans. C'était un homme efficace, extrêmement professionnel, sympathique avec les résidents, juste envers ses employés, bref, le meilleur directeur que cette maison ait eu depuis que ma mère y séjournait. Notre relation était on ne peut plus cordiale, ce qui n'était pas bien compliqué puisqu'il faisait du très bon travail et que je n'avais jamais eu à me plaindre depuis qu'il occupait ce poste. Un élément qui jouait en ma faveur.

Je posai le gobelet sur son bureau.

— Comme vous le savez, je passe souvent voir ma mère à l'heure des repas et lui fais prendre ses médicaments quand je suis là. Étant moi-même infirmière, vérifier ce qu'on fait prendre aux patients est une sorte de réflexe et… *(Je penchai alors la tête vers le gobelet.)* à moins que son traitement ait changé depuis ma dernière visite il y a deux jours, ça, ceci ne correspond pas à son traitement.

— Nous vous aurions informée en cas de changement, dit-il en se saisissant du gobelet. Je ne connais pas forcément le traitement médicamenteux de tous les résidents, mais si vous me donnez une minute, je vais vérifier ça tout de suite.

Il se leva et sortit du bureau avant que je n'aie le temps de répondre.

Au bout de quelques minutes, comme il ne revenait toujours pas, je me levai à mon tour, fis un pas dans le couloir et reculai dès que j'entendis des éclats de voix se rapprocher.

— Je ne comprends pas, monsieur, disait Jolene. Je ne fais jamais d'erreur avec les médicaments. Je suis ultra vigilante. S'il y a eu une erreur, c'est parce que le chariot a été mal rempli, c'était le bazar à l'intérieur.

Mr Albescu se dirigeait vers la porte principale, il tapa le code de sécurité et maintint la porte ouverte, sans la franchir lui-même.

— C'est toujours la faute des autres, n'est-ce pas ? Vous avez commis une faute lourde. Je ne manquerai pas d'en faire part à l'agence qui vous emploie et ferai également un signalement au NMC.

Cet homme était bien trop professionnel pour laisser la porte ouverte derrière l'infirmière. Pas moi. Je brandis le poing en l'air – j'avais réussi – et retournai vite m'asseoir. Le NMC prenait très au sérieux tout manquement à sa charte et les erreurs commises sur les traitements dispensés étaient sanctionnées très sévèrement. Jolene serait privée de son droit d'exercer son métier. Les patients et les résidents qui avaient eu le malheur de croiser son chemin seraient désormais un peu plus en sécurité.

Mr Albescu se confondit en excuses.

— Une chose pareille n'aurait jamais dû arriver. Heureusement que vous étiez là aujourd'hui et que vous avez eu l'œil.

Le pauvre homme avait l'air très chagriné. L'erreur supposée de Jolene donnait une mauvaise image de la résidence.

— Je vous prie de bien vouloir accepter mes sincères excuses pour cet incident. Soyez certaine que cela ne se reproduira pas.

Je n'étais certaine de rien du tout parce que je savais que, malheureusement, l'erreur est humaine, et des erreurs de ce genre n'étaient pas rares. La plupart du temps, elles restaient anodines mais les négligences au niveau des soins, en revanche, pouvaient être lourdes de conséquences. Je n'étais pas près d'oublier le cas de ce pauvre Mr Wallace.

— J'ai toujours été très satisfaite de votre résidence, monsieur Albescu. Et je ne vois aucune raison pour que cela change. Ce n'était qu'une malheureuse erreur, rien de plus. Et je suis contente de voir que vous avez tout de suite réagi.

Contente ? Un euphémisme. J'étais ravie.

Je retournai dans la chambre de ma mère et arrivai juste au moment où une employée de service posait un plateau-repas devant elle.

— On est un peu en retard aujourd'hui.

— Ce n'est pas grave. Hum, ça a l'air bon, commentai-je en approchant une chaise de la table. Regarde, maman, du poulet au curry, ton plat préféré.

Son plat préféré à une autre époque, dans une autre vie. Elle cuisinait souvent du poulet au curry, et sans aucun ingrédient tout prêt. Elle écrasait elle-même les épices dans un mortier, faisait mariner la viande, et moi, je l'observais en humant les parfums qui se diffusaient dans la cuisine. Ensuite, on s'asseyait tous les trois autour de la table, sous la suspension centrale, ma mère, mon père et moi, et on riait, on bavardait, on mangeait, tous ensemble. Le bonheur.

Mais était-ce vraiment comme cela à l'époque ? Allez savoir. Les années passant, j'avais peut-être fini par idéaliser le passé, par le réinventer, pour qu'il soit plus supportable. J'étais devenue incapable de distinguer la vie que j'avais réellement eue de celle que je *voulais* avoir vécue.

Parfois, comme à ce moment précis, j'étais happée par mon passé, au point d'oublier ce que j'étais en train de faire. Ma mère ne me rappela pas à l'ordre, elle ne se plaignit pas de devoir attendre la cuillerée suivante, elle ne me reprocha pas d'avoir laissé son plat refroidir.

Après le repas, je parcourus les feuilles du quotidien que je faisais livrer à la résidence. J'avais demandé aux employées de lui faire la lecture, ne serait-ce que quelques minutes par jour, quand je n'étais pas là, mais il m'arrivait parfois de trouver le journal de la veille encore dans son bandeau de transport, clairement jamais ouvert.

Si cette négligence de la part du personnel de la résidence m'agaçait, je la comprenais néanmoins. Les employées devaient se dire, et ce n'était pas sans fondement, qu'elles avaient mieux à faire que de lire le journal à une femme incapable de s'intéresser à ce qui se passait dans le monde. J'aurais pu faire des économies en lisant chaque jour à ma mère le même journal, je suis bien certaine qu'elle n'y aurait vu que du feu.

J'ouvris le quotidien sur la table et lui lus plusieurs pages.

« Voilà, je vais rentrer chez moi maintenant, maman », dis-je après lui avoir fait boire son thé. Parfois, au moment de l'embrasser pour lui dire au revoir, j'avais encore l'impression qu'elle allait faire un geste vers moi, me tapoter la joue, tourner la tête, m'embrasser à son tour et plonger ses yeux dans les miens sans dire un mot, implorer silencieusement mon pardon.

Ah, ça, j'étais très douée pour me faire des films.

36

Quand je rendais visite à ma mère, j'éteignais mon téléphone afin de lui consacrer toute mon attention. En quittant la résidence ce soir-là, une fois dans l'avenue qui débouchait sur la route principale, je sortis mon portable de mon sac et le rallumai. J'avais reçu les messages habituels de l'agence me confirmant les lieux et horaires de mes prochains services, et un appel en absence. Le fait que cet appel émanât du notaire de ma mère, Jason Brooks, ne me surprit pas spécialement. Si je n'avais officiellement plus besoin de ses services, il m'appelait une fois de temps à autre pour me donner quelque conseil – que je suivais, ou pas. Mais c'était quelqu'un que j'appréciais, que je pouvais associer à ma famille.

Je n'hésitai pas une seconde à le rappeler tout en continuant à marcher.

— Bonjour, c'est Lissa à l'appareil.

— Ah, Lissa, merci de me rappeler. Vous êtes au travail ?

— Non, je sors de la maison de repos, j'ai passé la journée avec ma mère.

— Ah, d'accord. Je suis passé la voir, moi aussi, la

semaine dernière. J'ai trouvé qu'elle avait plutôt bonne mine.

— Elle ne change pas beaucoup, c'est vrai.

Je fis une halte au bout de l'avenue et m'adossai à un platane. L'appel de Brooks n'avait rien d'exceptionnel en soi mais je crus percevoir à son ton compassé qu'il avait quelque chose de particulier à me dire.

— Eh bien, maître, je vous écoute.

— Lissa, seriez-vous libre un de ces jours pour que nous allions déjeuner tous les deux ?

Déjeuner avec lui ? Voilà qui était inhabituel. Nous nous étions vus à plusieurs reprises ces dernières années, mais toujours à son étude. Il m'avait offert une tasse de thé, voire un petit gâteau, mais ça n'avait jamais été plus loin. Par ailleurs, je ne le soupçonnais aucunement d'être malintentionné. Maître Brooks était marié à une femme d'une rare beauté et moi… eh bien, j'étais comme j'étais.

— Oui, avec plaisir. Je suis disponible demain midi si cela vous convient.

— Demain… attendez voir… oui, parfait. The Ivy, à Bath, vous connaissez ? À 13 h 30, ça vous irait ?

— Très bien, ça me va. À demain, alors.

— À demain, Lissa.

Je l'entendis raccrocher mais restai appuyée contre l'arbre, téléphone collé au menton. Je ne voyais vraiment pas ce que le notaire de ma mère pouvait bien me vouloir. Pas plus que je ne savais où se trouvait The Ivy, mais ça, Internet me le dirait.

*

The Ivy, situé sur Milsom Street, était le genre de restaurant que les gens comme moi ne fréquentent pas. Et par « les gens comme moi », je veux parler de ceux qui ont une garde-robe limitée au strict minimum vital. Je fis défiler sur l'écran de mon ordinateur les photos de la salle, publiées sur le site du restaurant. Des moulures en veux-tu en voilà, des chandeliers, des fauteuils en cuir, des nappes blanches immaculées, de l'argenterie, des verres élégants. Même avec mon plus beau pantalon à pinces et un haut correct, j'allais faire tache dans ce décor.

Je n'avais même plus mon joli bracelet en argent pour rehausser ma tenue d'une petite touche chic. Je me demandais bien ce que Theo avait pu en faire. Il avait peut-être deviné qu'il était à moi. D'ailleurs, peut-être m'avait-il même vue devant chez lui, mais quoi qu'il en soit, il n'était pas venu m'en parler. Naturellement, j'aurais vraiment bien aimé récupérer mon bracelet mais il n'était pas question que j'aille le voir pour lui avouer mon crime. Enfin, le seul véritable crime de ma part était d'avoir faire preuve d'imprudence.

Je fis une insomnie cette nuit-là en réfléchissant à ce que j'allais bien pouvoir me mettre pour aller au restaurant. Un rendez-vous amoureux avec un homme totalement craquant ne m'aurait pas mise dans un autre état ! Enfin, j'imagine, parce qu'en réalité, je n'en savais rien. Jamais de ma vie, je n'avais eu à honorer un rendez-vous amoureux, que ce soit avec un bel homme ou pas. Si j'étais désormais passablement à l'aise avec mon corps, je n'en avais pas pour autant oublié les commentaires cruels de mes camarades d'école. J'avais toujours un énorme pif et une bouche disproportionnée pour mon visage. Quand les hommes me regardaient, je savais tout de suite ce qu'ils pensaient et je me gardais bien de leur donner l'occasion de me le dire. Ce qui n'entamait en rien la confiance que j'accordais volontiers à certains. Tous les hommes n'étaient pas comme mon père. *Des bigames. Des menteurs. Des baratineurs. Des briseurs de rêves.*

Au petit matin, je passai à nouveau en revue le contenu de mon armoire. Qui sait, une bonne fée était peut-être passée par là pendant la nuit – et, écœurée, avait de toute évidence fait demi-tour dare-dare : mes guenilles étaient toujours des guenilles. Bon. J'avais rendez-vous à 13 h 30, il me restait encore plusieurs heures.

À 9 heures pétantes, j'arrivai devant la boutique de vêtements de deuxième main de Walcot Street. C'était un de mes magasins préférés. Je n'y achetais presque jamais rien mais je commençais à bien connaître la gérante, une femme fort sympathique à laquelle je n'aurais pas su donner un âge précis. Elle était toujours coiffée d'une perruque de mauvaise facture qui ne payait vraiment pas de mine, surtout quand elle la portait, volontairement ou pas, qui sait, à l'envers. D'ordinaire, elle s'habillait avec des frusques dépareillées du genre de celles qu'elle n'arrivait jamais à vendre. Comme aucune ne lui allait vraiment, elle en enfilait plusieurs couches, dissimulant les hauts trop petits sous plusieurs pulls larges et informes. Cette allure pour le moins excentrique lui donnait néanmoins un air de respectabilité et par ailleurs, elle avait le compas dans l'œil avec les clients, elle voyait tout de suite la taille que vous faisiez.

Je la trouvai devant un portant improvisé – une tringle à rideau, me sembla-t-il –, en train de mettre des manteaux de toutes sortes sur des cintres. J'attendis qu'elle eût terminé avant de m'avancer vers elle.

— Coucou Maggie.

— Tiens, Lissa ! Qu'est-ce qui t'amène de si bon matin ?

Convaincue qu'elle allait pouvoir me tirer d'affaire, j'annonçai tout de suite la couleur :

— Je suis dans la mouise. On m'a invitée à déjeuner à The Ivy tout à l'heure et je n'ai rien à me mettre de correct.

Elle plaqua ses deux mains sur sa perruque et la fit légèrement pivoter. La perruque était toujours à l'envers, l'ajustement n'y changeait rien. J'eus envie de l'attraper et de la remettre à l'endroit mais me ravisai. J'aimais bien venir dans cette boutique, il fallait que je me tienne. Et puis, j'aimais bien Maggie aussi, malgré ou peut-être grâce à ce petit air de se foutre complètement de ce que les gens pensaient d'elle.

— Maggie, tu crois que tu vas pouvoir m'aider ?

— Hum. Et tu as un budget de moins de cinq livres, je suppose ?

Elle m'avait bien cernée.

— Dix maximum, s'il le faut.

— Bon, dix livres, alors, conclut-elle avant de disparaître au fond du magasin.

La boutique était étroite et tout en longueur, bordée d'étagères et de penderies surchargées. Les clients avaient le droit de fouiner autant qu'ils le voulaient mais se mettre en quête d'un vêtement bien particulier revenait à chercher une aiguille dans une botte de foin. Sous sa perruque ridicule, Maggie tenait constamment à jour l'inventaire de son magasin, de sorte que s'il y avait dans cet endroit une tenue susceptible de me convenir, elle seule savait où la trouver.

Elle revint bientôt vers moi avec plusieurs vêtements, qu'elle jeta sur le comptoir et commença à trier. D'une boule de tissus mêlés émergèrent trois robes. Des robes ! La dernière fois que j'en avais porté une, c'était lors de mes premiers stages – époque à laquelle l'uniforme d'infirmière d'aujourd'hui, pantalon et tunique, n'était pas encore courant. Contrairement aux anciennes robes d'infirmière, blanches, celles-ci arboraient des motifs floraux passablement cuculs. Pas le genre de robe que j'aurais choisi pour moi.

— Essaie-les avant de te faire une opinion, déclara Maggie, qui parut lire dans mes pensées. Tu seras peut-être agréablement surprise.

La cabine d'essayage était minuscule. Malgré mon petit gabarit, je me cognai les coudes en retirant mon t-shirt. J'enfilai la robe la moins voyante des trois, tirai le rideau de la cabine et allai me poster devant une glace. Je souris malgré moi. Maggie avait vu juste, j'étais agréablement surprise. Une robe bleu ciel avec de toutes petites fleurs bleu marine, cintrée à la taille, ce qui faisait ressortir mes formes – alors que, d'ordinaire, j'avais une silhouette de crevette anémiée.

— Elle est super, cette robe.

— Elle te va comme un gant, confirma Maggie. Elle est à quatorze livres mais je te la laisse à dix.

— Marché conclu.

Je retirai la robe et passai à la caisse. Je tendis un billet de dix livres à Maggie.

— Tiens, et merci.

— Amuse-toi bien, dit-elle en allant s'occuper d'un autre client matinal.

*

J'arrivai devant The Ivy à 13 h 20. En avance, comme d'habitude. Jason serait à l'heure, j'étais certaine que ce n'était pas le genre d'homme à arriver en retard. J'avais le choix : soit je poireautais devant l'entrée comme une gourde, soit je traversais la rue et j'allais jeter un œil à la vitrine de la librairie située en face. L'option numéro deux s'imposa d'elle-même. C'était une bonne façon de faire passer le temps agréablement et cela me permettait de garder un œil sur l'entrée du restaurant. Je vis Jason arriver, attendis une minute, le temps qu'il s'installe à une table, puis retraversai la chaussée.

La réception se trouvait dans le hall d'entrée du restaurant. La femme qui officiait là affichait le sourire forcé de rigueur dans ce genre d'emploi mais son accueil fut néanmoins chaleureux. Elle n'y était pour rien mais j'eus aussitôt l'impression d'être un véritable laideron. Avec sa petite robe noire à la coupe irréprochable, son maquillage impeccable et sa superbe chevelure qu'elle avait dû passer des heures à boucler, elle était tout simplement éblouissante.

L'intérieur du restaurant m'éblouit tout autant. C'était encore plus impressionnant en vrai que sur Internet. Je suivis la réceptionniste au fond de la salle, dans un coin tranquille, sans me presser, prenant le temps d'observer la décoration ainsi que la clientèle huppée. Plus j'avançais et plus je me sentais mal à l'aise.

Je retrouvai un peu d'assurance en voyant le sourire de Jason. Il se leva et vint m'embrasser.

— Je suis content de vous revoir, Lissa. Ça fait un petit moment, n'est-ce pas ?

— Bien trois mois, je pense, dis-je en me glissant dans un fauteuil en cuir. J'étais là quand vous étiez passé voir ma mère.

— Commandons avant de nous mettre à discuter, si vous le voulez bien, proposa-t-il en me tendant un menu.

Il ne laissait rien paraître de la discussion qui nous attendait. Probablement un point à voir sur la nature des soins à dispenser à ma mère. Je fus tentée de lui suggérer de procéder dans l'autre sens, de commencer par la discussion sérieuse afin de pouvoir, ensuite, profiter pleinement du déjeuner, mais je me ravisai. Je devais beaucoup à Jason et préférais ne pas le froisser.

Ayant déjà étudié le menu sur le net, je n'eus pas à demander ce que contenait tel ou tel plat, et lorsque la serveuse arriva, je pus lui dire ce que je voulais d'un air blasé, comme s'il m'arrivait tous les jours de commander une soupe à l'oignon et à la truffe.

La soupe fut un régal, le canard aussi. Quant au moelleux au *toffee* avec lequel j'achevai le repas, j'en laissai quelques miettes au fond de l'assiette, à contrecœur, pour éviter de passer pour une morfale.

Nous en étions au café lorsque Jason consentit enfin

à aborder le sujet qui l'avait poussé à m'inviter à déjeuner.

— Je m'inquiète pour vous, Lissa.

Pour moi ? Quelqu'un s'inquiète pour moi ? Je m'attendais à tout sauf à ça, et dans l'instant, les larmes me montèrent aux yeux.

— C'est très gentil, Jason, mais vous ne devriez pas vous inquiéter, je vais très bien.

Il se pencha en avant et posa une main sur la mienne. Une grande main chaude.

— Vous êtes si frêle, Lissa, dit-il en plongeant ses yeux dans les miens. Quand je vous ai vue il y a quelques mois de ça, à la maison de repos, je ne vous cacherai pas que votre maigreur m'a frappé. Je pense beaucoup à vous depuis ce jour-là. Je me disais que vous traversiez peut-être une sale période, qu'aujourd'hui, je vous trouverais plus en forme, mais… Vous avez encore perdu du poids, non ? J'ai l'impression que vous ne prenez pas soin de vous comme il le faudrait, Lissa. J'ai discuté avec le directeur de la résidence de votre maman, il m'a dit que vous allez la voir dès que vous avez une journée de congé, et que vous restez là-bas des heures entières.

— C'est ma mère, c'est normal que j'aille la voir, non ? Elle a besoin de moi.

Jason Brooks exhala un long soupir.

Pitié, faites qu'il ne dise pas ça. Non, faites qu'il ne dise pas qu'elle n'a pas besoin de moi, qu'elle irait aussi bien si je n'allais jamais la voir, faites qu'il ne dise pas quelque chose comme ça. Sinon je vais me mettre à haïr cet homme.

Ses doigts me comprimèrent la main un instant.

— Elle a beaucoup de chance de vous avoir. Soulagée, j'esquissai un sourire.

— Merci.

Mais Jason n'en avait pas terminé avec moi.

— Cependant, il faudrait vraiment que vous preniez un peu de temps pour vous, Lissa. Quelques jours de vacances, pour partir un peu vous reposer, par exemple.

— Ah oui, c'est une bonne idée, je vais y penser, merci.

Je continuai à sourire mais cela me coûtait, à présent.

Partir en vacances ? Même en admettant que je consente à abandonner ma mère quelques jours, le prix d'une seule nuitée d'hôtel ferait exploser mon budget. Sans oublier que j'essayais d'économiser pour m'acheter une voiture.

— Je me suis renseigné pour trouver un autre type d'hébergement pour votre maman.

Il dut comprendre, à ma tête, que je commençais à me braquer. Il leva une main.

— Écoutez-moi jusqu'au bout, Lissa, je vous en prie. C'est vous qui réglez le reste à charge et qui financez toutes les autres dépenses de votre mère. Il ne doit plus vous rester grand-chose de votre épargne, ni grand-chose sur votre compte bancaire à la fin du mois, et je pense que c'est justement à cause de cela que vous ne prenez pas soin de vous. Il existe des maisons de repos tout aussi bien que celle où se trouve votre mère, vous savez, et que l'État prend en charge à cent pour cent. Vous auriez enfin un peu d'argent à vous, Lissa, une vie *à vous*.

Il essayait de se montrer gentil, je le voyais bien, mais il ne comprenait rien à rien.

— Elle mérite ce qu'il y a de mieux, Jason. Je vous rappelle que j'ai travaillé dans le genre d'établissement dont vous parlez, et je sais comment ils fonctionnent, les compromis inévitables qu'on y fait tout le temps. Donc merci de vous préoccuper de mon sort mais en ce qui concerne ma mère, elle reste là où elle est.

Jason comprit que c'était sans appel.

— Bon, eh bien, j'aurais au moins essayé, dit-il sur un ton résigné qui m'arracha un sourire.

— Oui, et je vous en remercie, j'apprécie, mais si vous tenez vraiment à ce que je me nourrisse mieux, vous pouvez me réinviter à déjeuner quand vous voulez !

Il s'esclaffa. Le déjeuner se termina dans la bonne humeur.

J'aurais pu lui dire que j'avais peut-être trouvé un moyen d'augmenter mes revenus mais je doute qu'il eût approuvé mon choix.

37

Sur le trajet du retour, j'envoyai un message à Carol lui demandant si elle était disponible pour que l'on prenne un café toutes les deux. Je n'avais pas eu de nouvelles d'elle depuis le jour de notre rendez-vous à la jardinerie. Pas un merci pour le déjeuner, rien. De l'argent jeté par la fenêtre, ce déjeuner. Contrairement aux dix livres payées pour ma robe, songeai-je en lissant le bord d'une main. Si Carol acceptait de me voir, je mettrais cette robe, ça lui en boucherait un coin. Ce style de vêtement passait tout de même mieux dans le genre d'endroit que nous fréquentions habituellement qu'à l'Ivy.

J'avais besoin de savoir où en était la situation avec Mr Wallace avant de passer à l'étape suivante de mon plan d'action. Il était peut-être mort à l'heure qu'il était. Ce qui ne changerait rien à ce que j'avais l'intention de faire mais cela pourrait néanmoins modifier la façon dont j'allais aborder les choses.

Étonnamment, Carol me répondit en quelques minutes seulement.

Oui, avec plaisir. Quand ça ?

Deux nuits de garde m'attendaient. Il aurait été plus raisonnable d'attendre le surlendemain. Il aurait surtout été plus raisonnable de lâcher complètement l'affaire, qui s'annonçait casse-gueule. Mais depuis que j'étais en possession de preuves, avec les photos, je me disais que ça pouvait marcher. L'inconvénient, c'était que pour pouvoir avancer, j'avais désormais besoin que Mr Wallace quitte ce monde. Car pour faire chanter une veuve, il faut d'abord qu'elle devienne veuve, naturellement.

Je tapai ma réponse.

Demain, ça te va ? 14 h au café Renaldo ?

Ça marche.

☺

*

Cette nuit-là, je n'eus pas un instant de répit au travail. Au petit matin, j'étais éreintée. Au lieu des trois auxiliaires de vie prévues au planning, nous n'en avions eu que deux. Conséquence : tout le monde avait passé la nuit à courir dans tous les sens. Je rentrai chez moi sur les rotules et sombrai dans un sommeil proche du coma pendant trois heures. Au réveil, la première chose qui me traversa l'esprit fut d'appeler l'agence pour leur dire que je ne pourrais pas aller travailler le soir, que j'étais malade, à bout de forces. Que je n'en pouvais plus, que le notaire avait raison, qu'il fallait que je prenne du temps pour moi et que je lève le pied sur la quantité de travail que j'abattais depuis des années. J'en arrivai même à me dire que j'allais finir par accepter de transférer ma mère dans un établissement entièrement financé par l'État, que j'arrêterais de payer l'abonnement au journal qu'elle recevait tous les jours, le coiffeur qui se déplaçait toutes les semaines, l'esthéticienne qui s'occupait de ses manucures. Je l'abandonnerais – comme mon père l'avait abandonnée. Comme elle m'avait, elle, abandonnée.

Je bondis du lit. Le café n'était pas très loin de la gare où le bus terminait sa course, dans le centre de Bath, mais l'heure tournait et il serait bientôt 14 heures.

Cette fois, je ne fus pas tentée d'annuler. Carol risquait de se vexer si je changeais d'avis, voire refuser de me revoir, et elle détenait des informations dont j'avais besoin. La robe laissée sur un cintre accroché à la porte de l'armoire me narguait. Non, je m'étais trompée. Aucun vêtement ne me rendait plus présentable. J'optai pour un pantalon, un t-shirt propre et sortis de la maison quelques minutes plus tard, mon vieux sac en patchwork à l'épaule.

Lorsque la porte de Lily Cottage s'ouvrit, je traçai mon chemin. Je n'avais pas vu Theo depuis un bon moment, pas depuis le soir où j'avais aperçu son ombre au premier étage, derrière la fenêtre. Je n'avais aucune envie de le voir ni de lui parler, j'étais bien trop fatiguée pour faire la causette avec lui, et en plus, je risquais de m'en mordre les doigts. Lui demander de me rendre mon bracelet revenait à ouvrir la boîte de Pandore.

Je n'en suis pas certaine mais je crois qu'il m'appela ; tant pis, je filai sans m'arrêter ni me retourner. Quelques instants plus tard, j'avais traversé la rue et m'engageai dans le petit chemin qui débouchait sur l'arrêt de bus.

J'arrivai à l'endroit convenu avec Carol quelques minutes avant l'heure de notre rendez-vous. Le café était bondé mais c'était le genre d'endroit où les gens ne s'attardent pas trop. Je repérai un couple en train de rassembler ses affaires et fonçai droit sur eux pour m'installer à leur place.

Cette fois, j'étais bien décidée à ne pas débourser un centime.

Carol arriva avec cinq minutes de retard. Je levai le bras pour qu'elle me voie et lui souris.

— J'ai eu de la chance, j'ai réussi à nous trouver une table.

— Bien joué, dit-elle en posant son sac sur la banquette.

— Je ne voulais pas prendre le risque de perdre la table, alors je n'ai pas encore commandé.

Le message manquait de subtilité mais je m'en fichais.

— Oh, pas de problème. Tu veux quoi ?

J'avais eu tellement de travail pendant la nuit que je n'avais guère eu le temps d'avaler autre chose qu'une tasse de café et un toast, et encore, debout, en reportant des notes dans un dossier. Le déjeuner sensationnel à l'Ivy n'était plus qu'un lointain souvenir. J'avais une folle envie de commander un véritable petit déjeuner anglais, qu'il servait ici toute la journée, mais j'avais peur d'abuser un peu.

— Un cappuccino et un scone, ce serait top.

Elle hocha la tête et partit faire la queue au bar.

Ma stratégie fonctionnait. Je pouvais me détendre.

Tout allait bien se passer. Si j'arrivais à tirer les vers du nez de Carol, il suffirait ensuite de passer à l'action. Et si ça marchait, tant mieux pour moi ; sinon, je n'aurais rien perdu.

Le service au bar était lent. J'observai Carol qui patientait sans s'énerver, comme moi je l'aurais fait. Elle tourna la tête et croisa mon regard, sans changer d'expression. Une fois encore, j'eus l'étrange sensation d'avoir déjà vu ce visage quelque part. Ces yeux qui semblaient me percer à jour me firent frissonner. Ce ne fut que lorsque la personne devant elle avança qu'elle cessa de me fixer.

Ou bien était-ce mon imagination qui me jouait un mauvais tour ? La fatigue extrême devait également m'empêcher d'être pleinement lucide. Je gardai la tête baissée jusqu'au retour de Carol à notre table.

— Voilà, dit-elle en posant un plateau bien rempli sur la table.

Elle s'était commandé un petit déjeuner complet très appétissant. Mon pauvre scone faisait pâle figure à côté des saucisses et du bacon dont les arômes me chatouillaient déjà les narines.

— Super, merci.

Je coupai mon scone en deux, beurrai l'intérieur avec application, ouvris deux portions individuelles de confiture et en tartinai une sur chaque morceau. Ce n'était pas des saucisses ni du bacon, mais c'était tout de même sacrément bon. Ou peut-être étais-je plus affamée que je ne le pensais. Fourbue, aussi, car d'un coup, une immense lassitude s'empara de moi.

— Tu n'es pas bavarde aujourd'hui, dis donc, me fit remarquer Carol. Ça va ?

Elle avait presque terminé son assiette. M'étais-je assoupie sans m'en rendre compte ? Je pris ma tasse et bus une longue gorgée de café. Il était encore chaud mais commençait à tiédir.

— J'ai enquillé pas mal de services crevants ces derniers temps.

Je m'abstins de lui dire que j'avais été de garde de nuit la veille afin d'éviter une conversation qui m'aurait amenée à devoir me justifier – pourquoi n'étais-je pas restée chez moi à dormir au lieu de venir à ce rendez-vous, n'aurait-elle pas manqué de me demander. Je mangeai la deuxième moitié de mon scone et repris mon café, espérant que la caféine ne tarderait pas à diffuser son effet stimulant dans mon corps. Il fallait absolument que je sorte de ma torpeur, que je me lance.

— Et toi, comment ça se passe avec Mr Wallace ?

Son visage afficha instantanément l'expression caractéristique *de circonstance* : je compris qu'il était mort. Mrs Wallace était donc parvenue à ses fins.

— Il nous a quittés, confirma Carol.

Dans le milieu du soin, tout le monde utilisait ce genre d'image, comme « il nous a quittés », une formulation bien plus douce que le brutal « il est mort ». Je me souvenais encore d'une anecdote très gênante qui m'était arrivée, quelques années plus tôt. C'était une des premières fois que je devais annoncer à quelqu'un la mort d'un proche. J'avais dit à une dame dont le mari venait de mourir : « Il est parti. » La pauvre femme avait compris qu'il avait été transféré dans un autre service et m'avait demandé où il se trouvait. L'homme en question étant un patient particulièrement désagréable, il n'aurait pas fallu trop me pousser pour que je réponde à cette femme que son époux était parti *droit en enfer*. Fort heureusement pour ma carrière, ces mots ne franchirent pas mes lèvres et je me ressaisis sans tarder, optant pour une formule plus limpide : « Pardon, je voulais dire qu'il est mort. »

Aussi mort que Mr Wallace. Qui aurait pu vivre Dieu sait combien de temps encore sans l'intervention fatale de son épouse. Des années, peut-être, qu'elle aurait dû passer à son chevet, sans relâche. Nul doute que la situation était moins pénible comme cela pour elle.

— Ah. Tu étais avec lui quand… à la fin ?

Encore une manière de prendre des gants. J'aurais tout aussi bien pu lui demander si elle était là quand il avait *cassé sa pipe, clamecé, claqué*, mais je risquais de m'en mordre les doigts. Carol se targuait d'être une professionnelle zélée, avec des principes.

— Oui. Et j'étais contente d'être là, pour lui mais aussi pour Mrs Wallace. On commençait à bien s'entendre, toutes les deux.

À présent, il fallait que je fasse très attention aux mots que j'allais employer.

— Dans un sens, elle doit être soulagée de le savoir enfin en paix.

— Oh oui, c'est sûr.

— Enfin, ce que je voulais dire, continuai-je en prenant l'air de quelqu'un qui, contrairement à moi, n'aurait pas anticipé ce qu'il faut dire dans ce cas, c'est qu'il était déjà malade, avant leur mariage, donc ça doit être dur pour eux de ne pas avoir partagé de période sans maladie…

Je pris une autre bouchée de mon dernier bout de scone. Quel délice, vraiment, et je commençais à être calée.

— Si je comprends bien, poursuivis-je, son état s'est dégradé plus vite que prévu, non ?

— Oui, mais tu sais aussi bien que moi qu'avec une maladie insidieuse comme le cancer, on ne sait jamais trop à quelle vitesse ça va évoluer. Il n'a pas eu de chance, voilà tout.

— Oui, peut-être bien, admis-je du bout des lèvres, d'un air peu convaincu qui, si tout se passait bien, inciterait Carol à me demander ce que j'entendais par là.

Mais elle ne réagit pas, ce qui me força à être plus explicite :

— Tu m'avais dit que c'était elle qui lui donnait ses repas. Donc elle aurait facilement pu mélanger des médocs pilés à sa nourriture.

Carol se redressa vivement et écarquilla les yeux – de surprise ou d'horreur, allez savoir.

— Quoi !?

D'horreur, apparemment. Je levai une main en signe de capitulation.

— Pardon, pardon, mais je n'ai pas pu m'empêcher de penser à ça. En ce moment, je lis trop de thrillers psychologiques, je vois tout à travers le prisme de ce genre de crime.

— Lissa, vraiment, fais gaffe à ce que tu dis, s'il te plaît. C'est le genre de remarque pas drôle du tout que les gens prennent très au sérieux.

— Oui, et qui fait flipper les médecins, aussi. Du coup, ils finissent souvent par demander une autopsie.

Cette remarque était sortie toute seule mais je n'avais

pas tort, dans un sens : si quelqu'un avait le moindre soupçon quant à la cause du décès de Mr Wallace, il faudrait bien pratiquer une autopsie. Le cas du médecin et tueur en série Harold Shipman avait marqué les esprits.

— Ça ne sera pas le cas pour Mr Wallace, affirma Carol avec assurance. Il a vu son médecin la veille de son décès et c'est le même médecin qui a constaté sa mort le lendemain, certificat de décès à l'appui. On savait tous que la fin était proche. Vraiment, ce que tu dis, c'est… n'importe quoi.

Je pris un air contrit.

— Désolée, dis-je avant de jeter un œil vers le bar, où personne ne faisait plus la queue. Tu veux un autre café ?

Elle hésita avant d'accepter. Elle en avait peut-être assez de moi. Curieusement, je me sentis froissée, presque blessée. Quelle idiote je faisais parfois !

— Un scone, ça te dit ? Ils sont à tomber par terre.

Étais-je en train de la supplier ? Une petite idiote minable, voilà ce que j'étais.

— Non, non, pas de scone, mais un café, pourquoi pas.

— Ça marche, acquiesçai-je en bondissant de mon siège. Je reviens tout de suite.

Comme il n'y avait personne au bar, je fus rapidement servie. En me retournant, je surpris Carol à nouveau en train de me dévisager avec ce regard singulier qui me troublait tant. Elle détourna aussitôt les yeux et lorsque j'arrivai à la hauteur de notre table, elle s'était reprise et se fendit même d'un sourire en voyant la tasse de cappuccino remplie à ras bord que je posai devant elle.

— Carol, excuse-moi si je t'ai vexée, déclarai-je en versant un sachet de sucre dans mon café. Je me doute bien que tu l'aurais remarqué si Mrs Wallace avait eu un comportement suspect.

— C'est une femme remarquable. Elle en a bavé, tu sais, ces derniers temps. Je crois qu'elle espérait vraiment passer quelques années de plus avec son mari.

Carol ne voyait que le bien chez cette femme. En repensant à la façon dont elle m'avait observée tout à l'heure, je me demandai ce qu'elle avait vu *en moi*.

38

Carol vida sa tasse en deux lampées fébriles. Son café m'avait coûté presque quatre livres ; j'aurais bien aimé qu'elle prenne le temps de le savourer. Malgré mes efforts, je ne parvins pas, ce jour-là, à lui soutirer d'autres informations concernant Mrs Wallace. Carol ne parlait d'elle qu'en termes élogieux, ce qui me confirma que l'infirmière ignorait tout de la véritable nature de cette femme.

Rien de tout cela ne me fit cependant douter de ma version de l'envers du décor. Mon passé m'avait peut-être permis de déceler chez certaines personnes ce que les gens qui ne sortaient jamais des clous, comme Carol, ne voyaient jamais, eux.

Elle reposa sa tasse dans la soucoupe et rassembla ses affaires.

— Bon, il faut que je file. J'ai un tas de trucs à faire. Demain, je commence une série de cinq services d'affilée chez un nouveau patient à domicile.

Un nouveau patient à domicile ? Combien de fois avais-je réclamé un patient à domicile, moi ? Carol devait être pistonnée au sein de l'agence, je ne voyais que cela. Elle ne travaillait pas mieux que moi. Je ravalai ma fierté et lui demandai :

— Ah, un nouveau patient ? Et c'est où, cette fois ?

Elle prit son sac, repoussa sa chaise pour bien me faire comprendre qu'elle n'avait aucune intention de rester plus longtemps avec moi.

— À Kingsdown, Wormcliff Lane exactement. Ça va, c'est pratique.

Wormcliff Lane. À moins de trois kilomètres de chez moi. Une mission idéale ; j'aurais pu y aller à pied, ça m'aurait évité d'avoir des frais de transport.

— Comment tu fais, dis-moi ? Moi, on ne m'envoie qu'en maison de retraite ou en hôpital.

Je m'efforçai de sourire avec un certain détachement, sans avoir l'air de me plaindre vraiment.

Elle farfouillait dans son sac, un sac tellement grand que c'en était presque ridicule. En cuir. Pas un sac de deuxième main en patchwork, chiné dans une boutique d'occasion. Elle ne se décida à me répondre qu'une fois son gros trousseau de clefs en main.

— Oh, c'est un coup de chance, je pense. La directrice de la première maison de retraite où j'avais été envoyée a écrit à l'agence pour leur dire que les familles des résidents m'avaient trouvée bien, très à l'écoute, et à peu près au même moment, l'agence a reçu la demande de Mrs Wallace, donc je suppose qu'ils ont pensé à moi comme ça. Et je sais aussi que Mrs Wallace a envoyé un e-mail à l'agence pour leur dire qu'elle était très contente de la façon dont je me suis occupée de son mari. J'imagine que c'est pour ça qu'ils m'ont proposé cette mission à Kingsdown.

— Ah, super, et félicitations !

J'aurais dû voir le coup venir. Carol avait le chic pour savoir exactement ce qu'il fallait faire, dire aux gens et comment être dans leurs petits papiers. J'en avais croisé des tas, des infirmières dans son genre : celles qui passent leur temps à s'acoquiner avec les managers et le personnel administratif, tandis que les pauvres filles comme moi, qui refusent d'entrer dans ce petit jeu, se tapent tout le boulot.

— Et toi, c'est quand ton prochain service ?

Je voyais bien qu'elle me posait la question uniquement pour se montrer polie, et pas parce que mon sort ou ma réponse l'intéressaient spécialement. Ou alors elle cherchait à m'humilier car elle savait que j'allais lui dire qu'on m'envoyait encore à Pétaouchnoc dans une maison de retraite miteuse.

— Oh, j'ai besoin d'un break, là. Je crois que je vais prendre quelques jours de congé, dis-je en m'étirant.

J'ajoutai un bâillement sonore à mon petit numéro pour mieux faire passer le mensonge.

— Ah, O.K., se contenta-t-elle de répondre sans même essayer de cacher le fait qu'elle s'en fichait éperdument.

Si je savais très bien pourquoi je continuais à la voir, je me demandai tout de même pourquoi elle acceptait, elle, de prendre régulièrement un café avec moi alors que, de toute évidence, elle n'appréciait guère ma compagnie.

Une fois dehors, comme je me doutais bien que Carol ne proposerait pas de me ramener ou de me déposer quelque part – elle ne me le proposait jamais –, au lieu de traverser la rue et d'aller attendre à l'arrêt de bus, je décidai de mentir et de lui dire que j'allais faire les boutiques. Nous fîmes une centaine de mètres ensemble, puis elle obliqua vers le parking de

Charlotte Street tandis que je poursuivis mon chemin tout droit, en direction de l'arrêt de bus suivant.

Perdue dans mes pensées, je montai dans le bus pratiquement sans m'en rendre compte, m'assis à la place que j'occupais systématiquement quand elle était libre, collai le front contre la vitre et me laissai porter par le véhicule ronronnant. Je descendis à mon arrêt habituel à Bathford et continuai à pied jusque chez moi. Si j'avais été un peu plus alerte, un peu moins guidée par une sorte de pilote automatique, j'aurais pu éviter de foncer droit sur Theo.

C'était un homme d'une bonne stature, grand et costaud, et percuter un type pareil revenait à se prendre un mur en pleine face. Je vacillai et manquai tomber à la renverse. D'ailleurs, je me serais vraiment cassé la figure s'il ne m'avait pas, dans un geste d'une rapidité surprenante, rattrapée par le bras et permit de retrouver mon équilibre.

— Eh ben alors, faites donc attention ! Une petite bonne femme comme vous, ça se casse d'un rien.

Son regard était on ne peut plus clair : il ne parlait pas seulement de cette malencontreuse collision. Je sus à cet instant qu'il m'avait vue le soir du fiasco de la boîte à lettres. Il était trop tard pour essayer de m'expliquer, pour lui dire qu'en bonne voisine, j'avais simplement voulu m'assurer qu'il ne lui était rien arrivé. Que j'avais voulu, pour une fois, me montrer prévenante avec quelqu'un. Oui, trop tard.

Je dégageai mon bras en bafouillant un « merci » et filai sans demander mon reste d'un pas pressé. La main au fond de mon sac cherchait déjà frénétiquement la clef de mon studio. Je sentais le regard de Theo dans mon dos. Et évidemment, nerveuse comme je l'étais, arrivée devant ma porte, je fis tomber la clef par terre. En la ramassant, je tournai furtivement la tête vers le portillon. Il était toujours là. Il ne m'avait pas quittée des yeux.

Une fois dans mon antre, je fermai la porte à double tour, consciente de la naïveté de mon geste. Si Theo voulait vraiment entrer chez moi, il n'aurait aucun mal, avec sa carrure, à enfoncer la porte d'un simple coup d'épaule. Cette montée d'adrénaline me confirmait qu'il ne fallait pas tarder à passer à l'action avec Mrs Wallace. L'argent que j'obtiendrais en la faisant chanter me permettrait de déménager. Il y avait certains avantages à vivre dans un endroit isolé, certes, mais comme je venais de le constater, ce n'était pas sans risque. Il devait bien y avoir des logements entre le type de grande tour surpeuplée où j'habitais avant, et ça, ce garage.

Je repensai à la vue dont jouissaient les Wallace chez eux. Les grandes pièces. Je me jetai sur le canapé et observai un instant mon petit intérieur. Réussirais-je à vivre dans un endroit plus spacieux ? Si j'affectionnais tant les studios, c'était peut-être tout bonnement parce que je ne pouvais rien me payer de plus grand.

Je restai longtemps les yeux rivés au plafond. J'avais besoin de changement, et vite. Le plan que j'avais ourdi avait des chances de marcher. Il fallait simplement que j'y réfléchisse bien, chose impossible dans l'état de fatigue dans lequel je me trouvais. Une seule solution se profilait. Depuis que je travaillais pour l'agence, je n'avais pas pris un seul jour de congé maladie. Jamais refusé une seule mission non plus alors que certaines s'étaient révélées cauchemardesques. Chaque fois, je me disais que lorsque l'agence aurait compris qu'elle pouvait toujours compter sur moi, je finirais forcément par obtenir des missions plus faciles, plus pépères.

Et puisque ça ne marchait pas, puisque les employés de l'agence refilaient systématiquement les postes tranquilles à des petites saintes-nitouches comme Carol, eh bien, qu'ils aillent se faire voir. Sentant la colère monter, je sortis le téléphone de mon sac et appelai l'agence avant d'avoir trop le temps de penser aux conséquences de cet appel.

— Je suis vraiment désolée, je ne vais pas pouvoir aller travailler ce soir, annonçai-je d'une voix faussement enrouée. Je crois que j'ai chopé quelque chose. Je vais devoir annuler, malheureusement.

« Quelque chose » : le terme était suffisamment vague pour me permettre de rappeler dans deux ou trois jours, miraculeusement guérie. Le lendemain et le surlendemain, j'étais en congé, de toute façon. D'ici là, avec un peu de chance, j'aurais eu le temps de faire avancer les choses.

L'employée de l'agence n'eut pas l'air de compatir du tout. Ce qui n'avait rien de surprenant : la pauvre fille allait devoir passer une heure au téléphone à essayer de trouver quelqu'un pour me remplacer.

— Dans ce cas, je vous retire du planning tout de suite, et vous me rappelez quand ça ira mieux, d'accord ?

— Oui, très bien, faisons comme cela. Je pense que je vais vite me remettre.

Vite ? Hum, tout dépendrait de la réaction de Mrs Wallace. Je jetai mon téléphone sur le lit et lâchai un énorme soupir. J'avais presque envie de me jeter à l'eau tout de suite. Me rendre à Lansdown Road, maintenant, et dérouler mon plan. Car je n'étais pas malade du tout... mais néanmoins trop fatiguée pour garder la tête froide. Mieux valait attendre le lendemain que je me sente pleinement requinquée.

Je dînai tôt ce soir-là et m'installai devant la télévision. Je ne sais pas si c'est la fatigue qui eut raison de moi, ou le manque de concentration, ou si la série policière que je regardais était tout simplement mal fichue – car je n'y comprenais rien –, mais quoi qu'il en soit, je ne tardai pas à éteindre le poste.

Silence de mort. Aucun bruit provenant des habitations alentour, pas de pas lourds de voisins du dessus, rien, juste le silence. Un lieu de vie idéal. Et pourtant, je devais bien admettre que Theo me faisait flipper. Il était louche, ce type. J'eus un petit rire étranglé ; voilà, je recommençais à être parano, exactement comme avec Carol.

Non, c'était faux : Carol, elle, je ne l'avais jamais trouvée bizarre. C'étaient simplement ses yeux qui me dérangeaient. Qui m'intriguaient. Qui me donnaient l'impression de les avoir déjà vus quelque part.

Un nouveau soupir sonore vint briser le silence. J'allais avoir du mal à m'endormir sans penser à Carol ou à Theo. Comme c'est le cas chez tous ceux qui travaillent de nuit, mon rythme biologique était totalement déphasé. Et le fait qu'à un mois de juin déjà chaud ait succédé un mois de juillet caniculaire ne m'aidait pas à bien dormir. L'air ne circulait pas dans ce petit logement, même lorsque j'ouvrais les deux longues fenêtres horizontales. Il m'arrivait souvent de me réveiller le visage et la poitrine en nage.

J'éteignis la lumière et ouvris la porte d'entrée. Étant donné qu'il ne faisait pas encore nuit, je pouvais sortir et me mettre dans l'ombre de la maison de Theo, le long du mur, sans craindre de déclencher le projecteur automatique du jardin. Il faisait bon à l'ombre. L'air frais aurait dû entrer par la porte, mais quand je rentrai et la refermai derrière moi, l'intérieur me parut encore plus chaud.

Je comptais sur mon état d'épuisement physique pour oublier la chaleur et réussir à dormir quelques heures. Après avoir posé mes vêtements sur le dossier d'une chaise, je me glissai sous le drap et fermai les yeux. Lorsque je les rouvris, il faisait nuit. Je sortis un bras du lit et tâtonnai à l'aveugle. En voyant l'heure indiquée sur mon portable, j'eus un grognement de frustration. Minuit. Trois heures de sommeil, ça ne suffisait pas. Il fallait absolument que je me rendorme.

Et je me serais rendormie si la lumière automatique à l'extérieur ne s'était pas allumée, éclairant soudain le studio. Mon cœur se mit instantanément à cogner dans ma poitrine.

39

Je ne pus reprendre ma respiration qu'une fois la lumière du jardin éteinte. Un renard qui cherche de la nourriture, à coup sûr : ils étaient nombreux à rôder dans le quartier en quête d'un repas tout prêt jeté par des humains peu regardants. J'en avais croisé plus d'un, au petit matin, trottinant avec nonchalance au beau milieu de la chaussée.

Les paupières lourdes, je me mis à compter des renards, à défaut de moutons, dans l'espoir de retrouver le sommeil. Lorsque le spot extérieur se ralluma une deuxième fois, mes yeux s'ouvrirent tout seuls. C'était fichu, cette fois. Tout espoir de passer une bonne nuit de sommeil s'évapora en une fraction de seconde.

Je restai allongée sans bouger, le corps en tension, les yeux braqués sur les fenêtres ouvertes. Je m'attendais vaguement à voir quelqu'un, ou quelque chose, se glisser à l'intérieur par l'ouverture, ce qui était totalement ridicule : les fenêtres se trouvaient à près de deux mètres du sol, sans oublier qu'elles n'étaient pas assez grandes pour qu'un humain puisse s'y faufiler. Mais en pleine nuit, on a vite fait de s'imaginer que les contorsionnistes, ça existe, et que les types en cavale ne peuplent pas seulement les romans de Stephen King.

C'est un renard, me répétai-je en boucle, convaincue, à ce stade, qu'il y avait… un truc derrière la porte. Un truc aux aguets. Le bon sens me disait d'enfiler un pull, d'ouvrir la porte à la volée et de filer une bonne trouille à la bestiole qui traînait dans le jardin. Seulement, si quelques heures plus tôt, je cherchais à faire entrer chez moi un peu d'air frais, cette fois-ci, je ne tenais pas du tout à ce que ce *truc* rentre chez moi.

La lumière s'éteignit à nouveau et je retins mon souffle. Les secondes passèrent, puis les minutes. Et la lumière se ralluma. Elle me narguait. Et me nargua toute la nuit en continuant à s'allumer et s'éteindre à intervalles réguliers jusqu'à ce que le soleil prenne la relève. Ce n'est qu'à ce moment-là que je sombrai dans un sommeil peuplé de monstres. J'étais tellement agitée que je n'arrêtais pas de gigoter et finis par me réveiller en poussant un cri qui résonna longtemps dans le studio.

Les premières lueurs du jour s'insinuaient par les fenêtres horizontales et terminaient de chasser les dernières zones d'ombre du studio. J'étais de mauvaise humeur, en colère contre moi-même de m'être fait des films, contre ces maudits renards, ou ces rats, ou je ne sais quel autre rongeur qui avait passé la nuit à arpenter l'allée devant chez moi.

Parce qu'il s'agissait forcément d'une bestiole de ce genre.

Theo n'avait aucune raison de traîner dans le jardin en pleine nuit. D'écouter à ma porte. Il devait bien avoir une clef. Et s'il en avait vraiment après moi, il aurait très bien pu entrer.

Il pouvait entrer chez moi *quand il le voulait*.

Je pris soudain conscience, pour la première fois, que personne, pas une seule personne, ne savait où j'habitais. Quand Theo m'avait proposé de donner l'adresse de chez lui pour mon courrier, j'avais accepté sans hésiter, sachant que je n'aurais jamais à m'en servir.

Si je venais à disparaître – si Theo me faisait disparaître –, personne ne s'en apercevrait.

40

Personne ne savait où j'habitais. À cette pensée, je sentis le sommeil s'éloigner pour de bon. Je n'avais pas donné mon adresse à l'agence, ni à la maison de repos de ma mère, ni parlé de l'endroit où je vivais avec Jason Brooks lors de notre déjeuner. Tout avait été arrangé par e-mail, texto ou conversation téléphonique. Personne ne m'enverrait de carte d'anniversaire ou de Noël. Personne ne m'enverrait de fleurs le jour de la Saint-Valentin.

À présent, avec le recul, je prenais mieux la mesure de toute cette folie, des conséquences de ma fâcheuse tendance à fermer les yeux sur ce qui me dérangeait. Quelle imbécile ! Quelle abrutie !

L'exaspération me poussa à bondir du lit et, pieds nus, je fis les cent pas dans l'espace restreint qu'hier encore, je considérais comme mon petit nid douillet. À présent, j'avais l'impression que les murs allaient se refermer sur moi. De rage, je me mis à marteler un mur. Et tout ce que je réussis à faire, ce fut de me faire mal à un coude. L'espace ne s'était pas agrandi et je m'en voulais toujours autant. La colère se transforma alors en apitoiement sur mon propre sort. Si je n'étais pas aussi bête, les types comme Theo ne profiteraient pas de moi. Si j'étais plus aimable, l'agence m'aurait confié des missions plus plaisantes. Si j'avais été une enfant plus douce, plus jolie, mon père n'aurait pas eu envie de passer autant de temps loin de notre petite famille.

J'avais toujours un mal fou à mettre fin au cycle infernal des doléances lorsque j'étais dans cet état, et cette fois-ci, j'y parvins uniquement en y mettant toute ma volonté et en me forçant à me recentrer sur mon plan d'action. J'allais passer à Lansdown Road et demander à voir Mrs Wallace. Avec un peu de chance, elle aurait déjà endossé son rôle de veuve endeuillée, toute de noir vêtue, mine désemparée, le regard baissé tandis que, dans sa tête, elle refaisait les calculs du pactole dont elle allait hériter.

Qui sait, elle continuait peut-être à jouer au golf et se justifiait auprès de ceux qui s'enquéraient de son moral en expliquant qu'elle avait promis à son cher et tendre époux de reprendre au plus vite le cours normal de sa vie. Je ne l'avais vue qu'un instant mais quelque chose me disait qu'elle possédait de véritables dons d'actrice. Elle aurait fait un sacré duo avec mon père.

Cela ne servait à rien d'arriver trop tôt à la maison de repos mais je ne tenais pas à traînasser au studio, que je commençais à prendre en grippe. Je m'habillai et partis voir ma mère.

*

En temps normal, les visiteurs n'étaient pas admis avant l'arrivée de l'équipe de soignantes de jour mais on fit une exception pour moi. Parce que cela les arrangeait, bien entendu. En étant sur place très tôt, comme ce jour-là, je pouvais aider ma mère à prendre une douche et à s'habiller.

Rien ne semblait indiquer qu'elle m'entendait ou comprenait ce que je disais, mais je bavardai gaiement en lui faisant faire ses ablutions. Je lui parlai de Mrs Wallace et du sort qu'elle avait réservé à son mari. Je lui savonnai le dos en lents mouvements circulaires à l'aide d'un gant, tout en essayant d'éviter le jet du pommeau de douche.

« J'imagine qu'elle en avait marre d'attendre et qu'elle a décidé de précipiter un peu le cours naturel des choses. Ça doit faire des mois que ça dure, cette histoire. Elle a dû remplacer les médicaments prescrits à son mari par ceux de sa première épouse. Je parie qu'elle allait les chercher en bas, le matin, puis remontait et les posait à côté de la première tasse de thé de Mr Wallace. Quelque chose comme ça. »

Je n'avais aucun mal à me figurer la belle Oonagh en pleine action. Si l'innocent mari remarquait que les gélules avaient une forme ou une couleur inhabituelle, elle devait, dans un haussement d'épaules, lui dire qu'il s'agissait simplement d'une autre marque. Il ne se serait aperçu de rien. Comment aurait-il pu se douter de quelque chose ? Tout le monde sait que les monstres existent bel et bien dans le monde réel, mais personne ne s'attend jamais à en croiser un.

Lorsque ma mère fut habillée, je l'installai dans son fauteuil et mis le cap sur les cuisines pour aller lui chercher son petit déjeuner. Son plateau était déjà prêt, il m'attendait. Après avoir ajouté une tasse et une soucoupe sur le plateau, je fis du café, passai trois tranches de pain dans le toaster et emportai le tout dans la chambre.

Ma mère n'avait rien contre le fait de regarder la télévision quand elle prenait son petit déjeuner. Par « rien contre », il faut entendre qu'elle ne manifestait aucune émotion particulière. Celle qui affichait un sillon bien marqué entre les sourcils, c'était moi. Pas d'émotion chez ma mère, pas de sourcils froncés, pas une seule ride. Un vague ressentiment me fit pincer les lèvres, je sentis mes traits se durcir, mes rides se creuser. On m'aurait probablement prise pour la plus âgée des deux si on avait posé la question à quelqu'un.

« Il va bientôt y avoir du changement, maman. »

Était-ce mon imagination ou son expression s'était-elle légèrement modifiée ? Je lui pris la main.

« Mais non, ne t'en fais pas, je ne vais pas t'envoyer ailleurs. C'est ma situation à moi qui va changer. Et je suis fière de t'annoncer que cette fois, je n'aurai pas besoin de tuer quelqu'un. Enfin, je ne crois pas. »

41

Je restai avec ma mère jusqu'à l'heure du déjeuner. Après avoir déposé un baiser sur sa joue éternellement douce, je lui assurai que je reviendrais la voir le lendemain. « Je ne travaille pas pendant quelques jours. Si tout se passe comme prévu, on pourrait peut-être aller passer la journée à Bath toutes les deux. Je me chargerais de commander un taxi, on irait manger un morceau quelque part, ou alors on pourrait faire un tour au Royal Crescent, se balader dans le jardin, prendre un verre de vin. Qu'en dis-tu ? Ce serait chouette, non ? »

J'étais déjà allée, une fois, à l'hôtel du Royal Crescent, et j'étais tombée sous le charme de l'endroit, magnifique. Si le personnel m'avait regardée de travers, personne ne m'avait fait de remarque et j'avais pu déambuler dans le hall et le jardin sans avoir rien à payer. C'était en plein été, par un jour de grand soleil. Les tables disséminées dans le jardin étaient toutes occupées par des gens extrêmement bien habillés qui sirotaient un drink. Désireuse de m'imprégner de l'ambiance du lieu, j'avais traversé le jardin en cachant au mieux, derrière un vieux *tote bag*, mes frusques miteuses. C'était le genre d'endroit que mes parents fréquentaient. Et probablement le genre d'endroit où mon père emmenait également son autre femme. Je suis sûre qu'elle aurait été dans son élément au Royal Crescent.

Si mon plan fonctionnait et si j'arrivais à obtenir de l'argent, j'emmènerais ma mère là-bas. Nous aussi, on pouvait très bien s'y sentir à notre aise.

Espérant avoir laissé ma mère sur une petite note positive, je quittai la maison de repos et pris la direction de Lansdown Road.

*

Il était presque 14 heures lorsque j'arrivai devant l'imposante demeure appartenant désormais à Mrs Wallace. Si tout se passait sans anicroche, ma vie n'allait pas tarder à changer, et de manière radicale. Et si ça ne marchait pas, ma vie serait simplement vouée à continuer de la même façon pendant des années. *Des années*.

Une main au fond de mon sac, je passai un ongle sur le coin des photos que j'avais prises avec moi. J'avais également revêtu ma belle robe, dans l'espoir de faire bonne impression. Mon plan comportait deux phases dont celle-ci, la première, avait pour seul et unique objectif de recueillir de plus amples informations. Plus j'en aurais à ma disposition, plus la deuxième phase, celle du chantage, avait de chances de réussir. Tout ce que je voulais, c'étaient quelques milliers de livres, dix peut-être, pour m'acheter une petite voiture. Être motorisée améliorerait nettement mon quotidien, tout serait plus facile avec un véhicule. Et puis, qui sait, je pourrais peut-être trouver un logement convenable et moins cher, plus éloigné encore de Bath, un petit cottage, par exemple, avec un grand jardin… Sans voisin. Au pays de Galles, peut-être même, quelque part dans un endroit reculé. J'irais voir ma mère en voiture, je pourrais la faire sortir une fois de temps en temps.

Je chassai ces rêves fous de mon esprit et gravis les marches menant au perron des Wallace. Devant la porte d'entrée, je retouchai ma coiffure, ajustai la bandoulière de mon sac, pris une bonne inspiration et appuyai sur la sonnette. *C'est parti.*

Une minute après, lorsque la porte s'ouvrit, j'avais déjà arboré l'expression de quelqu'un tiraillé entre embarras et détermination. Pour me faciliter les choses et mettre toutes les chances de mon côté, encore fallait-il qu'Oonagh Wallace se souvienne de ma visite précédente. En voyant son regard d'une neutralité absolue, je fus tentée de prendre sa réaction pour un compliment – avec ma jolie robe, j'avais l'air bien plus sophistiquée que la dernière fois –, mais je me gardai bien de me laisser entraîner dans cette direction. Elle ne me reconnaissait pas parce que les femmes comme elles ne remarquent jamais les femmes comme moi.

Un sourire hésitant aux lèvres, je me lançai :

— Vous ne vous souvenez probablement pas de moi… J'ai sonné chez vous la semaine dernière mais quand vous m'avez ouvert, je suis partie…

Ses yeux s'attardèrent sur ma tenue. Ma robe l'impressionnait peut-être.

— Mais… je suis revenue, ajoutai-je.

J'enfonçai une porte ouverte en disant cela mais avec ces trois mots, j'espérais aiguiser sa curiosité.

Elle demeura immobile, une main sur la porte. J'avais vu juste, elle portait bien le deuil et était vêtue de noir de pied en cap. En revanche, sa tenue n'avait rien de celle d'une veuve éplorée : chemisier en mousseline de soie, jupe moulante et sandalettes à talons aiguilles.

— Je me souviens très bien de vous, dit-elle.

Un soupir théâtral s'échappa de ma gorge.

— Je m'excuse de m'être enfuie comme ça l'autre fois, lui assurai-je en esquissant de nouveau un sourire gêné. C'est que… ce qui m'amène ici n'est pas facile à expliquer.

Voilà, j'avais réussi à capter son attention, une petite lueur s'était allumée au fond de ses yeux.

— Je suis venue voir George Wallace.

La main sur la porte se crispa. Mrs Wallace se mordilla la lèvre inférieure de ses petites dents blanches. Elle était douée, elle jouait formidablement bien !

— Est-il là ? insistai-je. Cette fois, je ne me défilerai pas.

Sa bouche s'ouvrit, se referma, et à ma grande surprise – surprise mêlée d'admiration –, elle éclata en sanglots.

— Je suis désolée, balbutia-t-elle en se tamponnant les yeux avec le mouchoir qu'elle tenait dans son autre main. Entrez si vous le voulez bien. J'ai une bien mauvaise nouvelle à vous annoncer…

Elle ne m'invitait pas à m'attarder plus de quelques instants car elle ne referma pas la porte derrière moi.

— Je ne sais pas exactement ce que vous vouliez à mon mari mais il est trop tard, j'en ai bien peur. Il souffrait d'une longue maladie et est décédé le week-end dernier.

Elle s'exprimait d'une voix à peine plus forte qu'un murmure, une voix gonflée de sanglots retenus. Si je n'avais pas su la vérité, j'aurais vraiment cru que cette femme souffrait le martyre.

Mais à présent, c'était à mon tour d'entrer en scène.

Ayant eu l'occasion de voir pas mal de gens s'évanouir dans ma carrière, je m'estimai capable de feindre un étourdissement et de m'en tirer très honorablement. La technique : un pas en arrière, une main sur la bouche ouverte, puis un deuxième pas en arrière, en chancelant cette fois, suivi d'un quart de tour sur les talons avec une main qui cherche à se poser contre le mur. Le tout accompagné d'un tout petit mot, « Non », à peine soufflé – pas de cri, naturellement. En avais-je un peu trop fait ?

Mrs Wallace s'avança vers moi comme par réflexe.

— Madame, vous…

Le front dans le creux du bras, je ne bougeai plus. Contrairement à elle, je n'avais jamais réussi à pleurer sur commande et dus me contenter de me frotter les yeux. Lorsque je relevai la tête et me tournai vers elle, j'avais bon espoir qu'ils étaient suffisamment rougis.

— Mon Dieu, je n'arrive pas à croire qu'il est mort.

Elle porta à nouveau son mouchoir à ses yeux. On dit parfois que certaines femmes conservent toute leur beauté lorsqu'elles pleurent. Personnellement, de toutes celles que j'avais pu voir dans cet état, pas une n'avait échappé au masque de fatigue et de laideur qui selon moi s'abat sur le visage d'une femme après avoir sangloté un moment. Certes, Oonagh Wallace ne s'était pas soudain enlaidie, mais je lui trouvai néanmoins une mine passablement exténuée. Elle avait peut-être passé la nuit debout à compter et recompter ses sous, comme le vieux Scrooge[1].

— Il était malade depuis longtemps, finit-elle par me dire. Mais tout s'est accéléré vers la fin. Ç'a été un choc, dans un sens.

Et moi de commenter, en déglutissant péniblement :

— J'aurais dû rester la dernière fois... Je n'arrive pas à croire qu'il est mort... Excusez-moi, madame, je vais vous laisser.

Avec ces mots, je prenais un risque ; à présent, elle pouvait tout à fait me laisser partir. Seulement, je comptais sur la curiosité naturelle de l'être humain pour qu'elle commence à se demander pourquoi une femme était venue deux fois chez eux et avait demandé à voir son désormais défunt mari.

Mrs Wallace s'avança vers la porte et la referma.

— Je vous en prie, restez un instant. Venez, je vais nous faire un thé et vous pourrez me raconter ce qui vous amène.

Bingo ! Tout se passait à merveille.

Je la suivis dans le couloir et nous empruntâmes l'escalier qui descendait au rez-de-jardin. La porte de la cuisine était grande ouverte, le petit vestibule en bas de l'escalier baigné de lumière. Je notai au passage qu'elle ne regarda pas une seule fois vers la porte fermée à clef sur la gauche. S'était-elle déjà débarrassée des médicaments compromettants ? Rien de plus facile puisque les pharmacies acceptaient de reprendre tous les médicaments sans poser la moindre question.

---

1. Personnage principal (obsédé par l'argent) du roman de Dickens *Un conte de Noël*.

Elle m'indiqua la grande table devant la baie vitrée donnant sur le jardin et la vallée en contrebas.

— Installez-vous, je vous en prie. Thé ou café ? Ou bien… un verre de vin, peut-être ?

J'avoue qu'un verre de vin me faisait envie mais je n'avais pas l'habitude de boire et tolérais assez mal l'alcool. Tout se déroulait comme prévu, ce n'était vraiment pas le moment de tout faire capoter.

— Un thé, je veux bien. Merci.

Elle s'affaira en cuisine deux ou trois minutes. Je la vis remplir la bouilloire d'eau puis ouvrir et refermer plusieurs portes de placard. Mon sac sur les genoux, je l'observai, attendant le bon moment pour lui mettre les photos sous le nez et lui servir mon petit couplet répété mille fois.

Elle posa la théière et les tasses sur la table, puis réalisa qu'elle avait oublié le lait et repartit en marmonnant. À son retour, toujours debout, elle servit le thé puis s'empara du petit pot de lait et ajouta un nuage dans chaque tasse. Ce ne fut qu'à ce moment-là qu'elle consentit à se rasseoir.

— Au fait, je m'appelle Oonagh ; George était mon mari.

— Lissa. Lissa McColl, dis-je en songeant que le grand moment était arrivé. George est… enfin, était… mon père.

42

Je ne sais pas à quoi elle s'attendait, mais certainement pas à ça. Sous le choc, ses yeux s'arrondirent démesurément et sa mâchoire faillit se décrocher.

J'ouvris mon sac et en sortis le cliché que j'avais dérobé dans cette maison, celui de George Wallace et de la femme inconnue. Je le posai sur la table et le poussai vers elle.

— C'est bien George, n'est-ce pas ?

Elle pouvait difficilement prétendre le contraire ; il n'avait pas beaucoup changé en vieillissant. Elle ne regarda la photo qu'un instant avant de se lever, partit au fond de la pièce et revint avec un étui à lunettes. Elle l'ouvrit, chaussa une paire à monture métallique puis s'empara de la photo et la scruta un long moment en silence.

— Et la femme avec lui ?

— Cathy McColl. Ma mère.

Dans cet écheveau de mensonges, mieux valait se servir des quelques fragments de vérité dont je disposais.

— Il y a déjà plusieurs années qu'elle est en maison

de repos, à la suite d'une dépression sévère. J'ai trouvé ça dans ses affaires, récemment.

Oonagh reposa la photo sur la table et retira ses lunettes, qu'elle garda cependant à la main en les tenant par une branche.

— Quand j'ai vu cette photo, je l'ai montrée à ma mère pour lui demander s'il s'agissait de mon père, développai-je. Depuis sa dépression, elle ne parle presque plus mais quand je lui ai mis la photo dans la main et que je lui ai posé la question, elle m'a dit : « Oui, c'est lui. »

À ce stade, l'idéal aurait été de verser quelques larmes, à tout le moins *une* larmichette, mais je dus me contenter de me frotter les yeux.

— Elle m'a dit qu'il s'appelait George Wallace mais n'a pas voulu me parler de lui.

Penchée sur la table, je tapotai le cliché de l'index.

— J'ai tout de suite remarqué le logo sur le mur, derrière eux, celui de l'université de Bath. Il m'a fallu pas mal de recherches pour découvrir qu'un certain George Wallace a bien fait partie de l'équipe enseignante. Ensuite, retrouver son adresse a été assez rapide.

— Elle a l'air jeune.

La prudence s'imposait. Si j'étais le fruit de cette passion amoureuse, cela signifiait qu'à l'âge d'environ quarante ans, George s'était entiché d'une jeune femme de vingt ans sa cadette, ma mère.

— Elle devait avoir vingt ans.

Oonagh, sidérée, incrédule, se bornait à secouer la tête. Je poursuivis mon récit :

— Je m'étais toujours demandé ce qui l'avait poussée

à quitter la fac avant d'avoir terminé ses études. Je crois que j'ai compris, maintenant.

Mrs Wallace, impavide, faisait tournicoter ses lunettes du bout des doigts. Était-elle en train d'évaluer les répercussions de la nouvelle sur son héritage ? Je l'espérais bien.

Sans me départir de mon sourire confus, j'enchaînai :

— Quand j'ai été en âge de poser des questions, ma mère m'a confié que mon père avait été le grand amour de sa vie. Je regrette vraiment de ne pas avoir pu le rencontrer, d'être arrivée trop tard.

Dans la main de Mrs Wallace, les lunettes tournoyaient à présent furieusement, créant un déplacement d'air détectable jusque sur mon visage. Je n'aurais pas été étonnée qu'elles volent à l'autre bout de la pièce.

— Je suis vraiment désolée pour vous, madame, mais je crains que vous ne fassiez fausse route.

Je m'apprêtais à me lancer dans une longue tirade sur un test ADN, à m'arracher un cheveu devant elle et lui mettre sous le nez, comme preuve de ma détermination à aller jusqu'au bout, même si, à partir d'un échantillon capillaire, la fiabilité des tests ADN ne dépassait pas 60 %. Tant pis. De toute manière, je n'avais aucune intention d'en arriver là, bien sûr. Mon but était de la faire parler. Je repartis donc à l'attaque :

— Je…

Et Mrs Wallace de m'interrompre d'un geste de la main avant de bondir sur ses pieds et de filer droit vers l'immense réfrigérateur américain qui occupait tout un angle de la cuisine. Elle revint à la table avec une bouteille de vin et deux verres. Sans me demander si j'en voulais, elle déboucha la bouteille déjà entamée et versa le vin avec des gestes brusques. Une bonne quantité de vin tomba à côté des verres, formant deux petites flaques autour des pieds. Une fois la bouteille vide, elle la posa au milieu de la table. Entre nous deux. Comme une arme.

Elle prit aussitôt son verre et en descendit la moitié en une longue goulée.

Je n'avais aucune envie de boire de l'alcool mais, bizarrement, j'avais la bouche sèche. Le vin était glacé, mordant. Rien à voir avec les vins sucrés bon marché qu'il m'arrivait parfois d'acheter. Je pensais qu'une petite gorgée suffirait à m'humecter la bouche mais ce ne fut pas le cas, si bien que je finis par imiter Mrs Wallace et vidai la moitié de mon verre d'une traite. Il n'y avait aucune raison que je perde mes moyens pour si peu. Quelque chose dans son regard, cependant, me troublait. On aurait dit de la compassion… de la pitié, même. Elle reprit la parole :

— Je crois que, malheureusement, vous allez devoir poursuivre vos recherches, madame. Je ne nie pas que George et votre maman aient eu une relation, mais il ne peut en aucun cas être votre père.

Elle marqua une pause pour boire une gorgée de vin, sans me quitter des yeux, comme si elle attendait une réaction de ma part.

Je restai de marbre, muette. La tête qu'elle faisait trahissait une sincère empathie et je compris alors que j'avais commis une grosse erreur. J'aurais dû me demander pourquoi George Wallace n'avait jamais eu d'enfants. La petite sotte que j'étais se retrouvait prise à son propre jeu.

— George a eu la varicelle dans son enfance, annonça Oonagh Wallace. Il était stérile.

43

Mrs Wallace se saisit à nouveau de son verre. Elle fit tournoyer le liquide un instant puis vida le verre en une lampée avant de le reposer sur la table.

— Je suis vraiment navrée, dit-elle. Vous devez être très déçue.

Je soulevai mon verre et l'arrêtai devant mon visage. Comme bouclier, j'avais vu mieux, mais je cherchais à gagner du temps, histoire de trouver l'expression adéquate à la nouvelle bouleversante que je venais d'apprendre. Oonagh Wallace ne devait en aucun cas sentir que je m'en contrefichais. Le pire, c'était que je sentais bien, à sa voix, qu'elle regrettait sincèrement d'avoir à annoncer ça à une pauvre femme qui pensait avoir retrouvé son père. Mais elle parlerait plus librement, à présent, et je pourrais sûrement glaner quelques informations utiles. C'était la première fois que j'allais faire chanter quelqu'un et je tenais absolument à ce que mon plan soit couronné de succès.

Oonagh Wallace n'avait pas lâché son verre, vide. Elle faisait tourner le pied entre ses doigts.

— Vous disiez que votre mère est en maison de repos, c'est bien ça ?

— Oui.

— Ça ne doit pas être facile pour vous. Moi, j'ai eu de la chance, si je puis dire. George a pu rester chez nous jusqu'au bout. C'était ce qu'il souhaitait. Mais voir la maladie évoluer a été très difficile, comme vous pouvez l'imaginer.

Je crois que je réussis assez bien à recourber les coins de mes lèvres vers le bas, façon clown triste.

— Je comprends. Il était malade depuis longtemps ?

J'étais curieuse d'entendre sa version des faits. Elle allait sûrement essayer de coller à la vérité, dans la mesure du possible.

— Il avait un cancer, diagnostiqué avant que nous nous rencontrions. Mais il suivait un traitement et son pronostic vital était très encourageant. On pensait avoir plusieurs années devant nous.

Mensonge numéro 1. Dommage, je n'avais pas de calepin à portée de main pour prendre des notes. Je devais garder à l'esprit que je n'étais pas censée connaître la vérité.

— Vous le connaissiez depuis longtemps ?

Je crus un instant qu'elle n'allait pas me répondre et je préparais déjà ma prochaine question lorsqu'elle se lança, dans un soupir :

— Quelques années seulement. Sa première épouse était encore en vie lorsque nous nous sommes rencontrés. Elle est décédée subitement et ç'a été très dur pour lui. À l'époque, il était en chimiothérapie, tout s'effondrait autour de lui. Je lui ai proposé de l'aider.

Elle semblait se détendre. Son regard flottait dans le jardin et au-delà.

— Je ne sais pourquoi je vous raconte tout ça, conclut-elle d'une voix à peine audible.

Craignant qu'elle ne s'arrête là alors qu'elle arrivait à la partie du récit qui m'intéressait le plus, j'adoptai le ton d'une confidente bienveillante :

— Ça fait du bien de parler, non ?

La vérité, c'est qu'en général, il vaut mieux la boucler. Mais ce jour-là, je voulais qu'elle s'épanche.

— Oui, vous avez raison. Et parfois, c'est plus simple avec un inconnu.

Parfait, exactement la réponse que j'espérais. J'attendis qu'elle poursuive mais elle avait l'air d'être coincée. Je l'encourageai doucement à continuer :

— Vous l'avez aidé à se remettre de la disparition de sa femme. Vous devez être quelqu'un de très attentionné.

Elle regardait toujours par la fenêtre.

— Moi, attentionnée ? C'est vrai : au début, ça a commencé comme ça. Je voulais simplement me montrer attentionnée envers lui.

Attentionnée envers lui ! Mensonge numéro 2. Elle avait surtout repéré un veuf d'un certain âge, très seul, vulnérable, malade, et *fortuné*, et avait jeté son dévolu sur lui. Le pauvre bonhomme n'avait eu aucune chance face à elle.

Elle consentit enfin à se tourner vers moi.

— George était un homme adorable, d'une gentillesse, vous ne pouvez même pas imaginer…

Sa voix, son sourire teinté de tristesse parvinrent presque à m'émouvoir. Mon cerveau lutta contre l'assaut d'une émotion que je n'avais pas du tout anticipée. Cette conversation tournait en rond, je devais absolument l'orienter vers des éléments plus concrets.

— Vous vous êtes mariés rapidement, alors ?

Au lieu de me répondre, Mrs Wallace se leva et se dirigea à nouveau vers le réfrigérateur. Elle en sortit une deuxième bouteille de vin.

— Ma béquille en ce moment, dit-elle en brandissant la bouteille.

Bien que je n'eusse pas terminé mon verre, elle me le remplit à ras bord avant de se servir.

— George adorait le vin. À toi, George, où que tu sois, s'exclama-t-elle en levant son verre avant d'en avaler la moitié d'un trait. Beaucoup de gens ont mal réagi quand nous nous sommes mariés, trois mois seulement après le décès de sa première épouse. La vérité, c'est que moi non plus, je n'en revenais pas quand il m'a fait sa demande. D'ailleurs, j'ai refusé, au début. Vous savez ce qu'il a dit ?

Non, je ne savais pas, indiquai-je d'un mouvement de tête.

— Il a dit qu'il avait une chance incroyable d'avoir rencontré une autre femme dont il était tombé amoureux, qu'il ne savait pas combien de temps il lui restait à vivre mais que ce temps-là, il voulait le passer avec moi. Moi aussi, j'avais déjà été mariée, voyez-vous. Ça n'avait pas duré bien longtemps et franchement, je pensais qu'on ne m'y reprendrait pas, mais George était…

Elle but une gorgée et laissa son verre un bon moment reposer sur sa lèvre inférieure.

— … George était un homme remarquable. Quand j'étais avec lui, tout me semblait possible.

Forcément, l'argent, ça rend beaucoup de choses possibles. J'avais du mal à rester concentrée sur ce qu'elle me disait parce que la vérité, je la connaissais, moi : elle l'avait épousé pour son fric, rien de plus. Si elle comptait me la faire à l'envers, elle était mal tombée avec moi.

— Et vous avez accepté, finalement.

— Eh oui. C'était une folie mais j'ai accepté, en effet.

Elle continua de sourire tout en secouant lentement la tête, comme si elle n'y croyait toujours pas. Il fallait bien reconnaître que j'avais devant moi une actrice-née.

— Nous pensions vraiment avoir de longues années devant nous. Mais il a attrapé cette saleté de pneumonie. Une semaine complète à l'hôpital, et à sa sortie, il était si affaibli que nous avons décidé de faire venir une infirmière à domicile.

Elle passa un index sur le bord de son verre.

— Ça n'a pas été facile de laisser quelqu'un entrer dans notre intimité, c'était un homme qui avait sa fierté, vous savez, il supportait mal que je le voie dans cet état. On était persuadés qu'il allait s'en tirer, qu'une fois qu'il aurait repris des forces, il se rétablirait pleinement.

Et la voilà qui se remit à pleurer. Chapeau. Elle était vraiment très douée.

Elle sortit un mouchoir de sa poche et le passa sur ses paupières.

— J'imagine que la pneumonie a permis au cancer de progresser plus rapidement parce que George n'a jamais réussi à reprendre des forces. Pourtant, même dans les pires moments, nous étions convaincus qu'il nous restait encore du temps. La présence des infirmières est vite devenue indispensable jour et nuit mais je me suis toujours arrangée pour que chaque jour, nous ayons quelques heures rien qu'à nous. Je m'asseyais près de lui, je lui tenais la main, lui faisais la lecture, ou bien nous regardions un film tous les deux. Il tenait absolument à ce que je reprenne le golf, alors j'y allais et à mon retour, je lui rapportais les cancans des autres joueurs, je lui parlais de mon jeu, des bons et des mauvais coups du jour. Notre vie avait changé mais j'aimais toujours autant passer du temps avec lui.

Mensonges, purs mensonges.

— Donc son état s'est vite détérioré, si je comprends bien.

Ma remarque pour le moins directe n'eut pas l'air de la faire tiquer.

— Oui.

Évidemment. Avait-elle fait des recherches poussées avant de trouver le produit qui raccourcirait sa vie ou avait-elle prélevé des gélules au petit bonheur parmi celles dont elle disposait déjà, et croisé les doigts pour qu'elles aient l'effet escompté ? J'avais vu, moi, les médicaments qu'elle cachait dans son débarras. Deux traitements différents pour le cœur ; l'un ou l'autre, administré à haute dose, aurait facilement achevé son mari, et en combinant les deux, elle avait nettement accéléré le processus. Pas besoin d'avoir fait dix ans de médecine pour savoir ça. Oonagh Wallace avait travaillé dans un cabinet médical pendant des années, elle avait forcément accès à certaines informations sur la question.

— Quand il est mort, j'avais beau savoir que ça allait arriver, j'ai ressenti un véritable choc… J'étais complètement perdue… On aurait dit que les lumières du monde entier s'étaient toutes éteintes en même temps, et que tout ce qu'il me restait, tout ce que je voyais était plongé dans l'obscurité, peuplé d'ombres, de noirceur.

Elle lâcha un long soupir qui flotta un moment dans la pièce.

Elle mentait, forcément. Je refusais de croire que j'avais pu me tromper. Le souvenir de la réaction de ma mère en apprenant la mort de mon père ressurgit dans ma mémoire. Elle aussi avait été plongée dans l'obscurité. Et elle était restée enfermée dans le noir, à jamais.

— Encore aujourd'hui, quand je passe le seuil de cette immense maison vide, c'est à lui que je pense en premier. Ça va être l'heure de lui réchauffer son repas, de passer une heure à son chevet pour le faire manger, voilà ce que je me dis.

Elle eut un petit rire pathétique et ses yeux s'embrumèrent à nouveau en pensant à son mari.

— Les derniers jours, il ne voulait plus s'alimenter, mais vous savez quoi ? Il mangeait quand même un peu, quelques cuillerées, juste pour me faire plaisir. Il était comme ça, George.

Quelques cuillerées d'un plat qu'elle lui avait cuisiné. Quelques cuillerées empoisonnées. Au moins, le pauvre homme avait succombé sans se rendre compte du stratagème de sa femme.

— C'est drôle, reprit Mrs Wallace.

Je ne voyais vraiment pas ce qu'il pouvait y avoir de drôle dans son récit mais j'avais devant moi une veuve encore en deuil qui ne s'adressait plus vraiment à personne en particulier. D'ailleurs, je me demandai si elle n'avait pas complètement oublié ma présence.

— Qu'est-ce qui est drôle ? m'enquis-je en constatant que son monologue s'était brusquement arrêté.

Elle se tourna vers moi dans un sursaut.

— Pardon ?

Ah, j'avais vu juste, elle avait effectivement oublié que j'étais là.

— Vous parliez de quelque chose de drôle…

— Drôle… Ah oui, pardon. Je repensais aux moments où j'aidais George à prendre ses repas. On plaisantait souvent à ce sujet tous les deux parce que je ne suis pas vraiment un cordon-bleu, vous savez. On mangeait souvent à l'extérieur, ou bien on se faisait livrer des repas.

Elle se laissa à nouveau happer par les souvenirs. *Prends garde à ne pas te retrouver enfermée dans le passé, comme ma mère.*

Je l'incitai à poursuivre :

— Et quand il a commencé à perdre l'appétit…

— Pauvre George, lui qui aimait tellement manger. Mais la pneumonie l'avait vidé de ses forces, il n'arrivait même plus à mâcher. Il lui fallait des aliments sous forme de purée pour qu'il puisse les avaler facilement. Je lui avais promis que lorsqu'il serait rétabli, nous irions manger un bon steak tous les deux. Mais il ne s'est jamais remis.

Évidemment qu'il ne s'était jamais remis puisqu'elle l'empoisonnait !

— Vous lui prépariez ses repas et vous les passiez au mixeur, je suppose ?

Je m'attendais à ce qu'elle confirme d'un « oui » qui m'aurait probablement encore émue davantage, mais je parvins à me ressaisir et à me concentrer sur la colère que m'inspirait ce petit numéro de veuve éplorée. Au lieu de quoi, elle éclata d'un rire aigrelet d'autodérision bientôt stoppé net par un accès de désespoir.

— J'ai essayé, oui, mais j'étais tellement nulle en cuisine que même ça, je n'y arrivais pas. Imaginez un peu à quel point je m'en voulais. Mais j'ai eu beaucoup de chance parce qu'une des infirmières qui s'occupait de lui a proposé de lui préparer ses repas. Elle faisait plusieurs plats et les stockait par portion dans le congélateur, pour les jours où elle n'était pas là, sinon elle les mettait au frigo. Et elle savait y faire, elle : de belles purées veloutées, savoureuses à souhait. Au début, il se jetait dessus, et même vers la fin, alors qu'il n'avait presque plus d'appétit, il ne tarissait pas d'éloges sur ces petits plats, même s'il n'en mangeait que quelques bouchées.

— C'est une des infirmières qui préparait les repas à votre place ?

Encore un mensonge, mais cette fois, Oonagh n'y était pour rien. Je me souvenais très clairement d'avoir entendu Carol me dire que c'était Mrs Wallace qui cuisinait pour son mari.

— Oui, et on peut dire qu'on est bien tombés avec Carol, l'infirmière en question. Une fille vraiment gentille, pleine d'empathie. Toujours prête à rendre service. Elle m'avait dit qu'elle disposait d'un peu de temps libre dans la journée et qu'elle voulait bien se charger de préparer les repas de George.

Tout cela ne changeait rien à l'affaire : Carol s'était

peut-être chargée de cuisiner, mais c'était Oonagh Wallace qui faisait manger son mari, elle qui mélangeait les médicaments aux purées.

Mrs Wallace avait commencé à parler et rien ne semblait plus pouvoir l'arrêter. La vérité m'éclata à la figure quelques minutes plus tard. Et avec elle, mon projet – qui, à ce stade, consistait à recueillir des informations sur Oonagh Wallace afin de mettre toutes les chances de mon côté quand la phase du chantage arriverait – partit en fumée.

— Carol pilait les médicaments de George pour qu'il puisse les ingérer sous forme de poudre, m'expliqua-t-elle, sans se rendre compte qu'à chaque mot qu'elle prononçait, je voyais mon projet se réduire à néant. Elle laissait la poudre dans une petite soucoupe recouverte de Cellophane et je n'avais plus qu'à l'ajouter à la purée.

Quoi ? Carol pilait ses médicaments ?

— C'était vraiment une professionnelle hors pair, cette Carol. Le lendemain du décès de George, elle est venue à la maison pour me dire que je pouvais compter sur elle si j'avais besoin de quoi que ce soit. Je n'avais besoin de rien mais elle a insisté pour me donner un coup de main et a proposé de me débarrasser des vieilles boîtes de médicaments que j'avais encore en bas. C'était vraiment gentil de sa part.

Les médicaments… en bas. Les paquets ouverts. Le mortier et le pilon. Carol ?

— En effet, dis-je.

Si je venais d'avoir la preuve que j'avais commis pas mal d'erreurs de jugement, j'avais néanmoins encore du mal à admettre que ce que je subodorais à présent pût être vrai…

Je ramassai mon sac à mes pieds. Il fallait que je sorte de cette maison pour absorber le flot d'informations qui venaient de m'être révélées.

— Je vais vous laisser.

Elle se leva en même temps que moi.

— J'espère que vous retrouverez votre père et que cet homme sera un être aussi délicieux que mon cher George.

— Merci. Je vais poursuivre mes recherches, ajoutai-je en embrassant la vaste cuisine d'un regard. Vous allez vous sentir seule dans cette grande maison.

— Elle ne me paraissait jamais grande quand George était là. Il faut dire que c'était un grand homme lui aussi, dans tous les sens du terme. Lorsqu'il était quelque part, il remplissait l'espace.

Toujours aussi curieuse, je lui posai une dernière question :

— Vous allez continuer à vivre ici, seule ?

— Grand Dieu, non, non. Même si c'était envisageable, je n'y resterais pas, et je n'ai guère le choix, de toute façon.

Mon étonnement dut se lire sur mon visage.

— C'est une maison qui demande beaucoup d'entretien, développa-t-elle. George l'avait hypothéquée il y a quelques années et à sa mort, il était prévu qu'elle soit vendue.

Le vague élan de compassion que j'avais ressenti tout à l'heure envers cette femme refit surface un instant.

— Qu'allez-vous faire, alors ?

— J'avais gardé mon appartement. Je comptais le mettre en location mais je ne m'en étais jamais occupée.

Une fois que George sera enterré, je retournerai m'y installer, je reprendrai ma vie d'avant…

Elle s'était une nouvelle fois exprimée d'une voix altérée par l'émotion et je sentis que le passé la rattrapait derechef. Elle demeura silencieuse quelques instants, quelques secondes durant lesquelles je me maudissais de l'avoir jugée si durement. D'avoir vu en elle uniquement ce qui m'arrangeait, moi. J'étais incapable de distinguer les gens comme mon père, ceux qui mentent et qui trompent, de ceux capables d'un amour inconditionnel.

Elle reprit, avec plus d'assurance :

— La vie continue… différemment, c'est tout. George a laissé un grand vide dans mon existence mais mon amour pour lui m'a tellement enrichie… Partager la vie de cet homme exceptionnel m'aura apporté beaucoup de bonheur. Un bonheur qui n'aura malheureusement pas duré, mais d'une intensité incomparable. Et je vais hériter d'un peu d'argent, de sorte que je n'aurai pas à travailler… enfin, pendant quelque temps, au moins.

— Bon…

Je n'avais tout bonnement rien à ajouter, les mots ne sortaient plus. Je m'étais trompée sur toute la ligne sur cette femme et Carol m'avait embobinée depuis le début. J'avais eu tout, tout faux.

Carol, la petite sainte-nitouche… Ah, ça, on peut dire que je l'avais sacrément sous-estimée.

44

Comprendre à quel point je m'étais fourvoyée me mit dans tous mes états. Je m'étais trompée sur Oonagh Wallace. Trompée sur Carol. Je me consolai en songeant que j'avais eu raison sur une chose, au moins… Quelqu'un avait précipité la mort de George Wallace. Mais jamais un instant, il ne m'était venu à l'esprit que Carol, sainte Carol, Carol l'infirmière pleine d'empathie, la reine de la compassion, pût être derrière tout cela.

Je laissai la pauvre veuve endeuillée tranquille et retournai à pied en ville pour prendre le bus et rentrer chez moi. En chemin, je me repassai notre conversation en boucle, j'analysai les moindres détails qu'elle avait bien voulu me confier. Son mari ne s'était jamais remis de sa pneumonie parce que quelqu'un – Carol, en l'occurrence – avait tout fait pour empêcher qu'il se rétablît. Et le déclin rapide de son état de santé avait été mis sur le compte du cancer. Qui aurait pu se douter que la vérité était tout autre ?

Pas Mrs Wallace ni le médecin de son mari, de toute évidence ; mais eux, ils n'avaient pas vu ce qui était dissimulé derrière la porte du débarras. Ils n'avaient pas vu les boîtes ouvertes des médicaments ayant appartenu à la première Mrs Wallace, pas vu non plus le mortier et le pilon utilisés pour écraser les pilules.

Carol. La maligne, la sale petite garce. Elle préparait les repas de George Wallace, y ajoutait un cocktail de poudres et après, il lui suffisait d'attendre les conséquences inévitables.

Cependant, ce qui m'intriguait davantage désormais, ce n'était pas de comprendre comment elle avait procédé, mais pourquoi.

Moi, j'avais déjà tué quelqu'un, mais dans les deux cas, j'avais eu de bonnes raisons de passer à l'acte : neutraliser une fille qui me harcelait et continuer à offrir à ma mère les soins dont elle avait besoin. Qu'est-ce qui avait bien pu pousser Carol à tuer Mr Wallace ? Même si Oonagh Wallace avait hérité de la somptueuse demeure de son mari, financièrement, Carol n'en aurait tiré aucun bénéfice personnel. Au mieux, elle aurait reçu un chèque-cadeau, une boîte de chocolats ou un bouquet de fleurs. Les gens n'offrent jamais aux infirmières le genre de cadeau dont elles ont le plus besoin – de l'argent –, comme si elles étaient au-dessus de ça, comme si empocher une enveloppe de liquide leur posait un problème moral.

Or, si ce n'était pas une question d'argent, pourquoi Carol s'était-elle donné tout ce mal ?

Chaque fois qu'elle m'avait parlé d'Oonagh Wallace, elle n'avait pas tari d'éloges sur cette femme. Carol estimait-elle tout simplement que Mrs Wallace serait plus heureuse une fois débarrassée de son mari ? Elle s'était peut-être dit, comme moi, qu'Oonagh Wallace toucherait le pactole à la mort de son époux. Ou bien, qui sait, elle avait peut-être des vues sur la veuve. J'imaginais mal que Mrs Wallace pût être intéressée par les femmes, mais après tout, qu'en savais-je, moi ?

Et tout cela avait-il la moindre importance, après tout ?

Je ne sais pas pourquoi mais la question me travaillait.

Peut-être parce que j'avais été sensible au chagrin incommensurable d'Oonagh Wallace. Elle aurait veillé sur lui aussi longtemps que nécessaire, et tant qu'il ne souffrait pas, jamais il ne lui serait venu à l'esprit d'écourter la vie de son époux. Elle aimait son mari du même genre d'amour que celui que ma mère éprouvait pour mon père. Le genre d'amour que ni l'un ni l'autre n'avaient jamais ressenti pour leur fille. Le genre d'amour qu'il faut préserver, coûte que coûte, jusqu'à son dernier souffle.

Carol avait voulu réduire le temps qu'il restait à Oonagh et George ensemble, et moi, je voulais savoir pourquoi.

Du reste, je n'avais probablement rien à craindre de femmes comme Jolene, l'infirmière que j'avais punie pour ses manquements auprès des malades. Ni rien à craindre d'infirmières comme moi, qui ne tuent jamais sans raison valable. Les plus terrifiantes, ce sont celles qui tuent sans mobile particulier. Qui pouvaient donc jeter leur dévolu sur n'importe qui… sur ma mère, par exemple.

À cette pensée, ébranlée, je pilai net au beau milieu du chemin. Les trois femmes qui marchaient derrière moi en rang serré durent s'écarter pour me contourner. Elles se retournèrent et l'une d'elles esquissa un geste vers moi, comme pour me demander si je me sentais mal. Je ne sais pas si c'est ma tête qui la fit changer d'avis, mais le fait est qu'elle prit aussitôt ses deux amies par le bras et qu'elles poursuivirent leur chemin d'un bon pas en direction du centre-ville.

Je restai plusieurs minutes clouée sur place à songer à ma mère. À sa vulnérabilité. À ce que j'éprouverais si elle venait à mourir. Au deuil insurmontable... Cette vision me parut tellement atroce que mes yeux s'emplirent de larmes et je me mis à pleurer sans retenue. Mes sanglots sonores déstabilisèrent même un cycliste, son vélo fit une embardée périlleuse mais il parvint à retrouver son équilibre et traça sa route. Il ne se retourna pas. Et pourquoi se retournerait-il ? Il n'avait que faire d'une petite crétine en train de pleurnicher au beau milieu d'un sentier.

Je repris ma route. Sous mes pas, des petits nuages de poussière s'élevaient du chemin de terre desséché par l'été. Je gagnai l'arrêt de bus en pilote automatique et attendis, sans même consulter le panneau des horaires, adossée à l'aubette, les yeux dans le vide. Mon bus arriva vingt minutes plus tard. Le nez collé contre la vitre sale, je me laissai porter.

Le chauffeur de bus ne me connaissait pas et ne savait donc pas où s'arrêter pour me laisser descendre. Comme j'étais perdue dans mes pensées, il fallut que quelqu'un se laissât tomber lourdement sur le siège d'à côté pour que je regarde enfin par la fenêtre et que je comprenne que j'avais raté mon arrêt.

Rebrousser chemin à pied me prit vingt bonnes minutes. Une fatigue extrême me gagnait. Je ne rêvais que d'une chose : me mettre au lit et oublier durant quelques heures le monde et mon lot de soucis. Rentrer *chez moi*. La perspective de déménager dans un endroit plus agréable s'était volatilisée. J'étais condamnée à rester là. À vivre avec un voisin qui me fichait la frousse.

Ou était-ce moi qui fichais la frousse à Theo, en réalité ? À bien y songer, c'était moi qui avais fourré la main dans sa boîte à lettres – et perdu mon bracelet par la même occasion. De quoi s'était-il rendu coupable, lui, hormis le fait d'avoir l'air de me surveiller ? Et de rôder devant ma porte en pleine nuit. Et de faire volontairement s'allumer et s'éteindre le spot du jardin. Ça, je n'étais pas près de l'oublier.

Priant le ciel pour ne pas le croiser, j'ouvris le portillon et fonçai vers mon studio en gardant les yeux rivés sur mes chaussures, la clef déjà en main. J'ouvris la porte, entrai précipitamment et la refermai aussitôt derrière moi pour me calfeutrer à l'intérieur. Dans un accès de paranoïa, je m'emparai d'une chaise et calai le haut du dossier sous la poignée. Cela ne suffit pas pour autant à me rassurer. Je me surpris à m'éloigner lentement de la porte, sans la quitter des yeux, imaginant déjà mon terrifiant voisin enfoncer la porte d'un coup d'épaule et faire valdinguer mon système de défense pitoyable.

Je me sentirai mieux après avoir dormi, tentai-je de me convaincre. Trop ivre de fatigue pour me détendre pleinement, je me débarrassai de mes chaussures de deux coups de talon et, encore tout habillée, m'affalai sur le lit. Je fermai les yeux.

Parfois, malgré tout ce qui peut arriver dans la vie, c'est le corps qui vous rappelle à l'ordre. Et c'est ce qui se passa. En quelques secondes, je sombrai dans un profond sommeil. Et j'aurais continué à dormir comme une masse, à profiter de ce paisible interlude, si la chaleur ne m'avait pas réveillée. Le soleil ne parvenait jamais à se frayer un chemin entre le garage et la maison mais il cognait sur la toiture noire en caoutchouc et le studio surchauffé se transformait rapidement en fournaise. J'aurais dû laisser les fenêtres entrouvertes. Elles étaient larges, pas très hautes et s'ouvraient au maximum de six ou sept centimètres, et même si on les laissait ouvertes, la pièce restait chaude. Et lorsqu'elles étaient fermées, la chaleur devenait franchement étouffante.

En toute logique, j'aurais dû les ouvrir. Rien de dangereux ne risquait de se faufiler par l'entrebâillement. Les insectes volants préféraient rester dehors, au frais, à l'humidité, et si les quelques cloportes susceptibles d'entrer pouvaient éventuellement me contrarier, ils ne représentaient aucun véritable danger. Et pourtant, je persistai : les fenêtres restèrent fermées. Et je continuai à avoir trop chaud. À rester éveillée.

Agitée, cherchant désespérément le sommeil, en proie à toutes sortes de pensées décousues qui tournaient en boucle dans ma tête, je ne cessai de voir surgir le visage de Carol devant moi, Carol et son regard qui cachait forcément quelque chose.

Lorsque la nuit tomba, le studio fut plongé dans l'obscurité mais la chaleur intense ne reflua pas pour autant. Je me déshabillai et m'étendis, nue, sur le lit. À ce stade, j'étais à deux doigts d'aller ouvrir les fenêtres, persuadée que finalement, c'était la meilleure chose à faire. Je m'étais d'ailleurs déjà redressée sur le lit lorsque la lumière extérieure s'alluma. Les fenêtres s'illuminèrent. Je me laissai retomber sur le lit et ne détachai les yeux des deux longues bandes de lumière que lorsque la lumière s'éteignit. De nouveau plongée dans le noir, je retins mon souffle. Et exhalai un soupir ulcéré lorsqu'elle se ralluma, quelques secondes seulement après. Ce petit jeu de lumière dura un bon moment. J'osais à peine cligner des yeux, pétrifiée à l'idée de manquer quelque chose, quelque chose qui ferait irruption dans la nanoseconde où mes yeux seraient fermés.

Quand l'obscurité totale se prolongea plus de quelques minutes de suite, je plissai les yeux, à l'affût du moindre changement suspect dans les zones sombres qui peuplaient mon studio : un mouvement, quelque chose ou quelqu'un qui aurait trouvé le moyen d'entrer chez moi. Je savais bien que c'était ridicule mais le savoir ne changeait rien à la peur qui me nouait le ventre.

Mon corps demeurait parfaitement immobile. Seuls mes yeux furetaient dans tous les coins. Lorsque soudain, ils se fixèrent sur un point et s'agrandirent.

Ces dernières années, cela m'était déjà arrivé et je n'aurais pas dû m'en étonner. Les situations extrêmes de stress me faisaient souvent ça, et là, j'étais tellement stressée que les battements affolés de mon cœur résonnaient dans le silence. Des yeux luisants braqués sur moi flottaient dans l'air. Deux paires d'yeux, rien d'autre, que je reconnus instantanément : les yeux bleus, tristes, de Jemma, et les yeux plus pâles, fatigués, d'Olivia.

Eux seuls me savaient coupable. Eux seuls avaient le pouvoir de me punir.

J'avais réussi à me débarrasser de Jolene sans avoir recours à la violence. Avec Carol, ça ne serait pas aussi simple. Tout ce que je savais, c'était que quelque chose de définitif devait être fait. Il n'y avait donc pas trente-six solutions.

Les deux paires d'yeux m'observaient. Bientôt, elles seraient trois.

45

Le spot du jardin finit par cesser de s'allumer et je parvins à dormir quelques heures. D'un sommeil fort peu réparateur malheureusement puisque je n'arrêtai pas de remuer, agitée par une série de cauchemars dans lesquels ma mère se faisait trucider par Carol.

Au réveil, mes joues étaient baignées de larmes. Je ressentis aussitôt le besoin de voir ma mère pour m'assurer que rien ne lui était arrivé. Il n'était encore que 6 heures du matin. Le premier bus passait à 7 heures. Incapable de tenir une heure la peur au ventre, j'appelai la maison de repos et demandai à parler à l'infirmière de nuit. Kerry occupait ce poste depuis des années, c'était une infirmière fiable, très professionnelle. Nous nous étions déjà entretenues au téléphone à plusieurs reprises : ce n'était pas la première fois que le sort de ma mère me provoquait une crise de panique au réveil. En revanche, c'était la première fois que je redoutais que quelque chose lui arrive à cause du personnel censé veiller sur elle.

— Comment va ma mère ? m'enquis-je après les salutations d'usage.

— Très bien. Je suis passée la voir il y a quelques

minutes. Parfois, elle se réveille tôt mais ce matin, elle dort encore.

Un nouvel accès de paranoïa s'empara de moi. Dormait-elle ou était-elle… morte ? J'aurais pu supplier Kerry de retourner dans la chambre de ma mère, de vérifier que tout allait bien, de la réveiller, même, pour s'en assurer. Si ma mère mourait, je serais complètement perdue, ma vie n'aurait plus aucun sens.

Ou bien…

Me sentirais-je libérée du poids énorme qui pesait sur mes épaules davantage chaque année ? Cette pensée, aussi fugace fût-elle, me fit l'effet d'un électrochoc. Jamais de ma vie, je n'avais envisagé la situation sous cet angle. Jamais ? Si ma mère venait à mourir, me sentirais-je perdue ou libérée ?

Les paroles de Kerry me parvenaient en sourdine. Je crus comprendre qu'elle enchaînait plusieurs nuits d'affilée et que la fatigue commençait à la gagner. Ou quelque chose de cet ordre. Comme je m'en contrefichais, je l'interrompis, sans me soucier des bonnes manières :

— Qui est de service de jour, aujourd'hui ?

Elle eut un instant d'hésitation en signe, peut-être, de protestation pour avoir été coupée aussi grossièrement.

— Jenny O'Brien.

Jenny. Une des meilleures infirmières. Je pouvais me tranquilliser, ma mère serait entre de bonnes mains. Ce qui ne m'empêcherait pas d'aller vérifier par moi-même sur place mais au moins, je ne me sentais plus obligée de sauter dans le premier bus.

— Ah, très bien. Eh ben… vous pouvez lui dire que je passerai voir ma mère dans la matinée.

Je raccrochai sans attendre la réponse de Kerry et restai étendue quelques minutes. Était-ce réellement la première fois que l'idée que ma vie serait plus facile sans ma mère me traversait l'esprit ? Je n'aurais su le dire… Quoi qu'il en soit, je n'allais certainement pas laisser cette pensée me polluer plus longtemps.

J'étais peut-être en train de devenir une tueuse en série mais cela ne faisait pas de moi un monstre pour autant.

*

L'infirmière de nuit avait eu beau me rassurer, le simple fait d'avoir pensé que je serais peut-être mieux sans ma mère m'incita à prendre tout de même le premier bus. Après une bonne douche, une fois débarrassée des relents de transpiration nocturne, j'enfilai une tenue toute propre et vidai un grand verre d'eau en guise de petit déjeuner.

La chaise était toujours calée contre la porte, sur deux pieds, le dossier coincé sous la poignée. Avant de la retirer, je collai une oreille à la porte pendant plusieurs minutes, histoire d'être bien certaine que personne ne traînait dans le jardin. Je remis la chaise à sa place habituelle puis écoutai à nouveau à la porte. Et même à ce moment-là, alors que je savais pertinemment que personne ne m'attendait de l'autre côté de la porte, je l'ouvris tout doucement, à peine, et passai prudemment une tête dehors. L'air frais du matin, délicieux après toutes ces heures d'enfermement, me chatouilla les narines. Je pris mon courage à deux mains, ouvris grand la porte et fis des moulinets frénétiques avec les bras pour faire sortir l'air vicié de l'intérieur. Ce faisant, je gardai un œil sur le coin de la maison, redoutant à tout instant de voir surgir Theo. Le passage entre les deux bâtiments était si étroit que son imposante stature occuperait toute la largeur et m'empêcherait de passer. À l'autre extrémité du passage, le portail menant au jardin arrière était toujours fermé à double tour. Je le savais pour avoir plus d'une fois essayé de l'ouvrir.

Donc, si j'aérais, je risquais de tomber sur Theo. Ma décision fut vite prise. Je fermai la porte à clef derrière moi et m'engageai d'un bon pas dans l'allée qui menait au chemin longeant la route. Après avoir parcouru une bonne distance, je me retournai pour jeter un œil derrière moi. Rien en vue, pas de monstre à mes trousses. Je ne ralentis pas la cadence pour autant et arrivai bientôt à l'arrêt de bus. En avance, naturellement. Je fus bien obligée de patienter quelques minutes avant d'apercevoir le véhicule au sommet de la colline s'avancer lentement vers moi. Je fis des grands signes exagérés au chauffeur, de peur qu'il ne m'ait pas remarquée et qu'il passe devant moi sans s'arrêter.

Il était encore tôt lorsque j'arrivai à la maison de repos. L'équipe de nuit devait être en train de s'activer pour essayer de terminer le service à l'heure. J'attendis un bon moment avant que quelqu'un ne répondît à mon appel. Cela n'avait aucune importance, cette matinée d'été était splendide, la température déjà agréable sans être encore trop élevée. Je m'assis à côté de la porte d'entrée, sur le muret qui longeait le bâtiment.

Si j'avais fermé les yeux, je me serais sûrement endormie, bercée par la mélopée des petits oiseaux qui batifolaient dans les arbres alentour. Je me demandais comment réagirait l'employée qui ouvrirait la porte si elle me trouvait assoupie, affaissée sur le muret. Cela dépendrait de qui viendrait ouvrir, bien sûr. Kerry me reconnaîtrait, elle. Elle me réveillerait en me secouant doucement par l'épaule. Quelqu'un d'autre, moins serein, aux yeux de qui je ne serais qu'une inconnue, prendrait peut-être peur et appellerait une ambulance.

Comme je ne tenais pas à faire d'histoires, je luttai pour garder les yeux ouverts. J'avais très peu dormi, et d'un sommeil haché, de sorte que je ne me sentais nullement reposée. Mieux valait rester debout. Dans le bus, le chauffeur avait passé mes chansons préférées de Pink ; j'entonnai un air et oscillai légèrement en rythme. Au bout de quelques minutes, je m'avançai vers la porte et collai mon nez contre la partie vitrée pour voir si quelqu'un se décidait enfin à venir m'ouvrir.

Pas de chance : au même moment, une aide-soignante venait d'arriver à la porte, elle sursauta en voyant mon visage collé contre la vitre, et de mon côté, je fis également un bond en la découvrant si près de moi. Chacune eut un mouvement de recul. Et moi, j'atterris au bord d'une margelle, chancelai, tombai à la renverse pardessus le muret et terminai cette chute fort peu élégante dans un buisson.

L'aide-soignante, dont je ne connaissais pas le nom, ouvrit aussitôt la porte et accourut vers moi.

— Mon Dieu, vous n'avez rien de cassé, j'espère ? Je suis vraiment désolée, je vous ai fait peur.

Le buisson dans lequel j'avais dégringolé se rebiffa :

ses branches s'agrippèrent à mes vêtements, toutes griffes dehors. L'aide-soignante voulut me venir en aide mais elle était passablement empotée et ne me fut d'aucun secours. Je parvins finalement à m'extirper du massif mais j'avais les bras lacérés d'égratignures et le t-shirt que je portais – une de mes rares acquisitions récentes – était déchiré de l'aisselle au col.

Et l'infirmière de répéter un « Mon Dieu » en forme d'appel à je ne sais quelle divinité capable de réparer mon haut. Un dieu équipé de fil et d'une aiguille, et expert en retouches invisibles, j'imagine.

— Je mettrai une bande autocollante, ça ira, ne vous inquiétez pas, dis-je en maintenant d'une main les deux pans du t-shirt. Je suis Lissa McColl.

Comme mon nom ne semblait rien lui évoquer, je complétai :

— La fille de Cathy McColl.

— Ah, Cathy ! Oui, on m'avait dit que vous seriez là assez tôt ce matin. Je viens de commencer, ici. Je ne connais pas encore tout le monde. Entrez, je vous en prie. Moi, je dois y retourner, il y a un tas de choses à faire à cette heure-ci.

Elle eut un petit rire grinçant, comme si elle venait de se rendre compte qu'elle avait dit une sottise.

— Mais je ne vous apprends rien puisque vous êtes infirmière.

Je n'eus rien à répondre à cela et me contentai de la suivre dans le bâtiment.

— Vous êtes sûre que ça va aller ?

— Oui, oui, ça va très bien, je vous assure. Allez-y, je vous en prie, je sais où se trouve la chambre de ma mère.

Elle me remercia d'un large sourire, s'éloigna en trottinant et disparut dans une salle.

En réalité, ça n'allait pas du tout.

Ma mère dormait encore. D'ordinaire, je la réveillais en déposant un baiser sur sa joue ou, avec moins de délicatesse, en la secouant légèrement. Mais pas ce matin-là. Après avoir refermé la porte derrière moi, je me jetai dans le fauteuil très confortable en face de son lit, tête renversée en arrière. Mes éraflures me picotaient. Je m'étais également cogné la hanche sur le muret en passant par-dessus. Et pour couronner le tout, le flux de pensées qui m'assaillait sans relâche m'avait donné un terrible mal de crâne. Je baissai les paupières un instant, puis rouvris les yeux et observai ma mère dormir paisiblement à l'autre bout de la petite chambre. Rien ne semblait troubler son sommeil. Pas le moindre souci, la moindre préoccupation susceptible de perturber ses nuits. Lui arrivait-il de faire des cauchemars, de réentendre en boucle l'annonce de la mort de mon père ?

Elle semblait sereine. Sur son visage pâle, quelques rides discrètes. Ses cheveux régulièrement coiffés par des experts, teinture comprise, étaient peignés en arrière, son front dégagé. Je passai une main dans ma chevelure grisonnante à la coupe aussi courte qu'indéfinissable et, d'un doigt, palpai les rides qui me striaient le front et marquaient une séparation entre mes sourcils.

Je me levai et gagnai la petite salle d'eau privative. Le meuble de salle de bains était rempli de pots de crèmes hydratantes de la même marque que celle qu'elle avait toujours utilisée. Je tenais à ce qu'elle garde celle-ci même si, au fil des ans, les prix avaient d'abord doublé, puis triplé. Je pris un pot de crème de jour, plongeai un doigt dedans et étalai la crème sur une joue. Comme c'était doux. Rafraîchissant.

Elle disposait de toutes sortes de produits cosmétiques et de maquillage. En fouillant dans ses affaires, je trouvai un crayon à sourcils et redessinai le contour de mes sourcils clairs et peu fournis. Étonnamment satisfaite du résultat, je décidai de me mettre du mascara et du rouge à lèvres violine, avant de reculer pour juger de l'ensemble. On voyait bien que je manquais de pratique. J'avais eu la main bien trop lourde et ressemblais à un clown. Pire encore : avec mon haut déchiré, j'avais carrément l'air d'une putain sur le retour. Je me frottai énergiquement les yeux et la bouche. Le résultat me plongea dans un tel effroi que je me mis à frotter de plus belle avec le dos de la main, au point de me faire mal et de ne plus pouvoir distinguer les traits de mon visage sous les taches noires et violacées.

La salle d'eau était tellement étroite que lorsque mes nerfs lâchèrent, saisie d'un vertige, je vacillai et atterris sur la cuvette des toilettes. En tant qu'infirmière, je savais ce qu'il fallait faire en cas d'étourdissement : je penchai la tête entre mes jambes et attendis que la salle d'eau cessât de tanguer. Personne ne risquait de me surprendre dans cet état, ici. Quand j'étais avec ma mère, les infirmières me laissaient m'occuper d'elle sans jamais me déranger. Je pouvais rester recroquevillée sur les toilettes aussi longtemps qu'il le faudrait et attendre patiemment d'être en état de me relever.

J'eus un véritable choc en voyant mon reflet dans le miroir. Une bonne dose de démaquillant fut nécessaire pour ôter toute trace de ma folie. Ah, si seulement tout était aussi simple ! S'il suffisait de quelques cotons démaquillants et d'un bon nettoyant pour effacer les actes que l'on regrette d'avoir commis. Certains événements du passé. Les zones sombres qui peuplent nos esprits, la noirceur qui corrompt tout ce que l'on touche.

Oh, je n'avais pas totalement perdu la tête, je savais bien que seul l'épuisement était à mettre sur le compte de cette petite crise. J'avais agi par nécessité, ni plus ni moins. Seuls les lâches refusent de passer à l'acte par peur des conséquences.

Quand j'eus retrouvé mon visage normal, laid, pâle, je retournai dans la chambre. Ma mère dormait toujours. J'ouvris sa penderie bourrée à craquer et, sans faire de bruit, commençai à passer en revue les vêtements sur cintres. Un chemisier en coton que je lui avais acheté des années plus tôt ferait l'affaire. Elle ne l'avait porté qu'une seule fois et je ne la priverais pas si je le lui empruntais. Je retirai mon t-shirt sale et déchiré, le jetai dans la poubelle à papier et enfilai le chemisier propre.

Je m'assis à nouveau dans le fauteuil et fermai les yeux.

Pour les rouvrir quelques secondes seulement après. Devant moi, ma mère dormait encore.

Si elle venait à décéder… à quoi ressemblerait ma vie ?

46

Je continuai à étudier ma mère avec une curiosité croissante. Elle remua enfin, s'étira et bâilla avant même d'ouvrir les yeux. Je détournai aussitôt le regard. Lorsque je pivotai à nouveau la tête vers elle, elle me regardait fixement. Comme souvent, à cet instant, je me demandai si elle ne percevait pas les émotions qui me traversaient, surtout quand elle me dévisageait comme à cet instant, avec une certaine intensité. On aurait dit qu'elle lisait dans mes pensées, son visage était figé dans une expression de sidération d'une tristesse infinie, semblable à celle qu'elle avait arborée le jour où on lui avait annoncé la mort de son époux.

Avais-je parlé à haute voix ? Croyait-elle que je souhaitais sa mort ? Parce que ce n'était pas du tout le cas, non ! Je veux bien admettre avoir un instant imaginé à quoi ressemblerait ma vie sans le fardeau financier que représentait son séjour en maison de repos, mais cela ne voulait pas dire que je souhaitais sa mort. C'était ma mère, tout de même. La seule personne qu'il me restait au monde.

« Bonjour, maman », dis-je en bondissant du fauteuil pour la rejoindre à son chevet. Je m'assis sur le bord du lit et me penchai pour l'embrasser. « J'attendais que tu te réveilles. On va se lever, prendre une bonne douche et ensuite petit-déjeuner, d'accord ? »

Je ne m'attendais pas à ce qu'elle réponde, bien entendu. Je me faisais probablement des idées mais il me sembla déceler sur ses traits un léger changement d'expression. Sa mine décomposée se mua en une expression morne et absente, celle qu'elle affichait depuis des années, depuis ce jour fatidique.

Poursuivant mon monologue enjoué, je la pilotai vers la salle d'eau, où je la savonnai longuement tout en essayant d'éviter d'être arrosée par la pomme de douche. De temps à autre, sans qu'elle ne prononce jamais un seul mot, il lui arrivait de refuser de coopérer. Elle restait alors plantée là où elle se trouvait et se figeait avec une obstination que je ne lui connaissais pas avant son effondrement. Ce matin-là, elle sentit peut-être que je n'étais pas très en forme : elle ne m'opposa pas la moindre résistance, leva le bras, la jambe, entra et sortit de la douche quand je le lui demandai. Comme une enfant obéissante. D'ailleurs, je m'adressai à elle comme si j'avais affaire à une petite fille ; je la complimentai sur sa jolie tenue lorsqu'elle fut habillée et ne taris pas d'éloges sur sa beauté après l'avoir maquillée, avec nettement plus de soin que je ne l'avais fait sur moi un peu plus tôt. Il faut bien reconnaître que ma mère était une très belle femme, avec un nez fin, raffiné, une petite bouche charnue en arc de Cupidon et des yeux d'un bleu foncé saisissant.

Mon père avait été bel homme, lui aussi. Je me demandais vraiment d'où je tenais ce faciès qui faisait certes parfois tourner les têtes sur mon passage, mais jamais pour les bonnes raisons. Ma mère se trompait quand elle me disait que j'avais hérité des traits de mon père. Ou bien elle me mentait pour m'épargner. C'était peut-être une question de gènes – les mêmes gènes corrompus qui avaient fait de moi une meurtrière.

Je passai une brosse dans les cheveux de ma mère.

« Voilà, maman. Et si on descendait prendre le petit déjeuner avec les autres aujourd'hui, pour changer ? » proposai-je en la faisant asseoir dans son fauteuil roulant. J'avais beau être à l'aise dans les espaces exigus, ce jour-là je me sentais à l'étroit dans sa chambre ; et avec le chauffage encore à fond alors que nous étions en plein été, l'air y était irrespirable.

La salle à manger se trouvait à deux pas. On y accédait par une double porte battante que personne ne verrouillait jamais. À l'intérieur, cependant, il faisait noir. Les stores encore baissés empêchaient le soleil matinal de déverser sa lumière dans la pièce. « Trente secondes, maman. » Je poussai son fauteuil roulant d'une main le long du mur et de l'autre cherchai l'interrupteur pour allumer la lumière. Après cela, il me fallut un certain temps pour remonter les stores. Les rayons du soleil envahirent la salle à manger et je pus aller éteindre les longs tubes aveuglants des néons suspendus au plafond. « Ah, c'est mieux comme ça, non ? »

Je connaissais parfaitement les lieux et, en quelques minutes, j'avais rapporté des cuisines une théière et une assiette de pain toasté. Il n'y avait pas de céréales, apparemment, mais ma mère ne s'en offusqua pas. Je portai un toast beurré avec de la marmelade à la bouche de ma mère. Tel un automate, elle ouvrit la bouche, mordit dans le triangle de pain et referma la bouche. Ses dents commencèrent à mastiquer. La mâchoire du bas s'activa en mouvements circulaires. Une vache en train de ruminer.

Les deux toasts que j'avais préparés pour moi furent engloutis bien avant que ma mère n'eût terminé son premier morceau. Peu importait, rien ne pressait et je n'avais pas hâte de rentrer au garage. Depuis quand parlais-je de « garage » au lieu de dire « studio » quand je pensais à mon logement ? Hum, peut-être depuis que j'avais réussi à me convaincre que mon propriétaire n'était pas simplement flippant mais bel et bien dangereux.

Tandis que ma mère attaquait, toujours au ralenti, sa deuxième moitié de toast, je m'accordai un instant de répit et pris le temps d'admirer la somptueuse salle à manger. Les fauteuils de qualité disposés autour des tables rondes étaient recouverts de housses amovibles, ce qui leur assurait une propreté irréprochable. Les baies vitrées qui montaient jusqu'au plafond donnaient sur une courette agrémentée de grands pots. En été, ils débordaient de fleurs ; et en hiver, les plantes étaient remplacées par des sculptures en métal aux formes tarabiscotées. Lorsque la cour était illuminée par les minuscules ampoules incrustées çà et là dans les sculptures, l'endroit devenait féerique.

C'était pour pouvoir offrir tout cela à ma mère que j'avais besoin d'argent, pour tous les petits extras qui faisaient de cet endroit une maison de repos haut de gamme, pas un mouroir déprimant.

On prenait vraiment bien soin de ma mère, ici, elle était en sécurité.

Et en sécurité, il fallait qu'elle le reste. C'était mon rôle de m'en assurer. Ce qui signifiait que je devais m'occuper de Carol. Elle ne travaillerait peut-être jamais dans cette maison de repos, ou ne serait peut-être jamais en contact direct avec ma mère, mais ça, je ne pouvais pas en être absolument certaine.

J'aurais fait n'importe quoi pour ma mère.

Même tuer quelqu'un.

J'avais déjà tué, ça ne me faisait pas peur.

47

En attendant que ma mère termine à son rythme ses deux toasts et sa tasse de thé, je sortis mon téléphone et envoyai un message à Carol.

Je suis en congé aujourd'hui. Ça te dirait de prendre un café dans l'après-midi ?

Je ne voulais pas déjeuner avec elle. À midi, j'avais prévu de rester avec ma mère pour la faire manger, justement, et pour bénéficier moi-même d'un repas gratuit. Officiellement, j'étais censée payer pour ce privilège mais la seule fois où l'on m'avait demandé de régler la note, j'avais pris un air tellement offusqué face au directeur qu'il avait eu un petit rire embarrassé. « Bon, c'est vrai, je dois avouer que vous nous aidez beaucoup. » Personne ne me demanda plus jamais rien. Heureusement, la direction ne voyait pas que j'en profitais largement, subtilisant à la moindre occasion tranches de pain, rouleaux de papier toilette ou savons. Une goutte d'eau dans l'océan par rapport aux milliers de livres que je versais à cette maison de repos.

Ma mère avait terminé son petit déjeuner lorsque la réponse de Carol fit vibrer mon téléphone.

D'accord. Où et à quelle heure ?

Manvers, à 15 heures ?

OK. À tout'.

Je n'avais aucun plan précis à ce stade. Et le reste de la matinée, que je passai au salon près de ma mère, en compagnie d'une animatrice qui faisait faire n'importe quoi aux résidents avec des feuilles et des fleurs séchées, ne m'apporta pas davantage de réponse. La femme ne cessait de mettre des brindilles dans les mains de ma mère alors qu'elle savait que celle-ci ne réagissait à aucune stimulation. Encore une, comme moi, que l'espoir faisait vivre.

Avant de déjeuner, je sortis ma mère dans le parc et fis une halte sous les arbres, à l'endroit où nous nous arrêtions souvent. Je laissai ma mère contempler tranquillement le parterre de roses et fermai les yeux. Il fallait que je trouve un moyen d'éliminer le risque que représentait Carol.

Je pouvais aisément reprendre le *modus operandi* utilisé pour Jemma et Olivia. Un objet tranchant inséré au bon endroit. Quant à l'arme, je n'avais que l'embarras du choix. Cependant, avec l'âge, je commençais à avoir quelques réserves sur cette méthode, notamment parce que planter un objet tranchant dans le corps de quelqu'un jusqu'à ce que mort s'ensuive était tout de même une affaire assez brouillonne et salissante.

Bien sûr, il y avait aussi le choix de prédilection des femmes : le poison. Pourquoi pas. De toute façon, je ne pouvais prendre aucune décision avant d'avoir vu Carol. Mon objectif : glaner encore quelques informations sur elle. Identifier un point faible à exploiter, peut-être.

Je regardai l'endroit que me mère fixait depuis un moment. Comment savoir si elle était sensible à la beauté des rosiers qui oscillaient légèrement dans la brise matinale ? Je ne vis pas non plus ses narines frémir lorsque le doux parfum des fleurs, porté par le vent, passa sous notre nez.

C'était ça, mon point faible à moi. Pas ma mère en soi, mais ce besoin qui me tiraillait constamment, ce fol espoir de la voir se réveiller, se tourner vers moi et me dire qu'elle m'aimait.

*

Au moment d'entrer dans le café, à trois heures moins six minutes, je n'avais toujours aucune idée précise de ce que j'allais faire, sinon poser quelques questions. Je croisais les doigts pour que cela marche, même si l'expérience catastrophique de ma dernière visite chez Oonagh Wallace m'avait prouvé que le manque de préparation pouvait me jouer de sales tours. Arriver en avance me permettait néanmoins de prendre d'emblée le contrôle de la situation, d'observer Carol lorsqu'elle arriverait et d'essayer de voir ce que son visage pouvait me révéler.

Le café, spacieux, était bondé. Je cherchai une table libre mais n'en vis aucune. Je ne sais pas si quelque chose en moi attirait particulièrement l'attention mais lorsque je croisai le regard d'un couple assis dans un coin, tous deux me firent de grands gestes pour me signifier qu'ils s'en allaient, arborant un sourire béat, comme s'ils étaient ravis de pouvoir rendre un petit service à quelqu'un.

— Merci beaucoup, dis-je, debout près d'eux tandis qu'ils rassemblaient leurs livres, leurs téléphones portables et prenaient leurs sacs.

La table était idéalement située. Je pris place sur la banquette, dos au mur, et regardai par la fenêtre qui donnait sur la rue. Parfait. Je verrais Carol arriver avant qu'elle ne se rende compte de ma présence. L'expression de son visage me donnerait peut-être une indication sur son état d'esprit. Il fallait bien se raccrocher à quelque chose.

Un plateau en équilibre sur une seule main, une femme cherchait une place assise. Ses yeux se posèrent sur ma table jonchée de tasses vides et de miettes. Elle se figurait probablement que j'étais sur le point de partir car elle s'avança vers moi d'un pas résolu, tout sourire. Elle n'était pas encore parvenue à ma hauteur que j'avais déjà rapproché deux chaises de ma table, posé mon sac sur la première et une main possessive sur l'autre, comme si table et chaises m'appartenaient et que j'étais prête à défendre bec et ongles ce qui me revenait de droit. La femme se trouvait presque à la hauteur de ma table lorsqu'elle stoppa net, cessa de sourire et bifurqua à gauche vers une place qui venait de se libérer, à côté de trois femmes. Était-ce ma posture ou la tête que je faisais qui l'avait dissuadée de m'aborder ? Allez savoir.

Je ne sais pas ce qu'elle dit de moi aux autres clientes mais certainement rien de sympathique car les trois femmes se tournèrent vers moi toutes les trois en même temps et me jetèrent des regards scandalisés. Avant de se rapprocher les unes des autres, telle une assemblée de sorcières en plein concile, et de se lancer dans des messes basses venimeuses.

Je choisis d'ignorer ces mégères et repris ma surveillance de l'entrée. Carol n'allait pas tarder à arriver. Elle était en retard. Encore une qui devait estimer que son temps était plus précieux que le mien. Que toute sa personne était plus importante que moi. À mesure que les minutes passaient, je sentais l'irritation me gagner.

Je consultai mon portable. Aucun message m'informant de son retard. Le pouce au-dessus du clavier, prêt à taper un message, je cherchai une formule adéquate, et surtout, surtout, une formule qui ne trahirait pas mon envie de la voir. Non, mieux valait jouer la fille qui ne se formaliserait pas et attendre patiemment, sans s'énerver, essayer de me convaincre que j'étais ici pour *me* faire plaisir avant tout, que sa présence ne serait qu'un petit plus.

Lorsque les dix minutes de retard se transformèrent en vingt, puis trente minutes, mon léger agacement se mua en rage difficile à contenir. Et subitement, je compris : non, elle n'était pas en retard, elle ne viendrait tout simplement pas.

La petite idiote que j'étais – car après tout, nous n'étions pas les meilleures amies du monde – fut submergée par un sentiment d'abandon qui m'atteignit en plein cœur. Et comme pour m'enfoncer encore davantage, au même instant, les sorcières d'à côté éclatèrent de concert d'un rire monumental qui résonna dans tout le café, fit tourner quelques têtes, dont celles des serveurs derrière le bar, vaguement alarmés. C'était le moment idéal pour me débiner et éviter une humiliation publique. J'attrapai mon sac et sortis du café en toute hâte.

48

Il ne me restait plus qu'à rentrer chez moi. Carol avait peut-être une très bonne raison de ne pas être venue. Elle avait peut-être eu un accident. Un accident mortel. Ce qui m'aurait bien arrangée, étant donné que je n'avais toujours pas trouvé le moyen de me débarrasser d'elle.

J'étais déjà engagée dans l'allée qui menait à mon maudit studio quand je songeai qu'il serait bon de vérifier que Theo ne traînait pas dans les parages. Et bien entendu, je relevai la tête trop tard : il était là, devant moi, sa silhouette massive occupant presque toute la largeur de l'allée. Je fus tentée de détaler, de me faufiler entre lui et le mur, ou bien de couper à toute allure par les parterres multicolores qui délimitaient son jardin, quitte à piétiner les fleurs sur mon passage. Dans les deux cas, je prenais un gros risque. Avec sa carrure impressionnante, ses longs bras et ses grandes mains, Theo n'aurait aucun mal à m'attraper au passage. Et puis, ç'aurait été ridicule, digne d'une scène de dessin animé, non ? Le gros monsieur méchant qui court après le petit diablotin…

— Bonjour, dis-je dans une sorte de couinement pathétique.

Il fallait absolument que je me comporte le plus normalement possible. Et je ne sais pas si c'était parce que notre relation n'avait rien de normal, elle, ou parce que j'acceptai enfin qu'en réalité, ce type costaud me fichait vraiment la trouille, mais j'eus un mal fou à trouver quelque chose d'intéressant à dire.

— Il fait drôlement beau, aujourd'hui, ajoutai-je dans un effort surhumain.

Les gens qui ne se connaissaient pas beaucoup parlaient bien du temps, non ? Et les monstres dans son genre, au même titre que les meurtrières dans mon genre, étaient tout à fait capables de se comporter comme tout le monde en cas de nécessité absolue.

— Bonne fin de journée, lâchai-je alors que Theo n'avait toujours pas ouvert la bouche.

Il ne l'ouvrit pas davantage à ce moment-là mais, Dieu soit loué, il consentit à s'écarter du chemin pour me laisser passer.

Miraculeusement, je ne cédai pas à l'envie de courir jusqu'à ma porte d'entrée. Ma main cherchait déjà la clef au fond de mon sac. J'arrivai devant chez moi la clef tendue vers la serrure, prête à déverrouiller la porte et à la refermer aussitôt derrière moi. Ce que j'aurais fait si Theo ne s'était pas soudain matérialisé dans mon dos, comme porté sur des coussins d'air. Comment un grand gaillard comme lui faisait-il pour se déplacer aussi vite ? Il était là, à quelques centimètres de moi, soufflant comme un bœuf tout près de ma joue. Son haleine immonde d'ail et d'oignon me provoqua un haut-le-cœur. Je me retournai en pivotant sur les talons. Ses deux petits yeux de cochon enfoncés au milieu de sa face épaisse aux joues flasques étaient braqués sur moi.

— Vous avez perdu ça, dit-il d'une voix étonnamment aiguë.

Je ne parvins pas à détacher mon regard de son visage, redoutant de baisser les yeux sur ce qu'il tenait dans le creux de la main – mon bracelet en argent, à coup sûr. Je cherchai désespérément les mots justes pour lui expliquer pourquoi il avait trouvé ce bracelet coincé dans le clapet de sa boîte à lettres. En vain. Car enfin, pour quelle raison aurais-je été fourrer la main dans la fente de sa porte ? « Je me faisais du souci pour vous » était faiblard comme explication, et peu crédible de surcroît. Très loin de la vérité, aussi : ce n'était pas lui qui m'inquiétait ce jour-là, mais plutôt les conséquences que sa mort aurait pu avoir *sur moi*. Quiconque a déjà tué une fois – sans parler de *deux* fois – sait pertinemment qu'il vaut mieux éviter tout contact avec la police.

— Tenez, ajouta-t-il.

Il se tenait à présent si près de moi que son odeur, entêtante, suffocante, envahissait tout mon espace vital et me prenait à la gorge. Mes jambes se mirent à flageoler, ma tête à tourner. Des petits points noirs apparus en périphérie de mon champ de vision se muèrent alors en tentacules grossissant à vue d'œil, et fusionnèrent en une gigantesque nappe… de noir total.

*

Comment avais-je atterri chez moi, sur mon lit ? Theo avait-il franchi le seuil de mon studio tel un prince – version sumo – serrant contre lui sa jeune épouse encore vierge et endormie ? Je n'en savais strictement rien et lorsque je rouvris les yeux, je ne tenais pas spécialement à savoir *comment* il avait procédé.

— Vous vous êtes évanouie.

— Hum.

J'attendais qu'il recule pour me redresser en position assise. Penché sur moi, il ne bougeait pas. Ses lèvres épaisses et humides s'ouvraient et se refermaient façon poisson rouge. Je n'aurais pas été surprise qu'un filet de bave s'échappe de sa bouche, dégouline le long de son menton et, poussé par le courant d'air de la porte ouverte, finisse par s'écraser sur ma peau nue. Cette pensée me provoqua un violent frisson qui n'échappa pas à Theo.

— Vous tremblez. Vous avez dû attraper froid.

Il s'empara d'une couverture posée au bout du lit, la déplia et la posa sur moi dans un geste d'une surprenante délicatesse.

— Vous voulez que j'appelle un médecin ?

Appeler un médecin ? Ah ! Je m'attendais à tout sauf à ça et faillis même pouffer de rire tellement cette suggestion me parut grotesque. Theo devait être du genre accro aux vieux feuilletons télévisés pour s'imaginer que les médecins se déplaçaient encore chez leurs patients. Et ce n'était pas le moment de lui avouer que je n'avais même pas de médecin traitant. En attendant, je n'étais pas mécontente qu'il ait reculé d'un pas.

— Non, ça ira, je vous assure.

— Vous êtes trop maigre. Je parie que vous ne vous nourrissez pas correctement.

Il scanna la pièce, en quête de preuves confirmant sa théorie.

— Je suis fatiguée, c'est tout.

Ce qui était vrai. J'étais fatiguée, et lasse, mon Dieu, tellement lasse de tout. De ce type. De Carol. De materner ma propre mère.

— Je vais vous laisser dormir, alors, dit-il en se retournant vers moi. J'ai mis votre téléphone sur la table. Vous avez eu de la chance qu'il ne se soit pas cassé quand vous l'avez fait tomber.

Quoi ? J'avais fait tomber mon téléphone, moi ?

— Quand ça ?

— Quand vous avez sorti vos clefs de votre sac, je crois ; il a dû se prendre dedans et j'ai vu que vous n'aviez rien remarqué. Je vous le ramenais quand…

Il m'avait ramené mon téléphone. Pas ce foutu bracelet.

— Bon, eh bien… si vous êtes sûre que ça va, je vais y aller.

Et moi de conclure, une main sur le front :

— Oui, oui, ça ira. Merci de votre aide.

Oh, vous êtes moins lourde qu'un petit chat, déclara-t-il avant de sortir enfin.

Il referma la porte derrière lui et je me retrouvai seule dans le studio sombre, le moral à zéro : je m'étais encore trompée sur toute la ligne.

Je restai plusieurs minutes étendue, parfaitement immobile, luttant comme une forcenée pour chasser toute pensée de mon esprit. Sans succès, naturellement. J'eus même recours à la technique utilisée par George Sanders dans *Le Village des damnés* pour empêcher les gamins de lire dans ses pensées : visualiser un mur de brique. Ça ne marcha pas mieux sur moi que sur lui. Ou peut-être mes pensées à moi étaient-elles trop épouvantables pour être maîtrisées.

Theo m'avait retiré mes chaussures après m'avoir allongée sur le lit. C'était gentil… Ou bien avait-il eu l'intention de ne pas s'arrêter là ? L'avais-je stoppé dans son élan en me réveillant ? Je frémis en me figurant ses grosses pattes sur moi et ramenai la couverture jusque sous mon menton.

Non, on ne pouvait rien lui reprocher, il s'était montré très correct avec moi. Les chaussures. La couverture. Proposer d'appeler un médecin. Je me surpris à sourire. Tout compte fait, il n'était peut-être pas si méchant que ça… Sur cette ultime pensée, je fermai les yeux et cette fois, Morphée m'accueillit dans ses bras.

Je fus tirée brusquement du sommeil par un coup frappé à la porte. Désorientée, assaillie par un flot de visions tous azimuts, je mis quelques secondes à comprendre que j'étais chez moi, dans mon lit, et quelques secondes supplémentaires avant de me rappeler ce qui s'était passé : je m'étais évanouie, Theo m'avait rattrapée, portée et allongée sur le lit. À la suite de quoi, curieusement, je m'étais endormie. Pas très longtemps : j'avais l'esprit encore passablement embrumé par la fatigue. Mais suffisamment longtemps pour que la nuit soit désormais bien avancée puisqu'il faisait noir dehors. Noir ? Dehors ? Puisque quelqu'un frappait à ma porte, la lumière automatique à l'extérieur aurait dû se déclencher et éclairer le studio d'une pâle lueur, non ? Peut-être le spot extérieur s'était-il éteint parce que cette personne se trouvait là depuis un bon bout de temps…

Ou alors, Theo avait débranché la lumière et attendait que je lui ouvre la porte. Avait-il l'intention de reprendre là où il en était resté avec moi tout à l'heure ?

Ou bien venait-il simplement prendre de mes nouvelles ? Après tout, un propriétaire avait tout intérêt à éviter qu'un locataire meure dans un logement lui appartenant – le genre de situation qui serait pénible pour Theo, voire problématique, surtout s'il n'avait pas le droit de louer son garage.

On frappa à nouveau, une succession de plusieurs petits coups rapides. Je repoussai la couverture, posai les pieds sur le carrelage et restai figée quelques instants. J'avais peur de me relever trop subitement et de finir à nouveau par terre, sans force. Theo serait contraint d'enfoncer la porte et de venir à mon secours une nouvelle fois.

— J'arrive !

Je me levai, lentement. Tant pis pour mes cheveux tout aplatis sur mon crâne, ça n'avait aucune importance. Je le rassurerais, je lui dirais que *tout va bien* et, satisfait, il rentrerait gentiment chez lui.

Je fis tourner la clef dans la serrure et ouvris la porte. La phrase que j'avais prévu de dire à Theo pour le tranquilliser et le renvoyer chez lui resta bloquée dans ma gorge lorsque je vis qui se tenait sur le pas de la porte.

49

Carol jeta un regard nerveux derrière son épaule. Elle n'avait pas l'air rassurée dans le noir.

— Je peux entrer ?

Cette godiche n'avait qu'à reculer d'un pas pour déclencher le capteur de mouvement et l'allée serait inondée de lumière. J'aurais très bien pu lui dire d'aller se faire voir mais je n'en fis rien. Car je n'avais pas encore décidé du sort que je lui réserverais bientôt et pour l'heure, deux choses piquaient encore ma curiosité : pourquoi n'était-elle pas venue à notre rendez-vous ? Et comment avait-elle fait pour savoir que j'habitais ici ?

Ce n'était pas moi qui le lui avais dit. D'ailleurs, je ne l'avais dit à personne. Donc, comment s'était-elle procuré mon adresse ?

Je fis quelques pas à reculons et l'invitai à entrer :

— Je t'en prie. Bienvenue dans mon humble demeure.

Avant d'entrer, elle se baissa et ramassa une boîte en carton posée au sol.

— Je suis venue les bras chargés de cadeaux.

Elle posa la boîte sur la table, puis considéra le studio d'un œil sceptique.

— Atypique, comme endroit.

Atypique ? C'était un garage reconverti !

— Oui, j'adore ce studio, il est très agréable, et bien aménagé, dis-je sur le ton mielleux d'un agent immobilier bien décidé à convaincre un client encore réticent. Et puis surtout, ce qui compte à mes yeux, c'est que ce n'est pas trop cher et que je m'y sens vraiment bien.

Elle posa son sac en bandoulière sur le dossier d'une chaise et s'assit.

— Désolée pour cet après-midi. J'ai eu un imprévu, il a fallu que je m'en occupe tout de suite.

Et tu n'aurais pas pu me prévenir, au moins ? Tu m'as laissée toute seule dans ce café ! J'avais l'air de quoi, moi ? Un imprévu, disait-elle. Sans plus de précisions. Menteuse.

— Oh, c'est pas grave. J'avais pris un bouquin génial avec moi, ça ne m'a pas dérangé de déjeuner en lisant, j'ai même pu le finir.

— Tant mieux. Pour me rattraper, poursuivit-elle en tapotant la boîte, je me suis arrêtée sur la route, je nous ai pris des cafés et des gâteaux. Tu aimes le cappuccino, c'est bien ça ?

Sur ces paroles, elle souleva le couvercle de la boîte et en sortit un grand gobelet en carton, qu'elle me tendit en souriant, une pointe de défi dans les yeux : oserais-je refuser ce café offert en gage de réconciliation ?

J'aurais pu, en effet. J'aurais pu monter sur mes grands chevaux et dire non, tout simplement. Mais toute vaseuse que j'étais, je songeai que la caféine m'aiderait peut-être à sortir de mon état léthargique.

J'acceptai la tasse, remerciai Carol et m'installai en face d'elle. Elle poussa la boîte vers moi.

— Tiens, sers-toi. Comme je ne savais pas trop ce que tu aimais, j'ai pris un pain au chocolat et des donuts à la confiture.

— Non merci.

Pas question de manger un truc qui risquait de dégouliner si c'était pour me retrouver avec des coulures de chocolat ou de confiture plein le menton, merci bien. J'étais déjà suffisamment perturbée comme cela. J'avalai une gorgée de café. Mmh, il était bon. J'en bus une longue goulée en priant le ciel pour que la caféine ne tarde pas à activer les cellules de mon cerveau. Je voulais comprendre ce qu'elle manigançait. Parce qu'elle manigançait forcément quelque chose. Mais quoi, exactement ?

Carol haussa les épaules puis se servit dans la boîte de donuts. Elle se saisit d'une boule de pâte sucrée parfaitement ronde qui me fit aussitôt saliver.

— Ils ont l'air bons, commentai-je. Je vais me laisser tenter, finalement.

Je pris soin d'attendre qu'elle eût mordu dans le sien pour estimer la quantité de confiture à l'intérieur. Constatant que rien ne dégoulinait de sa viennoiserie, je pris une petite, toute petite bouchée de la mienne, et faillis éclater en sanglots lorsqu'un jet de confiture écarlate gicla dans ma main et se mit à goutter sur la table. Le temps d'une nanoseconde, je fus persuadée que Carol l'avait fait exprès pour m'humilier, mais ce n'était tout bonnement pas possible puisqu'elle ne les avait pas faits elle-même, ces foutus donuts.

— Ah, mince, c'est pénible quand ça arrive, ça..., commenta-t-elle.

Je posai le donut sur la table, pile à l'endroit où ses entrailles s'étaient répandues. Puis je me levai et allai me laver les mains à l'évier de la cuisine. Lorsque je revins à table, Carol avait terminé sa viennoiserie. Au lieu de suivre mon exemple, elle essuya ses mains pleines de sucre sur son pantalon. Une myriade de miettes restées collées à ses doigts finirent sous sa chaise. Ce geste me parut d'une telle désinvolture que j'en restai sans voix.

J'avais un besoin urgent de caféine pour tenir le coup. Le gobelet en carton à la main, je le vidai en une lampée, déglutissant à plusieurs reprises. Carol, elle, sirotait tranquillement le sien avec des airs de grande dame.

J'eus soudain envie de me saisir du donut éventré et de le lui jeter à la figure. Mais la chance n'étant pas de mon côté en ce moment, j'aurais été fichue de rater ma cible.

— Qu'est-ce que tu fais là, Carol ?

Feignant l'indignation, elle prit une expression outrée, bouche et yeux arrondis, et se radossa dans sa chaise.

— Dis donc, c'est pas très sympa de me parler comme ça... Je viens de te le dire, je voulais me faire pardonner pour cet après-midi.

Je ne l'avais pas crue tout à l'heure et à présent, son excuse sonnait encore plus faux. Ou alors c'était la tête qu'elle faisait qui la trahissait : rien dans son visage n'indiquait qu'elle estimait avoir quelque chose à se faire pardonner. La caféine tardait à agir sur moi mais soudain, je sentis que ce petit manège avait assez duré. Je me lançai, bille en tête :

— On peut savoir comment tu as eu mon adresse ? Je ne te l'ai jamais donnée.

— Non, c'est vrai, concéda-t-elle. Tu n'as pas non plus informé l'agence de ton déménagement… Alors que tu aurais dû le faire, petite cachotière. En plus, ça m'aurait évité d'avoir à te suivre.

Je ne comprenais pas où elle voulait en venir.

— Pourquoi…

Carol frappa un grand coup sur la table du plat de la main. Les gobelets tanguèrent, le sien se renversa et un fond de café se répandit sur la table. Le liquide coula jusqu'au bord et se mit à goutter par terre.

— Pourquoi ? répéta-t-elle, d'un large mouvement du bras au-dessus de la table, avant de faire voler les tasses et la boîte de gâteaux à travers la pièce.

Et de poursuivre :

— Je t'ai reconnue, tu sais. Depuis le début, je sais qui tu es. Et je sais très bien que, toi aussi, tu m'as reconnue.

Carol avait raison. Dès le premier jour, j'avais eu l'impression de la reconnaître. En revanche, je ne m'étais pas du tout rendu compte qu'elle ressentait la même chose envers moi. Tout se brouillait dans ma tête mais je parvins à me reconcentrer. Donc, elle me reconnaissait et je la reconnaissais. Mais où nous étions-nous croisées ? Je sondai mon passé, remontai les années… C'était avant tout son regard qui m'avait donné cette impression de familiarité… Les images du passé qui défilaient dans ma tête se figèrent subitement sur une scène. Une scène dans une cour d'école. Jemma. Je revis ses yeux, ses yeux qui me tourmentaient depuis toutes ces années. Comment n'avais-je pas fait le lien ? Elle avait une sœur aînée.

— Tu es la sœur de Jemma ?

50

Carol partit dans un rire sonore, glaçant, qui emplit l'espace et résonna un long moment dans le studio. Un rire teinté d'une pointe de folie que je décelai également dans ses yeux.

Bien sûr, tout se tenait : la sœur de Jemma avait passé des années à la recherche de celle qui avait tué sa sœur et à présent, elle était venue réclamer vengeance.

— C'est bien ça, n'est-ce pas ?

L'hilarité de Carol ne refluait pas, elle pleurait littéralement de rire. Du bout des doigts, elle essuya une larme sans cesser de se gondoler.

— Ah ! Ta tête ! Si tu voyais ta tête !

Quoi, ma tête, quoi ? Je me palpai le visage. Je ne comprenais pas sa réaction.

— C'est ça, tu es sa sœur ? répétai-je.

Elle avait l'air de trouver la situation franchement désopilante et secouait la tête en essayant de contenir son fou rire.

— Mais non, pas du tout, petite idiote. C'est qui, cette Jemma ?

La fille que j'ai tuée quand j'étais gamine. Avais-je prononcé ces mots à haute voix ? Carol n'eut aucune réaction particulière, j'en déduisis donc que je n'avais rien dit. Elle aurait été saisie d'effroi et pas pliée de rire si elle m'avait entendue dire une chose pareille.

— Une fille que j'ai connue, il y a longtemps.

— Tu pensais m'avoir reconnue parce que je ressemble à une fille que tu as connue par le passé, c'est ça ?

Peut-être bien… En tout cas, le regard de Carol me rappelait quelqu'un, et s'il ne s'agissait pas de Jemma, alors peut-être était-ce quelqu'un de la famille d'Olivia. Je ne savais strictement rien de la femme que mon père avait choisie pour deuxième épouse, hormis le fait notoire qu'il l'avait davantage aimée que ma mère – que moi.

Carol recouvra enfin ses esprits. Ce fut d'une voix posée, presque compassée, qu'elle reprit :

— Lissa, si quelque chose en moi te semble familier, ça n'a rien à voir avec cette fille. Mais tu as vu en moi ce que, moi aussi, j'ai reconnu chez toi. Et là, on ne parle pas de reconnaître une personne, non. C'est bien plus instinctif que ça. Tu as vu la tueuse en moi, celle qui fait écho à la meurtrière que tu es, toi aussi. Toi et moi, on prend du plaisir à tuer.

Était-ce donc cela qui m'interpellait dans son regard ? Le reflet de ma propre nature ? Oui, c'était possible, mais… elle se trompait sur une chose : moi, je *n'aimais pas* tuer. Je le faisais uniquement par nécessité, quand je n'avais pas le choix. Alors qu'elle… Le masque était tombé et à présent, oui, je la voyais pour ce qu'elle était. Derrière ses airs d'infirmière dévouée se cachait une femme qui tuait *par goût*.

— Je t'ai à l'œil depuis un moment, tu sais. Si j'ai

accepté de déjeuner et de prendre des cafés avec toi – et je peux te dire que je m'ennuyais ferme chaque fois –, c'était uniquement pour essayer de piger ton mode opératoire. J'ai fait des pieds et des mains pour essayer de soutirer des infos à l'agence sur ton passé, mais visiblement, tu es aussi prudente que moi et ne laisses aucune trace derrière toi. Aucune mort suspecte à ton actif.

Le comble, ce fut que je me sentis sincèrement indignée.

— Jamais de ma vie, je n'ai tué un de mes patients, jamais !

Elle parut très étonnée, sincèrement.

— Ah non ? Hum, bizarre, mais si tu le dis… Parce que moi, ça m'arrive, tu sais, et je le fais avec tellement d'amour et de dévouement que les familles des malades finissent toutes par m'adorer. Pareil pour les collègues avec qui je bosse. C'est d'ailleurs pour cette raison qu'on me confie systématiquement les missions les moins pénibles. Ça aide pour l'avancement, la gentillesse. Et je m'arrange toujours pour ne laisser aucune trace, évidemment.

Oonagh Wallace avait effectivement chanté les louanges de Carol.

— Tu t'es bien débrouillée.

Carol opina du chef.

— Je sais. Je croyais avoir trouvé une âme sœur en te rencontrant. Je pensais que toi et moi, on pourrait peut-être partager nos expériences. Et puis, tu es allée voir Mrs Wallace, et là, j'ai compris que je m'étais trompée sur ton compte. Parce que oui, je sais ce que tu lui as dit quand tu es allée la voir. Je suis toujours en contact avec elle et l'après-midi du jour de ta visite, il se trouvait justement qu'elle m'avait invitée à prendre le thé.

— Elle t'a…

Les mots restèrent coincés dans ma gorge.

— Oui, elle m'a parlé de cette femme curieuse qui était venue chez elle et qui lui avait raconté une histoire abracadabrante, comme quoi elle serait la fille de son défunt mari. Et quand elle t'a décrite, physiquement – elle ne s'est pas montrée tendre avec ton nez, si tu veux tout savoir –, j'ai tout de suite compris qu'il s'agissait de toi.

— Tu t'es débarrassée de…

Elle me coupa :

— Des preuves ? Bien entendu. Rien de plus facile. J'avais à cœur de rendre service à cette pauvre veuve éplorée, vois-tu.

Je revis le visage inconsolable de Mrs Wallace. Ah, ça, on peut dire que Carol m'avait bien eue. Soudain, sa présence chez moi me parut insupportable.

— Bon, dis-je en me levant.

Non, en *essayant* de me lever. Quelque chose clochait. Ma main. Les doigts de la main posée devant moi couvraient toute la largeur de la table et étaient devenus tellement longs et lourds que je ne parvenais pas à les remuer. Mes jambes avaient pris racine dans le béton des fondations du garage. Je les sentais s'enfoncer toujours plus loin vers le centre de la terre.

— Je crois que…

— Tu ne te sens pas bien ?

Carol souriait jusqu'aux oreilles. Au milieu de sa bouche bardée de longues dents pointues, un trou noir, gigantesque, s'apprêtait à me happer.

— Qu'est-ce qui t'arrive, ma pauvre ? ironisa-t-elle. Tu as l'air toute chose.

Mon regard se posa sur une tasse de café qui avait volé dans un coin du studio. Ma tasse. Dont j'avais bu tout le contenu. Une fois encore, je n'avais pas vu le coup venir : Carol n'avait pas trafiqué les donuts à la confiture, non, mais elle avait mis quelque chose dans le café. Malgré mes efforts, je ne parvins à articuler qu'un seul mot :

— Poison ?

Carol porta sa main à sa bouche en signe d'indignation.

— Grand Dieu, non ! S'il est vrai que le poison est considéré comme l'arme de prédilection des femmes, personnellement, je préfère ne pas toucher à ce genre de chose. Enfin, pas trop.

Elle s'étira et joignit les mains derrière la nuque avant de poursuivre :

— Quand j'ai compris que toi et moi étions comme deux âmes sœurs, j'ai également compris que je devais me débarrasser de toi. Depuis plusieurs années, je récupère les médicaments qui traînent. Ça peut être très utile, tu sais. L'année dernière, par exemple, je travaillais dans un bloc opératoire de l'hôpital de Bath et ils laissent toutes sortes de produits à portée de main là-bas. C'est comme ça que j'ai réussi à me procurer deux ampoules d'anesthésiant. Des myorelaxants, pour être précise. Tu ne vas pas pouvoir bouger pendant plusieurs heures, il faudra attendre que le produit cesse d'agir.

Cette fois, elle ne mentait pas. J'avais beau y mettre toute ma volonté, impossible de remuer le petit doigt, j'étais entièrement paralysée. Même mes paupières ne répondaient plus, elles s'étaient closes et refusaient à présent de se rouvrir. Incapable de bouger, de parler, et désormais, de voir, je sentis la terreur me gagner.

Carol, elle, continuait à bavasser, aussi calmement que si elle m'informait du temps qu'il ferait le lendemain. Un ricanement s'échappa de sa gorge :

— Remarque… Dans quelque heures, tu ne bougeras plus beaucoup non plus. J'imagine que tu as compris ce qui t'attend.

Ce n'était pas bien compliqué à imaginer. J'ignorais quel sort elle me réservait exactement, mais le résultat final ne faisait aucun doute dans mon esprit. Et étrangement, ce ne fut pas pour moi que je m'inquiétai en premier, mais pour ma mère : qui s'occuperait d'elle ? Qui assurerait sa sécurité ? Mes paupières gonflèrent. Une larme roula sur ma joue, d'abord lentement, puis accéléra sa course vers la commissure des lèvres. Malgré ma paralysie, je décelai nettement un goût de sel dans ma bouche.

Comme je n'étais plus en mesure de réagir, Carol avait visiblement décidé de prendre son temps. Je l'entendis gigoter sur sa chaise, à l'instar d'un passager qui s'installe confortablement en vue d'un vol long-courrier. C'était peut-être ça, son idée : me regarder mourir. De toute évidence, elle ne voulait pas que ce soit trop facile, sinon elle m'aurait donné une dose d'anesthésiant suffisante pour que mon cœur cesse de battre. Mais non, elle faisait durer les choses pour son bon plaisir. Si j'avais encore eu l'usage de la parole, je l'aurais suppliée de me laisser partir, je lui aurais expliqué que ma mère avait besoin de moi, qu'elle ne pouvait pas vivre sans moi.

Aurait-elle compris qu'il s'agissait ni plus ni moins d'un mensonge ? Car ma mère n'avait pas besoin de moi. D'ailleurs, elle n'avait jamais eu besoin de moi, pas plus qu'elle n'aurait besoin de moi à l'avenir. Non, c'était moi qui avais besoin d'elle, moi qui, comme une petite imbécile, attendais encore qu'elle me témoignât son amour. La maison de repos s'occuperait d'elle si je disparaissais. Certes, elle n'aurait peut-être plus la marque de produits cosmétiques qui lui plaisait tant, ou la bonne couleur de rouge à lèvres, mais tout cela n'avait guère d'importance puisqu'elle ne s'en rendrait même pas compte. Tout cela, je le faisais pour moi. Depuis des années. Pour montrer au monde entier que j'étais une fille extraordinaire, entièrement dévouée à ma mère, quelqu'un de bien. Qui méritait d'être aimée.

Mon nez s'était mis à couler, lui aussi. Un mélange de larmes et de morve ruisselait sur mon visage. Je ne regrettais pas de ne pas voir la mine probablement dégoûtée de Carol.

Elle remua encore un moment puis j'entendis le couinement caractéristique de la chaise : elle s'était levée. Je tendis l'oreille pour essayer de la localiser précisément, de savoir ce qu'elle faisait. Ce qu'elle allait *me* faire.

Comme si elle avait lu dans mes pensées, elle se fendit d'une explication :

— Je remets un peu d'ordre. Il faut bien que je me débarrasse de certaines preuves et que je fasse disparaître toute trace de mon passage ici. Il ne faudrait pas que la police se pose trop de questions, tu comprends ?

Ainsi, elle comptait faire passer ma mort pour un suicide. J'en fus soulagée, cela voulait dire que le supplice ne durerait pas trop longtemps et qu'avec un peu de chance, je ne souffrirais pas.

— Intéressant, le contenu de ta bibliothèque.

Je perçus le bruissement léger d'un livre que l'on prend sur une étagère. Elle le feuilleta. Certains tueurs en série étaient franchement sadiques et je priai le ciel pour qu'elle ne s'inspire pas de l'ouvrage qu'elle avait entre les mains.

Le crissement de la chaise me signala qu'elle s'était rassise.

— Après avoir compris où tu habitais, j'ai passé pas mal de temps à t'observer, tu sais. On dirait que tu ne vois pas grand monde. Enfin moi, je n'ai jamais vu personne te rendre visite. Ce qui m'arrangeait bien.

À nouveau, j'entendis un bruit, que je ne parvins pas à identifier. Le moment fatidique était-il arrivé ?

— Par contre, la lumière automatique du jardin m'a bien embêtée.

La lumière du jardin ? Et moi qui pestais contre Theo. Pauvre Theo.

— J'ai tout de même réussi à faire un repérage approfondi des lieux. Et j'ai pu constater que tu as une gazinière. Un appareil au gaz, c'est bien, ça. Très pratique. Surtout avec une bonbonne.

La bonbonne de gaz était rangée au fond de la kitchenette, dans un endroit discret. Je cuisinais tellement rarement que je n'avais jamais eu à changer celle qui était là depuis le premier jour. « Je viendrai vérifier le niveau une fois de temps en temps et je la changerai si nécessaire », m'avait gentiment proposé

Theo. Il s'était toujours montré prévenant avec moi et moi, qu'avais-je fait pour lui, à part le soupçonner des pires horreurs ? Et ce qui me chagrinait, c'était qu'il allait se retrouver avec un cadavre sur les bras, dans un appartement qu'il louait en toute illégalité. Si j'avais été en mesure de lui retirer cette épine du pied, je l'aurais fait volontiers, mais j'avais les mains liées, si je puis dire.

Je tentai une nouvelle fois d'ouvrir les yeux. L'effort ne parvint qu'à décupler mon mal de crâne. Peut-être était-ce un effet secondaire du produit que j'avais ingéré, à l'instar de mes hallucinations de tout à l'heure.

Les craquements de la chaise de Carol agissaient comme une alerte dans mon cerveau mais je n'avais aucun moyen d'anticiper ses mouvements. Si j'avais pu voir ce qu'elle s'apprêtait à faire, j'aurais hurlé de toutes mes forces lorsque ma chaise se renversa en arrière à quarante-cinq degrés et fut déplacée de plusieurs mètres, avant de retomber brusquement sur ses quatre pieds. Et j'aurais probablement dégringolé de la chaise si une main ne s'était pas abattue sur mon épaule pour me redresser.

Je n'eus aucun mal à me figurer où elle m'avait déplacée. Dans la cuisine, près de la gazinière. On me retrouverait la tête dans le four.

Ainsi, le destin voulait que ma mort fût aussi peu digne que la vie qui avait été la mienne.

51

Il ne me restait plus qu'à écouter les sons produits par les préparatifs de ma mise à mort. Mon chant funèbre. La porte du four qui s'ouvre dans un geste impétueux, le son métallique des grilles qui s'entrechoquent quand on les sort. Une fin à l'image de mon existence, stérile, vaine.

Ma vie. Des années passées à attendre que ma mère sorte de sa torpeur et me dise enfin qu'elle m'aime. Pleurnicher et m'apitoyer sur mon propre sort, voilà ce que j'avais fait, toute ma vie. J'aurais dû l'abandonner depuis longtemps, comme elle m'avait abandonnée, comme mon père m'avait abandonnée. Si j'avais été capable de rire, je crois que je ne m'en serais pas privée. Et dire qu'il avait fallu en arriver là pour que je comprenne enfin à quel point j'avais gâché ma vie.

— Une dernière volonté, peut-être ? s'amusa Carol. Ah mais non, suis-je bête, tu ne peux pas parler. Hum, ça doit être très frustrant, non ?

Parmi tous mes regrets – je n'avais jamais été à l'étranger, n'étais jamais tombée amoureuse, ne m'étais jamais réveillée à côté d'un homme, n'avais jamais *couché* avec un homme, et une montagne d'autres regrets –, celui qui me restait le plus en travers de la gorge était de me dire que personne ne saurait jamais rien de ce que Carol s'apprêtait à faire. Je ne pouvais même pas plonger mes yeux dans les siens pour imprimer à jamais mon regard dans sa mémoire et ainsi la tourmenter pour le restant de ses jours. Comme Jemma avec moi. Même cela, je n'y avais pas droit.

Ou bien, qui sait ? les tueurs en série n'étaient peut-être pas hantés *ad vitam æternam* par le souvenir de leurs victimes. Quant à moi, je mourrais sans savoir ce qu'il en était réellement.

— Bien, bien, bien.

Carol semblait satisfaite. Visiblement, au moins une personne dans cette pièce se réjouissait de la tournure que prenait cette soirée.

— On y est, Lissa. Terminus. Quand j'apprendrai que tu as été retrouvée morte chez toi, rassure-toi, je saurai me montrer très, très affectée. Si ça se trouve, j'irai même à ton enterrement. Ce serait tout de même pas mal qu'il y ait au moins une personne à tes obsèques, non ?

Je voulus lui dire qu'elle se trompait, que Jason Brooks serait là, lui aussi. Le notaire m'avait toujours soutenue. Verserait-il une petite larme lorsqu'il apprendrait ma triste fin ? Quant à ma mère… quelqu'un lui dirait-il ? La nouvelle changerait-elle quoi que ce soit à sa vie une fois qu'on l'aurait informée du décès de sa fille chérie, poussée au suicide par le poids écrasant de responsabilités qu'elle n'arrivait plus à assumer ? Pleurerait-elle en l'apprenant ?

Mon Dieu, j'aurais donné tout l'or du monde pour que quelqu'un pleure ma mort…

Derrière moi, Carol s'affairait à nouveau. Elle était si près de moi que je sentais l'haleine fétide exhalée par cet être maléfique.

— Maintenant, je vais te mettre par terre, expliqua mon bourreau.

Elle fit basculer la chaise en arrière et je perdis complètement mes repères en sentant mon corps se renverser. Contre toute attente, Carol eut des gestes très doux. Elle baissa lentement la chaise jusqu'à ce que j'aie les genoux en l'air tandis que l'arrière de ma tête se posait délicatement au sol. Naturellement, si elle voulait que la scène ressemble à un suicide, il fallait éviter de me faire des bleus, sinon la police aurait vite compris qu'une autre personne s'était mêlée à l'affaire.

Tout en grognant et marmonnant, Carol souleva et déplaça mes membres un à un afin de dégager la chaise, puis elle me retourna. J'avais à présent une joue écrasée contre le linoléum de la cuisine et bizarrement, ce contact, cette connexion avec quelque chose de concret et solide m'apporta une forme de réconfort.

Carol emporta la chaise. Le bruit de ses pas et des pieds de chaise un peu plus loin m'indiquait qu'elle remettait la chaise à sa place. Voilà, tout devait avoir l'air parfaitement normal dans cet appartement – hormis le fait que la locataire avait la tête dans le four.

— Bien, bien, bien, répéta Carol, comme persuadée que ce qu'elle était en train de faire était *bien*.

Comme si, pour moi, tout allait *bien* aussi. Elle se posta au-dessus de moi, me prit par les épaules pour me faire bouger de quelques centimètres, puis, après avoir glissé ses deux bras sous mon torse, dans un grognement dû à l'effort physique, elle me fit décoller du sol, pour me reposer presque aussitôt. Je devais avoir la poitrine sur la porte du four car je sentais une forte pression sur mes côtes. Et une odeur rance de graisse carbonisée me prit au nez – me confirmant, si besoin était, que j'avais toujours limité l'entretien de mon intérieur au strict minimum.

Elle me repositionna le menton, souleva mes deux mains et les plaça à plat de part et d'autre de ma tête. L'un de mes bras retomba aussitôt mollement au sol. Contrariée, Carol me gratifia d'une belle tape sur la tête, qui produisit un craquement sonore dans mon cou. Comme si le fait que mon bras ne voulût pas rester en place était ma faute !

Cette fois, lorsqu'elle ramena mon bras vers l'avant, de l'autre main, elle m'attrapa par les cheveux, tira un coup sec et glissa ma main sous ma joue, avant de lâcher sa prise. Ma tête s'écrasa sur la main.

— Voilà, c'est mieux. Bon, eh bien, la mise en scène est terminée, Lissa. Dommage que tu ne puisses pas voir le résultat, je t'assure que ça a de la gueule.

Je l'entendis encore un moment autour de moi. Je sentais ses pieds près de mes hanches cependant qu'elle étudiait les boutons du four. Décidément, elle avait de la chance : le four n'était plus tout jeune, il marchait encore très bien et ne disposait d'aucune des fonctions de sécurité dont les fours modernes sont équipés de nos jours. Si quelque chose prenait feu à l'intérieur, par exemple, le gaz n'était pas coupé automatiquement. Les dieux étaient de son côté.

En temps normal, pour lancer le four, on avait besoin de ses deux mains, une pour tourner la valve de l'arrivée de gaz et l'autre pour appuyer en même temps sur le bouton d'allumage. Cette fois, Carol s'en sortirait avec une seule main. Il ne lui fallut que quelques secondes pour comprendre ce qu'il lui restait à faire. J'entendis bientôt le sifflement aigu du gaz qui commençait à se répandre. Je le sentis, également, et là, je sus que c'était la fin.

Tous ces regrets… tant de regrets…

52

Dans l'au-delà, il y a des myriades de petites lumières semblables à des particules de poussière qui dansent dans le soleil. Ce fut la première pensée qui me vint à l'esprit. Et dans un deuxième temps, je ne pus m'empêcher de me dire qu'on était drôlement bien dans cet au-delà, qu'il y faisait bon, que je n'avais plus rien à craindre du monde. Je divaguai ainsi un bon moment, me demandant si cet état était voué à durer éternellement, et si c'était le cas, franchement, je n'aurais pas à me plaindre. Ainsi, je n'avais pas été envoyée en enfer. En dépit de mes deux crimes, on m'avait accordé une dernière chance sous forme de séjour dans les limbes, en attendant le grand jour de la rédemption. Après quoi, on m'autoriserait à monter au paradis.

Portée par cette perspective presque plaisante, je compris soudain que ce n'était pas la seule chose qui me réjouissait : je ne savais pas à quel stade de la vie après la mort je me trouvais, mais je pouvais enfin me mouvoir. Je levai une main et ouvris les yeux pour voir si elle était effectivement là. Je l'imaginais flottant dans un océan de lumière. Au lieu de quoi, son contour se dessina devant le visage d'un homme que je ne pensais plus jamais revoir.

— Lissa, réveillez-vous !

Theo. Assis sur le lit près de moi. Sa grosse patte douce et moite sur mon autre main.

Je venais de me réveiller. Je n'étais pas morte. Mes yeux cherchèrent frénétiquement un point de repère familier. L'au-delà se trouvait dans un garage aux rideaux tirés. Ou bien dans une unité de l'hôpital de Bath United. Sous le choc, je tentai de rassembler les pièces encore éparses du puzzle… Je me souvenais très nettement d'une odeur de gaz. Ça, je ne l'avais pas inventé. Pas plus que je n'avais inventé le plan diabolique de Carol.

Theo serra ma main entre ses doigts épais. Je ne m'attendais pas à ce que ce petit geste me fasse du bien, et pourtant…

— Je m'inquiétais pour vous après votre évanouissement, alors je suis passé vous voir, un peu plus tard. Et c'est là que je suis tombé sur… cette femme, dit-il avec une pointe de mépris dans la voix. J'ai tout de suite trouvé ça louche parce que je sais que vous ne recevez jamais personne.

Ah. Donc il me surveillait bien. Je ne m'étais pas trompée *sur toute la ligne*, comme je le pensais. Juste à propos de Carol.

— Après, j'ai senti l'odeur du gaz, alors j'ai bousculé la fille, qui est tombée dans l'entrée, et c'est là que je vous ai vue, la tête dans le four. Je peux vous dire que vous m'avez fichu une sacrée trouille, poursuivit-il en esquissant un petit sourire. Pendant une seconde, j'ai bien cru que j'étais arrivé trop tard. Mais quand je vous ai soulevée, j'ai vu que vous respiriez encore, alors je vous ai transportée dehors et vous ai allongée par terre. Et tout de suite après, je suis allé enfermer cette horrible bonne femme dans le studio.

Dans le studio. Avec le gaz allumé.

— Elle est morte ?

C'était trop beau pour être vrai. Les yeux de Theo s'arrondirent.

— Non, non, bien sûr que non. J'ai fermé l'arrivée de gaz avant de vous déplacer. C'est la police qui s'est chargée d'elle. Une détraquée du ciboulot, ajouta-t-il en secouant la tête. Elle hurlait comme une enragée, elle essayait de mordre les agents, elle gueulait qu'elle avait déjà tué des types bien plus costauds qu'eux, et qu'elle le referait encore. Une vraie cinglée, je vous dis.

Non, moi, je ne la trouvais pas plus cinglée que n'importe qui. Au contraire. Elle se savait prise au piège et avait décidé de se faire passer pour une malade mentale. Un petit numéro savamment orchestré par cette manipulatrice loin d'être bête, qui s'arrangeait pour tourner les choses à son avantage. Elle écoperait d'un séjour en hôpital psychiatrique et éviterait la prison. Mais quoi qu'il arrive, même si un jour elle était libérée, plus jamais elle ne pourrait exercer la profession d'infirmière. Et ma mère n'aurait plus rien à craindre.

Voilà, Carol ne m'embêterait plus.

Theo attendait ma réaction. Je ne savais vraiment pas quoi dire.

— Eh ben…

Il rit.

— Cette femme a essayé de vous assassiner et c'est tout ce que vous trouvez à dire ?

— Ça fait beaucoup d'informations à absorber d'un seul coup…

En réalité, je fouillai fébrilement dans ma mémoire pour essayer de me rappeler si j'avais révélé à Carol quelque chose qu'elle serait susceptible d'utiliser contre moi. Elle avait dit qu'elle avait reconnu la tueuse en moi. Un argument qui ne pèserait pas lourd dans un procès. Il me semblait avoir prononcé le nom de Jemma mais rien de plus. Ouf ! Je n'avais pas à m'inquiéter.

— La police veut vous interroger, naturellement. Ils ont dit qu'ils passeraient demain, quand vous serez un peu remise du choc.

Je me sentais bien, normale. Le produit que Carol m'avait fait prendre n'agissait plus.

— Ça fait combien de temps que… ?

Theo consulta sa montre, comme s'il tenait à me fournir une information précise.

— Il est 6 heures du matin.

Six heures ! J'étais donc restée inconsciente plusieurs heures.

— Un médecin vous a examinée quand vous avez été prise en charge. Il vous a fait une prise de sang, aussi, précisa-t-il en se retournant, s'attendant peut-être à voir le médecin en question se matérialiser derrière lui. Il a dit qu'il repasserait quand il aurait les résultats.

Cela risquait de prendre encore plusieurs heures et moi, je n'avais aucune intention de prolonger mon séjour ici au-delà du strict minimum.

— Rien ne sert d'attendre ici, déclarai-je. Je me sens bien, vraiment.

Sur ces paroles, je retirai ma main de la sienne et me redressai en position assise. Aucun vertige. Et aucun vertige non plus lorsque je posai les pieds au sol. En revanche, une sensation de froid me signala qu'il me manquait quelque chose d'important : mes chaussures.

— Je vais prendre un taxi.

— Pas question, objecta Theo. Je suis en voiture, je vous ramène.

Son visage se rembrunit et prit un air attristé.

— Enfin, pas tout de suite parce que votre studio est désormais une scène de crime, voyez-vous. La police a peut-être terminé son travail mais je crois qu'on devrait attendre leur feu vert avant de vous ramener chez vous.

Avais-je les moyens de me payer une nuit d'hôtel ? On était à Bath, tout était hors de prix.

— Sinon, proposa timidement mon voisin, vous pouvez venir chez moi. J'ai toute la place qu'il faut.

Tandis que je réfléchissais à sa proposition, Theo ouvrit les rideaux et un jeune homme en blouse blanche affichant une mine harassée entra dans la chambre.

— Voici le médecin, m'informa Theo.

— Ah, très bien, dis-je. Docteur, j'aimerais partir. Je me sens parfaitement bien et je ne vois pas l'intérêt d'occuper ce lit plus longtemps alors que quelqu'un en a certainement davantage besoin que moi.

Le médecin dodelina de la tête et jeta un œil au porte-documents qu'il tenait à la main.

— Je n'y vois aucun inconvénient. J'ai vos résultats d'analyse. Vous avez ingéré un joli cocktail de produits mais aucun susceptible d'entraîner des complications à long terme. Visiblement, poursuivit-il en souriant, les effets de la paralysie musculaire ont déjà disparu. Si vous me promettez de ne pas conduire, je vous laisse sortir. Vous êtes infirmière, vous avez l'habitude des symptômes à surveiller après une hospitalisation. En cas de problème, vous pouvez revenir ici ou aller voir votre généraliste.

Sur ces entrefaites, il me salua d'un bref hochement de tête et sortit aussitôt de la chambre.

— Allez, on y va, dis-je à Theo. Ah, oui, c'est d'accord, merci, je veux bien que vous m'hébergiez chez vous ce soir.

*

Je n'avais jamais été au-delà du vestibule dans la maison de Theo, Lily Cottage. Quand j'essayais d'imaginer son lieu de vie, je voyais l'intérieur typique d'un vieux garçon, une baraque mal entretenue et bordélique, empuantie par les vêtements jamais lavés et l'hygiène corporelle forcément douteuse du vieux célibataire.

La réalité était tout autre, je fus agréablement surprise. Theo me conduisit dans un joli salon douillet. Il m'invita à m'asseoir et s'affaira quelques instants autour de moi pour me caler le dos et la tête avec des coussins.

— Je peux vous proposer un thé ou un café ?

Je me sentais déshydratée.

— Un thé, je veux bien. Merci.

— C'est parti. Je reviens tout de suite.

Et il ne tarda en effet pas à reparaître, un plateau dans les bras. Il avait sorti une élégante tasse en porcelaine avec sa soucoupe assortie, un pot de lait et un de sucre, assortis eux aussi, ainsi qu'une imposante théière aux motifs floraux différents. Il servit le thé et y ajouta un nuage de lait en voyant mon petit signe de tête.

— Tenez, dit-il en me tendant la tasse et la soucoupe. Buvez tranquillement et moi, pendant ce temps-là, je vais à côté vous préparer un bon petit déjeuner.

Je ne sais si les événements de ces dernières heures commençaient à me rattraper mais je me sentis soudain plongée dans un état léthargique. Je bus mon thé à petites gorgées et me resservis après avoir terminé la première tasse. J'entamai ma troisième tasse et commençai à sentir ma soif enfin étanchée lorsque Theo passa une tête au salon.

— Le petit déjeuner est prêt. Je me suis dit qu'on pourrait manger de l'autre côté. Il fait beau, ce matin, et derrière, il y a une jolie vue sur le jardin.

La pièce, qui donnait effectivement sur un jardin à l'arrière, et qui s'étendait sur toute la largeur de la maison, était superbe, peinte dans les tons crème et vert canard, agrémentée d'une cuisine moderne, minimaliste, très propre. La table installée devant une double baie vitrée donnait sur un jardin immense à la végétation luxuriante. Cet endroit était tout bonnement magnifique.

Theo avait tiré une chaise.

— Vous, vous vous mettez là. Comme ça, vous pouvez voir le jardin.

Il retourna aussitôt à la cuisine pour s'emparer d'un plat chaud.

— Du bacon, des œufs et des saucisses. Désolé, je n'ai pas de haricots blancs.

— Oh là là, mais c'est super, tout ça…

Et je le pensais vraiment. Je ne m'étais même pas rendu compte que je mourais de faim. Theo se servit après avoir rempli mon assiette et nous mangeâmes en silence, sans en concevoir la moindre gêne. Lorsque nous eûmes tous deux terminé, il se saisit de la cafetière posée sur la table et me proposa une tasse.

— Merci, c'est vraiment très gentil de faire tout ça pour moi.

Oui, décidément, il était vraiment sympa, ce type. Alors que je n'avais rien fait pour mériter tant d'égards. Lorsqu'il releva les yeux et me regarda, son visage s'était assombri.

— C'est la moindre des choses, dit-il d'un air grave. J'aurais dû remplacer cette vieille gazinière depuis longtemps. Les fours des gazinières modernes coupent automatiquement le gaz quand la flamme s'éteint. Et, euh… Vous n'êtes pas obligée de me répondre si vous ne le souhaitez pas, mais pourquoi cette femme voulait-elle vous tuer ?

Pourquoi ? J'avais le cerveau encore trop embrumé pour en être certaine, mais je crois qu'elle avait voulu se venger. Elle me voyait comme une alliée potentielle et moi, je l'avais complètement déstabilisée avec mes questions sur George Wallace. Peut-être avait-elle estimé que j'étais trop imprévisible, trop maligne. Cette version ne me déplaisait pas. Puisque la police allait m'interroger, il était grand temps que je me construise un récit cohérent. Et je devais faire attention à ce que j'allais dire. Je ne devais en aucun cas parler de mes soupçons envers Carol *avant* la mort de Mr Wallace. Quant à elle, si elle tenait vraiment à se faire passer pour une déséquilibrée, elle ne serait pas en mesure de me contredire. J'étais donc libre de l'enfoncer autant que je voulais, de choisir une version qui l'accablerait et me laverait de tout soupçon. Raconter les événements à Theo serait mon tour de chauffe.

— Elle est infirmière et je crois qu'elle a aidé à mourir un patient dont elle s'occupait. Elle a dit un truc qui m'a mis la puce à l'oreille, comme quoi elle s'était débarrassée des médicaments qui appartenaient à ce monsieur. Ça m'a étonnée parce que le protocole veut que l'on conserve les médicaments d'un patient pendant deux semaines après son décès, au cas où il y aurait un doute sur les causes de la mort. Quand je lui ai rappelé cette obligation, elle s'est marrée et m'a dit que c'était justement pour ça qu'elle les avait jetés. Oh, bien sûr, elle a dit ça sur le ton de la plaisanterie, mais ça m'a marquée. Je trouvais ça bizarre, quand même.

Mon regard se perdit dans le jardin et je pris un air consterné.

— Je n'ai pas réfléchi, voyez-vous, je n'ai pas pensé à dissimuler mon effarement, et là, elle a dû comprendre que je risquais d'aller répéter ça à quelqu'un.

— Et c'est ce que vous comptiez faire ?

Theo, parangon de placidité, m'observait. C'était vraiment quelqu'un de profondément bon. Jamais quelqu'un comme lui ne pourrait comprendre pourquoi j'avais décidé de m'occuper personnellement de Carol, pourquoi j'estimais qu'elle ne devait plus jamais s'en prendre à qui que ce soit.

— Oui, j'allais faire part de mes inquiétudes à l'agence qui nous emploie. Ils auraient été obligés de tirer tout ça au clair.

— Mais ils vont bien faire une autopsie et comprendre ce qui s'est réellement passé, non ?

— Oui, j'imagine. Ça va être un coup terrible pour la femme de ce monsieur. Elle avait une confiance aveugle en Carol, alors forcément, elle va s'en vouloir.

Theo faisait tourner sa cuiller dans sa tasse pour dissoudre le sucre.

— Bon, eh bien… en tout cas, il faut que vous preniez quelques jours de vacances, maintenant.

J'aurais adoré faire un séjour reposant dans une belle maison comme celle-ci, passer mes journées à contempler un jardin sublime.

— Non, malheureusement, je ne peux pas me le permettre.

J'avais déjà pris trop de jours de congé. Une chose menant à une autre, je me mis à parler de ma mère à Theo. Il m'écouta attentivement, sans m'interrompre, sans me poser de questions idiotes. Il se bornait à hocher la tête, signe qu'il était à l'écoute.

— Je l'aime tellement, vous comprenez, je tiens à ce qu'elle ait ce qu'il y a de mieux.

— Vous êtes une bonne fille.

Ces mots, c'étaient ceux que j'aurais voulu entendre de la bouche de ma mère. Des larmes s'accumulèrent presque instantanément dans mes yeux et ma lèvre inférieure se mit à frémir. Les effets secondaires des médicaments me rendaient trop émotive. Je devais rester prudente.

53

Sans dire un mot, Theo se leva et sortit de la salle à manger. Je restai à table et continuai à siroter mon café en admirant le jardin. Les pensées qui m'avaient traversé l'esprit lorsque je croyais ma dernière minute arrivée me revinrent en mémoire. En réalité, elles ne m'avaient pas quittée depuis la veille : je songeai à toutes ces choses que je n'avais jamais faites, à cette impression de gâchis qui dominait mon existence. Mais je devais bien prendre soin de ma mère, et ça, ça ne changerait pas.

Theo ne tarda pas à revenir avec un portrait encadré. Le cadre semblait minuscule dans ses grandes mains. Après s'être rassis, il regarda un moment la photo puis me tendit le cadre au-dessus de la table.

Intriguée, je pris le cadre et découvris le visage d'une jeune femme. Tête légèrement renversée en arrière dans un éclat de rire, bouche ouverte, une belle chevelure retombant sur ses épaules. Si Jemma avait été toujours vivante, elle aurait ressemblé à cette fille. Je relevai la tête pour interroger Theo d'un regard. Et lorsque ma question fusa, trop abrupte et empressée, la panique devait se sentir dans ma voix :

— Et c'est qui, elle ?

Theo ne se formalisa pas.

— Ma fille, Lizzie.

Lizzie, et pas Jemma. Évidemment que ce n'était pas Jemma ! Mais que se passait-il dans ma petite tête, bon sang ?

— Excusez-moi, dis-je dans un murmure.

— Ne vous excusez pas. Vous avez encaissé un tas de choses pénibles ces derniers temps, je comprends parfaitement votre réaction. Sachez que je vous admire, Lissa. Et il me plaît d'imaginer que Lizzie aurait été aussi courageuse que vous.

Aurait été ? J'examinai la photo de plus près.

— Elle est morte ?

— Oui. Elle avait à peu près votre âge. Une gamine pleine de vie. Qui riait beaucoup, comme sur cette photo.

La blessure de cette disparition se lisait sur ses traits soudain figés.

— Elle était en vacances à la plage, avec trois copines. Elles sont allées se baigner. Seules deux d'entre elles sont revenues. Les autorités ont dit que Lizzie avait dû être emportée par un puissant courant, qu'elle n'a pas réussi à revenir vers la plage et qu'elle a fini par dériver vers le large. Son corps a été retrouvé une semaine plus tard.

Que dire ? Je ne trouvai rien d'autre à répondre que les mots convenus et bien peu utiles dans ce genre de circonstances :

— Je suis vraiment désolée.

Il accusa réception d'un hochement de tête.

— Ç'a été très dur à accepter. Elle me manque

encore, tous les jours. C'était son idée, dit-il en accompagnant ses mots d'un geste du pouce au-dessus de son épaule, de convertir le garage en studio. Elle voulait gagner en indépendance et s'était dit que la location lui fournirait un revenu, le temps de terminer ses études. Elle avait mis des annonces partout juste avant de partir en vacances.

Je revis l'annonce à l'épicerie, le vieux bout de papier jauni, et compris.

Un sourire affleura sur les lèvres de Theo.

— Je pensais les avoir toutes retirées, mais apparemment, j'en avais loupé une. Quand vous m'avez appelé, j'étais bien décidé à vous expliquer la situation, mais… votre voix avait quelque chose de touchant, de triste. Et puis, vous m'avez dit votre nom… la ressemblance avec celui de ma fille m'a pris au dépourvu. Et quand vous êtes arrivée, j'ai été bouleversé de voir à quel point vous étiez comme ma Lizzie.

Après un long soupir, Theo parut vidé de toute énergie vitale.

— Je voulais que vous le preniez, cet appartement. Je voulais qu'il soit occupé par quelqu'un de bien vivant, pour chasser le fantôme de ma fille.

Il se passa une main sur le visage. Pour la première fois, son âge et sa fragilité me frappèrent.

— Je sais bien que vous ne pouvez pas comprendre, poursuivit-il. Ma femme est morte quand Lizzie avait huit ans, et depuis, on n'était plus que tous les deux. Elle me manque terriblement.

Je voulais lui dire que si, si, je comprenais parfaitement, et j'aurais pu lui raconter mon histoire, mais je craignais qu'elle ne minimise sa propre tragédie personnelle. Il n'y a rien de pire qu'une sorte de compétition malsaine entre malheurs. Perdre un enfant était-il plus tragique que perdre l'un de ses parents ? Je baissai les yeux et regardai le portrait de cette jeune femme souriante qui avait toute la vie devant elle, un avenir radieux, un père aimant. Alors comparer la douleur de Theo à la mienne, comparer sa fille à un homme qui avait trompé, manipulé, menti toute sa vie, non, certainement pas. J'étais K.-O.

Et Jemma, alors ? Quel impact sa mort avait-elle eu sur sa famille ?

Et Olivia ?

Et c'est moi qui étais à l'origine de toute cette souffrance.

Theo attrapa la cafetière.

— Je vous ressers ?

Je déclinai d'un signe de tête et Theo versa le fond de la cafetière dans sa tasse. Une tasse qui paraissait bien minuscule dans ses grandes mains plaquées de chaque côté. Il avala une gorgée puis reprit la parole sans lâcher sa tasse :

— Vous avez dû vous dire que j'étais un vieux tordu à vous dévisager tout le temps comme ça. Mais vous me faites tellement penser à Lizzie.

Je regardai à nouveau la photo. Franchement, Theo avait beaucoup d'imagination.

— Je ne trouve pas que l'on se ressemble.

— Si, si, regardez bien. C'est la bouche, vous avez toutes les deux une grande bouche qui illumine votre visage, une bouche faite pour rire.

Une grande bouche qui illumine mon visage ? Faite pour rire ? Depuis quand n'avais-je pas ri ? Depuis que ma mère avait renoncé à la vie ? Depuis la mort de mon père ? Du bout du doigt, j'effleurai le visage de Lizzie.

— Elle n'a pas un gros nez comme moi.

— Votre visage est équilibré, Lissa. Vous êtes très jolie.

C'est sa fille que Theo voyait lorsqu'il posait son regard sur moi, le regard d'un père qui adorait son enfant. Mais cela avait-il la moindre importance ?

*

La journée passa à une vitesse folle. La police vint prendre ma déposition et m'assura que Carol serait condamnée à une très lourde peine. L'inspecteur s'expliqua :

— Non seulement elle est accusée de tentative d'assassinat sur votre personne, mais en plus, elle a avoué avoir donné à plusieurs patients dont elle avait la charge des produits qui, chaque fois, ont précipité leur mort.

— Une vraie tueuse en série, commentai-je.

L'inspecteur referma son carnet et l'empocha.

— Tout à fait.

— Je n'aimerais pas être une tueuse en série, moi.

Le fonctionnaire de police devait avoir entendu un tas de choses bizarres dans sa carrière mais visiblement, ma remarque le décontenança malgré tout. Il se tourna vers son collègue, comme s'il attendait du renfort. L'autre type, qui n'avait pas ouvert la bouche depuis les dix bonnes minutes qu'ils étaient là tous les deux, se borna à hausser un sourcil, sans faire le moindre commentaire. L'inspecteur, privé de soutien, préféra ignorer mes propos et se leva.

— Quoi qu'il en soit, pour l'instant, il a été établi que Miss Lyons n'est pas en capacité de faire face à la justice. Si la situation devait évoluer, naturellement, nous vous tiendrions au courant.

Je signai ma déposition, et ce fut tout.

*

Après le départ des policiers, je rejoignis Theo.

— Ils ont dit que je pouvais rentrer chez moi.

— D'accord. Ou alors… vous pourriez rester ici. Regardez ce salon, cette grande maison, bien trop grande pour une seule personne. Je ne dirais pas non à un peu de compagnie, moi. Vous auriez une clef, bien entendu, et vous seriez libre d'aller et venir comme bon vous semble.

Il veut que je remplace sa fille.

— Et j'ai même autre chose à vous proposer.

Voire, sa femme.

Heureusement qu'il ne me regardait pas à cet instant, sinon il aurait forcément remarqué ma mine accablée, presque écœurée. Parce que, encore une fois, j'avais fait fausse route.

— J'aurais besoin de quelqu'un pour m'aider avec mon site internet, annonça-t-il.

C'était tellement inattendu que j'eus un petit rire nerveux.

— Votre site ?

— Oui. Je suis écrivain, et le site me permet de rester en contact avec mes lecteurs. Bon, vous n'avez sûrement jamais entendu parler de moi, ajouta-t-il, l'air un peu gêné. Mon nom de plume, c'est T. R. Bridges.

Jamais entendu parler de lui !? Le type était aussi doué que Stephen King ! Quand j'étais venue voir le studio, il m'avait dit qu'il n'était qu'un pauvre « scribouilleur ».

— J'ai lu tous vos livres !

— Parfait. Ça me semble un très bon début. Alors, qu'en dites-vous ?

— Je ne me suis jamais occupée d'un site internet, vous savez.

Certes, mais je pouvais apprendre, songeai-je à mesure qu'un sourire se dessinait malgré moi sur mon visage. Et Theo avait l'air ravi, lui aussi. Et si c'était la chance de ma vie ?

— Mais je peux apprendre.

— Je vous offre le même salaire que celui d'une infirmière, logement compris, naturellement.

— Affaire conclue.

*

Quelques jours après, lorsque j'annonçai à Theo que j'allais rendre visite à ma mère, il insista pour me déposer là-bas en voiture.

— Je vous emmène, et quand vous avez envie de rentrer, appelez-moi, je viendrai vous chercher.

Il leva une main pour m'empêcher de protester, avant d'ajouter :

— Vraiment, je serais plus rassuré comme ça. Votre corps se bat encore pour se débarrasser du cocktail de produits que cette bonne femme vous a fait prendre.

Je ne serais pas à l'aise de vous savoir dans un bus ou je ne sais où.

Comment lutter devant tant de gentillesse ? Il aurait été malvenu de refuser.

Je n'avais pas vu ma mère depuis près d'une semaine. Je la trouvai dans son fauteuil, devant l'écran de télévision. Elle ne tourna pas la tête lorsque j'entrai dans sa chambre, elle ne me regarda pas non plus quand je me penchai sur elle pour l'embrasser.

Je tirai une chaise et m'installai auprès d'elle.

— Maman, j'ai un tas de trucs à te raconter.

Comprenait-elle un traître mot de ce que je disais ? Non, bien sûr. Mais ce qui comptait, c'était que j'allais mettre des mots sur ce qui m'était arrivé, et ça, ça m'aiderait, moi.

Ma mère n'eut pas la moindre réaction, pas même lorsque je lui expliquai que j'avais frôlé la mort. Son visage resta de marbre.

« Depuis, je loge chez mon propriétaire. Je crois qu'il aime bien s'occuper de moi. » Je lui parlai également du décès de Lizzie. « Il dit que je lui rappelle sa fille. Il lui arrive même de m'appeler Lizzie. » La première fois que cela lui était arrivé, Theo s'était confondu en excuses. Je m'étais empressée de lui dire que ce n'était pas grave, que ça arrivait, ces choses-là, qu'un prénom ne définissait pas une personne, etc. Il avait fini par en rire mais depuis, j'avais remarqué que ça lui échappait assez fréquemment. « Maintenant, il m'appelle plus souvent Lizzie que Lissa, mais je ne lui dis plus rien. Si je lui rappelle sa fille adorée, si ça lui fait du bien d'être aux petits soins pour moi, si ça égaye un peu son quotidien, quel mal à ça, hein, maman ? »

Et s'il finissait par me considérer comme sa fille…

J'avais déjà deviné qu'il n'avait pas de famille. À qui reviendrait cette immense maison de Bathford à sa mort, sinon à sa nouvelle fille ? Je n'aurais eu aucun mal à manipuler Theo, précisément à cause de ma ressemblance avec sa fille. Le convaincre de faire de moi son héritière, si d'aventure il venait à monter au ciel prématurément, serait un jeu d'enfant.

Et une fois qu'il aurait pris ses dispositions en ce sens, rien ne m'empêchait d'accélérer le processus.

Oui, tout cela était envisageable. Mais il y avait un hic. Un problème de taille. Cet homme me faisait un bien fou et je commençais à être très attachée à lui. Si je lui rappelais sa fille, pas une seule fois il ne me fit penser à mon père – et c'était tout à son honneur.

Et puis, comme je l'avais dit à la police, je n'avais aucune envie de devenir tueuse en série.

Theo pouvait dormir sur ses deux oreilles.

Pour le moment, en tout cas.

Remerciements

J'ai connu des hauts et des bas dans ma carrière d'écrivaine mais s'il y a bien une chose qui m'a permis de tenir depuis le début, une constante, ce sont les gens qui m'ont aidée et m'ont incitée à poursuivre l'aventure.

J'ai la chance incroyable d'être actuellement publiée chez Boldwood Books ; toute l'équipe m'a soutenue, encouragée, et a su se montrer d'une patience infinie avec moi. Je remercie tout particulièrement mon éditrice Emily Ruston pour ses conseils avisés et son indéfectible soutien.

Être écrivain est une chose merveilleuse, et faire partie de cette communauté l'est tout autant. C'est grâce à bon nombre d'autres auteurs que je parviens à garder les pieds sur terre, et notamment grâce à Leslie Bratspis, Jenny O'Brien, Anita Waller, Judith Baker, Keri Beevis, Pam Lecky. Sans oublier les nombreux critiques et blogueurs – des gens géniaux parmi lesquels je tiens à remercier Lynda Checkley, Beverley Ann Hopper, Allison Valentine, Donna Morfett et Sarah Westfield.

Jason Brooks souhaitait que son nom apparaisse dans un livre : j'espère que le résultat te convient, Jason.

Les rencontres dans le monde réel sont toujours un peu plus stimulantes que celles qui appartiennent au monde virtuel. J'ai la chance de faire partie du Crime Book Club de Bath et Bristol et aimerais profiter de l'occasion qui m'est donnée ici pour saluer les membres du club et les remercier. Lors de nos séances, nous ne parvenons pas toujours à résoudre tous les problèmes d'écriture qui se posent à nous, mais ce n'est pas faute d'essayer !

Et comme toujours, un grand merci à ma famille et mes amis.

Le Livre de Poche s'engage pour l'environnement en réduisant l'empreinte carbone de ses livres. Celle de cet exemplaire est de :
200 g éq. CO_2
Rendez-vous sur www.livredepoche-durable.fr

Composition réalisée par Soft Office

Achevé d'imprimer en avril 2025 en France par
MAURY IMPRIMEUR – 45300 Manchecourt
N° d'imprimeur : 283957
Dépôt légal 1re publication : mai 2025
LIBRAIRIE GÉNÉRALE FRANÇAISE
21, rue du Montparnasse – 75298 Paris Cedex 06
marketing@livredepoche.com

41/4824/5